OBRAS DE JORGE DE SENA

OS SONETOS DE CAMÕES
E O SONETO QUINHENTISTA PENINSULAR

As questões de autoria, nas edições da
obra lírica até às de Álvares da Cunha e de
Faria e Sousa, revistas à luz de um
inquérito estrutural à forma externa e da
evolução do soneto quinhentista ibérico,
com apêndices sobre as redondilhas em 1595-98,
e sobre as emendas introduzidas
pela edição de 1598

OBRAS DE JORGE DE SENA

TÍTULOS PUBLICADOS

OS GRÃO-CAPITÃES
(contos)

ANTIGAS E NOVAS ANDANÇAS DO DEMÓNIO
(contos)

O FÍSICO PRODIGIOSO
(novela)

SINAIS DE FOGO
(romance)

DIALÉCTICAS TEÓRICAS DA LITERATURA
(ensaios)

DIALÉCTICAS APLICADAS DA LITERATURA
(ensaios)

80 POEMAS DE EMILY DICKINSON
(tradução e apresentação)

OS SONETOS DE CAMÕES E O SONETO QUINHENTISTA PENINSULAR
(ensaio)

A ESTRUTURA DE «OS LUSÍADAS»
(ensaios)

A PUBLICAR

TRINTA ANOS DE CAMÕES
(ensaios)

FERNANDO PESSOA & C.ª HETERÓNIMA
(ensaios)

ESTUDOS DE LITERATURA BRASILEIRA
(ensaios)

ESTUDOS DE LITERATURA PORTUGUESA
(ensaios)

ESTUDOS SOBRE O VOCABULÁRIO DE «OS LUSÍADAS»
(ensaios)

LITERATURA INGLESA
(panorama geral)

EDIÇÕES 70
Av. Duque de Ávila, 69-r/c Esq. — 1000 Lisboa
Tels.: 556898/572001
Distribuidor no Brasil: LIVRARIA MARTINS FONTES
Rua Conselheiro Ramalho, 330/340 — São Paulo

JORGE DE SENA

OS SONETOS DE CAMÕES

E O SONETO QUINHENTISTA PENINSULAR

(2.ª EDIÇÃO)

edições 70

Capa de A. Saldanha Coutinho

© Mécia de Sena — Edições 70, 1980

NOTA PRÉVIA À 2.ª EDIÇÃO

*F**OI por diversas vezes Jorge de Sena instado a que fizesse segunda edição de* Os Sonetos de Camões e o Soneto Quinhentista Peninsular, *esgotado há bastantes anos. Na realidade, por razões de escrupulosa ética profissional não podia fazê-la. Explicarei. Como é sabido o ano lectivo de 1969-70 foi, nos Estados Unidos, especialmente agitado. A invasão do Cambodja não passou de pretexto na culminação de um processo de despertar político-social que estava em curso — chegara a hora da definição. Esta definição fez-se em todos os campos e a todos os níveis da vida americana, e a da Universidade do Wisconsin, se não foi a mais sangrenta, foi particularmente dolorosa. Pelo começo de 1970 era-nos óbvio que não poderíamos permanecer ali, fosse qual fosse a solução que déssemos à nossa vida. Por fortuna surgiram duas oportunidades: a Universidade de Amesterdão e a Universidade da Califórnia, em Santa Barbara. A ambas as Universidades se candidatou Jorge de Sena. Por altura de Maio era no entanto evidente (ou parecia) que as cartas estavam dadas em relação a Amesterdão, já que essa Universidade nem sequer respondera aos pedidos da mais básica informação sobre a vaga existente. Em contrapartida, de Santa Barbara chegava insistência amiga.*

Entretanto, alarmado com a possível saída de Jorge de Sena, o corpo docente de Madison votou, unanimemente, prescindir dos seus próprios e individuais aumentos salariais para que lhe fosse oferecido a ele um salário competitivo com o da Universidade da Califórnia. Não se tratava porém de razões salariais, por importantes que elas fossem (e eram cruciais para nós), e no dia 30 de Maio, ou ao redor dessa data, Jorge de Sena fez seguir duas cartas: uma para Amesterdão declarando não manter a sua candidatura à vaga anunciada, outra para a U.C.S.B. aceitando (e com salário inferior ao que lhe era oferecido em Madison) ir ser o pioneiro dos estudos portugueses, então menos que incipientes naquele campus

NOTA PRÉVIA

universitário californiano. Jorge de Sena renunciava ao sonho de regresso à Europa e adquiria o perene sol da Califórnia, o mar e as magnificentes praias de Santa Barbara, de mãos dadas com uma nova luta: a do emigrante português.

No fim desse ano lectivo, dos doze candidatos doutorais que, em diversos graus de adiantamento, tinha como orientados (seis de Literatura Brasileira e seis de Literatura Portuguesa), haviam conseguido terminar as suas dissertações seis deles, receosos de virem a ser forçados a mudar de orientador. Em relação aos outros seis conseguiria afinal Jorge de Sena entrar num compromisso com a Universidade: continuaria a orientar as teses em fase de redacção final e abandonaria as que estivessem em fase de investigação preparatória, ou seja, metade delas, em termos concretos. Isto significou, todavia, ter de abandonar a tese que mais lhe interessava e na qual trabalhara como se fosse sua: a tese que o hoje Prof. Dr. Gordon Jensen preparava sobre os sonetos camonianos (ver «Um soneto de 1595, que seria de autor incerto e que será de Camões» — nota 2, nesta edição em apêndice). De facto, com uma meticulosidade exemplar, este então aluno organizara um excelente ficheiro, fizera uma revisão rigorosa deste livro e fora-lhe até conseguida uma bolsa para ir a Madrid e Lisboa verificar todos os Ms ou procurar outros que Jorge de Sena reputava importantes ou suspeitava que existiam. A investigação excedeu todas as expectativas. Assim, a tese que Gordon Jensen iria redigir seria não só o 2.º volume deste, como corrigiria ou confirmaria, ou iluminaria este. Claro que a Jorge de Sena teria sido fácil refazer toda a investigação e publicá-la como sua, mas jamais o faria e ficou ansiosamente à espera que aquela dissertação fosse terminada e publicada para poder então prosseguir nos seus próprios estudos. Infelizmente Gordon Jensen tardou demasiado em terminá-la.

O que se publica é pois, com todas as insuficiências que o próprio Autor lhe reconhecia (as provas deste livro foram revistas na totalidade durante a sua primeira grande viagem à Europa, no fim de 1968, e as alterações que, em resultado de dados que ia recolhendo durante essa viagem, teve de fazer foram tão numerosas que numa carta me dizia que o seu desejo era deter a publicação e refazer o livro...), ultrapassado em alguns casos não só pelo trabalho de Gordon Jensen mas sobretudo pela recente publicação de The Cancioneiro de Cristóvão Borges — *Paris, 1979, do Prof. Dr. Arthur Lee-Francis Askins, cuja competência Jorge de Sena admirava e respeitava imensamente, o volume tal como foi publicado em 1969, contendo apenas uma ou outra correcção que encontrámos indicada no volume pessoal do Autor. Acrescentámos, em apêndice, o que era o cap. III, da 2.ª parte de* A Estrutura de

NOTA PRÉVIA

«Os Lusíadas», *o acima mencionado:* «*Um soneto de 1595, que seria de autor incerto e que será de Camões*», *por se tratar de evidente corrigenda ao capítulo III (*«*A edição de 1595*»*) deste volume.*

Ao longo deste livro Jorge de Sena menciona outros estudos seus que, ao tempo, andavam dispersos por vários jornais ou revistas. Praticamente todos eles foram posteriormente inseridos em volumes publicados ou neste momento em vias de publicação. Damos a seguir a lista dos estudos em que estes dois casos se aplicam:

Estudos de História e de Cultura — *1.º vol., Lisboa, 1967; o 2.º aguarda publicação.*

«*Ensaio de Uma Tipologia Literária*» — Dialécticas Teóricas da Literatura — *Lisboa, 1977.*

«*Sistemas e Correntes Críticas*» — Dialécticas Teóricas da Literatura — *Lisboa, 1977.*

«*A Sextina e a Sextina de Bernardim Ribeiro*» — Dialécticas Aplicadas da Literatura — *Lisboa, 1977.*

«*O 'Sangue de Átis'*» — Dialécticas Aplicadas da Literatura — *Lisboa, 1977.*

«*A Estrutura de 'Os Lusíadas'*» — A Estrutura de «Os Lusíadas» e Outros Estudos Camonianos e de Poesia Peninsular do Século XVI — *Lisboa, 1970; 2.ª ed. — Lisboa, 1980.*

«*O Maneirismo de Camões*» — Trinta Anos de Camões—I; *no prelo.*

«*Maneirismo e Barroquismo na Poesia Portuguesa dos Sécs. XVI e XVII* — Trinta Anos de Camões — I; *no prelo.*

«*A Viagem de Itália*» — Estudos de Literatura Portuguesa — I; *no prelo.*

Londres, 28-1-80

MÉCIA DE SENA

DEDICATÓRIA

O autor desde 1948 que publicamente se ocupa da poesia de Camões. Convidado há alguns anos para organizar uma edição da obra lírica do poeta, os seus estudos intensificaram-se e têm podido prosseguir graças aos auxílios que recebeu de entidades oficiais do Brasil: Instituto Nacional de Estudos Pedagógicos (microfilmes e fotocópias) e Fundação de Amparo à Pesquisa do Governo do Estado de S. Paulo (viagens de estudo e outras despesas). O presente estudo sobre os sonetos de Camões até 1663, com os seus apêndices sobre as redondilhas de 1595-98 e as emendas de 1598, é apenas uma parte da massa de investigação acumulada, e que tem servido a outras obras ainda inéditas e a estudos de publicação dispersa por enquanto. Todavia, os subsídios acima citados não teriam frutificado como frutificaram, se não fora a gentileza dos serviços da Biblioteca Nacional do Rio de Janeiro, em especial as Secções de Microfilmes e de Obras Raras, às quais o autor faz questão de apresentar aqui os seus agradecimentos. E, ao propor este seu trabalho como tese de docência livre na cadeira de Literatura Portuguesa, o autor deseja prestar grata homenagem ao Conselho Estadual de Educação do Estado de S. Paulo, que abriu o concurso, e ao Ex.mo Director da Faculdade de Filosofia, Ciências e Letras de Araraquara, Prof. Doutor Carlos Aldrovandi, sem cujo generoso entusiasmo e superior consciência da importância dos Institutos Isolados de Ensino Superior do Estado de S. Paulo este concurso não seria possível.

JORGE DE SENA

Araraquara, Agosto de 1964.

O concurso a que esta dedicatória se referia, e pelo qual o autor conquistou os títulos de Doutor em Letras e de Docente Livre de Literatura Portuguesa, realizou-se em Novembro de 1964, perante um júri composto pelos Profs. Doutores Ayres da Matta Machado Filho, catedrático de Filologia Portuguesa da Universidade de Minas Gerais, que presidiu, António Soares Amora, catedrático de Literatura Portuguesa da Universidade de S. Paulo, Hélio Simões, catedrático de Literatura Portuguesa da Universidade da Bahia, José Carlos Lisboa, catedrático de Língua e Literatura Espanhola da Universidade do Brasil (Rio de Janeiro), e, *the last but not the least*, António Cândido de Mello e Souza, catedrático de Teoria da Literatura e de Literatura Comparada da Universidade de São Paulo, um *cast* com uma representatividade universitária brasileira, e em relação às matérias envolvidas na tese, raro de reunir-se mesmo para concursos de cátedras nacionais. Segundo os regulamentos brasileiros, o concurso constou de prova de títulos e obras (discutidos e avaliados pelo júri em sessão secreta), de prova de aula pública (lição sorteada 24 horas antes, e que o acaso fez que fosse sobre a personalidade lírica de Camões) e pública defesa da tese contra as arguições dos cinco membros do júri. O candidato recebeu dos cinco examinadores a nota máxima nas três provas e foi aprovado «com distinção e louvor», o que constituiu acontecimento quase sem precedentes. Para ele, o concurso representou o fecho vitorioso (que, até ao último instante, a influência das «forças ocultas» fazia perigar) de uma luta de cinco anos, cujas vicissitudes dramáticas ou tragicómicas ainda é cedo para contar, no sentido de derrubar as barreiras burocráticas ou outras que, pelos mais diversos meios, se opunham a que ele conquistasse títulos académicos de Letras que sancionassem oficialmente a sua então precária situação de catedrático contratado. O concurso teve ainda uma outra importância, digamos «histórica», para as Faculdades de Filosofia, Ciências e Letras do Sistema Isolado de Ensino Superior do Estado de São Paulo: foi o primeiro a quebrar o tabo da capital paulista contra provas de doutoramento, docência livre ou cátedra, feitas fora dela. Pela porta que o presente autor forçou, passaram depois muitos professores ilustres daquele Sistema.

Tem-se dito — e foi-o numa sessão memorável e tumultuosa do 6.º Colóquio Internacional de Estudos Luso-Brasileiros, que se reuniu em 1966 na Universidade de Harvard, e em que o presente autor, um dos relatores gerais, foi, como outros relatores gerais, atacado violentamente pelos caixeiros-viajantes da luso-brasilidade e adjacências, tendo depois recebido as manifestações de apreço, ainda que algo cautelosas e discretamente envergonhadas, da maioria das pessoas decentes — que o Brasil lhe concedeu «generosamente» os títulos académicos que ele não possuía... Não é verdade: concedeu-lhe, a muito custo e à força de trabalho de alguns homens justos e dignos, aquilo mesmo que ele publicamente conquistou. No que os membros do júri supracitado partilham, nesta ocasião de ser publicada a tese que aprovaram sem sugestão de uma emenda, da gratidão expressa na dedicatória prévia de 1964. Quanto ao Brasil, ou a Portugal, não tenciona o autor apresentar-lhes a sua conta corrente de generosidades mútuas, porque, do seu lado, está aquilo que não tem preço: anos de vida e uma indefectível e leal dedicação.

Madison, Wisconsin, U. S. A., Agosto de 1968.

J. de S.

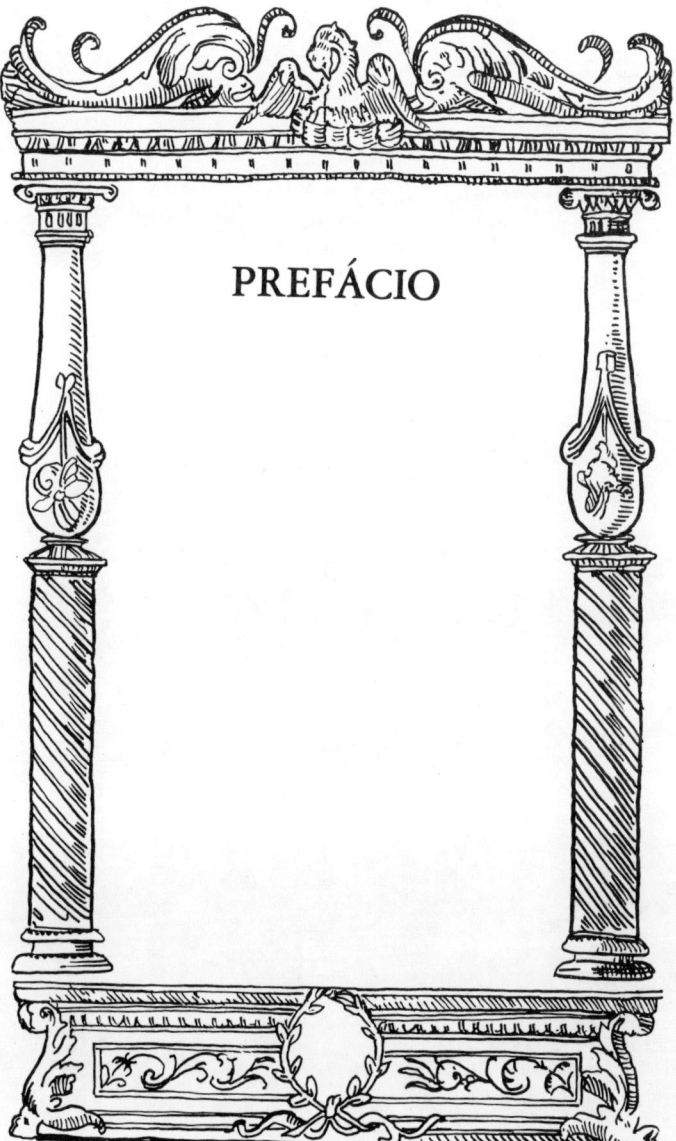
PREFÁCIO

ESTA obra, que é a segunda na série de volumes dos meus estudos camonianos, aguardou cinco anos para entrar no prelo. Mas havia sido publicada, em restrita edição policopiada, em 1964, quando foi preparada (com menos ou menos extensas notas) para os fins a que a dedicatória e sua nota se reportam. Aquela edição, se tal pode chamar-se, tem tido alguma circulação no mundo supostamente erudito, com resultados cuja real paternidade só agora é tornada pública.

Uma Canção de Camões, Lisboa, 1966, aguardara quatro anos a sua publicação. Escrita em 1962, para um concurso que não chegou a realizar-se, tivera igualmente e também policopiada, mas em 1.ª versão muito mais reduzida que o volume final, alguma circulação, ainda que menor do que a da presente obra. E, porque a originalidade dos métodos e das conclusões não estava defendida por um concurso que a tivesse tornado do conhecimento oficialmente público, resumi essa obra, a conselho de amigos, numa série de sete artigos (Camões e um método crítico) que o Suplemento Literário de «O Estado de São Paulo» generosamente acolheu em 1963.

Uma e outra das obras não eram, em 1962-64, as minhas primeiras incursões na tão exclusiva cavalariça de Áugias, que o «camonismo» se tornara nas últimas décadas, apesar de notáveis esforços e admiráveis trabalhos que, todavia, não haviam conseguido quebrar as barreiras académicas. Não só porque eu não sou o Hércules mitológico, mas também porque o dito camonismo possui um teimoso pó de séculos e um renitente ranço de mediocridade, capazes de contaminar mesmo os mais infensos, a limpeza da cavalariça não fui capaz de fazê-la num só dia, nem a farei numa vida, nem só eu.

Em 1948, numa conferência realizada no Porto (A Poesia de Camões — ensaio de revelação da dialéctica camoniana), editada pelos «Cadernos de Poesia», em 1951, e coligida no meu *volume de ensaios* Da Poesia Portuguesa, *Lisboa, 1959, foi que, há vinte anos, me apresentei ao público, pela primeira vez, com algumas ideias novas sobre Camões, que tiveram eco e fizeram caminho, apesar da obtusidade tradicional dos meios universitários mais especializados ou (e) dos mais presos a interesses estabelecidos da indústria camoniana. Só no Brasil, de 1959 a 1965, eu tive os meios materiais e temporais para ampliar e sistematizar as minhas pesquisas, que, em 1961, produziram os seus primeiros frutos no artigo* O Maneirismo de Camões *e no par de artigos* Camões e os Maneiristas *(publicados principalmente no supracitado* Suplemento Literário paulistano*), como na Primeira Parte do longo estudo* A Estrutura de «Os Lusíadas», *aparecida na «Revista do Livro» do Rio de Janeiro. Já entretanto, como oportunamente lhe observou o Prof. Dr. Gerald Moser, da Pennsylvania State University, o Prof. Dr. Helmut Hatzfeld, de Washington, fizera sua a minha ideia, já proposta na conferência de 1948 e desenvolvida nos artigos de 1961, de Camões como* maneirista *(cf. o seu estudo* Estilo manuelino en los sonetos de Camões, *inserido depois no seu volume* Estudios sobre el Barroco [1]*). De 1961 a 1966, a aparição de* Uma Canção de Camões *foi ainda precedida pela conferência sistematizadora,* Maneirismo e Barroquismo na Poesia Portuguesa dos Séculos XVI e XVII, *proferida em S. Paulo, sob a égide da Universidade e da Fundação Álvares Penteado, em 1963 (com edição policopiada, nesse ano, da série de conferências, de que foi parte, sobre o Barroco), e impressa na* Luso-Brazilian Review *em 1965; e precedida igualmente pela série de cinco artigos,* O Camões da «Aguilar», *publicados em 1964 no Suplemento Literário de «O Estado de São Paulo», como crítica severa mas necessária à edição da* Obra Completa *de Camões, preparada por A. Salgado Jr., para aquela editora. Nessa série era feito uso de muito do nosso material sobre os sonetos de Camões, parte do qual é apresentado neste volume. Ainda em 1964, a «Revista do Livro» publicou a Segunda Parte do estudo sobre* A Estrutura de «Os Lusíadas», *cujas finais Terceira e Quarta Partes (sendo a Terceira a análise estrutural do poema) tiveram então edição policopiada que se esgotou por distribuição entre estudantes meus e outros interessados. Ainda em 1965, a «Revista Camoniana» de São Paulo, publicou um dos apêndices ao presente livro:* As emendas da edição de 1598 das «Rimas de Camões».

Do ponto de vista das metodologias críticas, aplicadas diversamente em Uma Canção de Camões *e neste livro sobre os sonetos, e que, com aquele livro, obviamente suscitaram a displicência ignara de jornalistas literários de carreira universitária ou a pudicícia*

OS SONETOS DE CAMÕES

escandalizada de hetairas impressionistas de carreira jornalística, o que aí se fazia não era novidade na cadeia das minhas investigações. Haviam já sido usadas com êxito em A Sextina e a Sextina de Bernardim Ribeiro, *estudo publicado na «Revista de Letras» de Assis — São Paulo, em 1963, no prefácio às* Poesias Completas de António Gedeão, *em 1964, e na análise do poema de François Mauriac,* O Sangue de Átis, *publicada em 1965 na revista «O Tempo e o Modo». E, de um ponto de vista teórico, esses métodos haviam sido precedidos pelo* Ensaio de uma Tipologia Literária, *de 1960, na «Revista de Letras» acima referida, e seguidos do artigo* Sistemas e Correntes Críticas, *aparecido em «O Tempo e o Modo», pela mesma altura em que* Uma Canção de Camões *era dada a público. E vêm sendo largamente aplicados nos* Estudos de História e de Cultura *que tenho publicado, com quase contínua regularidade, na revista «Ocidente», desde Fevereiro de 1963 a colectânea, e desde Outubro desse ano o estudo monumental e exaustivo sobre Inês de Castro e o seu mito histórico-literário, que inclui a aplicação minuciosa desses métodos à análise de várias obras (em especial a* Castro *de António Ferreira) e de várias questões (como as de autoria do teatro do dramaturgo Juan Ruiz de Alarcón). Essa colectânea vai já, à presente data, em mais de 800 páginas impressas e publicadas, e os dois volumes que dará só devem estar concluídos em meados de 1969. A série de estudos sobre a cultura portuguesa dos séculos XIV a XVII e a literatura espanhola dos séculos XVI e XVII, agrupados em torno da história cultural da formação do mito literário de Inês de Castro, é indispensável, em grande parte, para compreensão — em extensão e profundidade — das minhas investigações e ideias sobre a história cultural e literária de séculos acima dos quais Camões se ergue (e, nesses estudos, ele é referido ou analisado, nas mais diversas conexões, numerosas vezes). Do mesmo modo, como exemplo de metodologia literário-cultural, tal como a entendo, convém prestar alguma atenção ao livro* A Literatura Inglesa, *S. Paulo, 1963, que grande parte da crítica portuguesa tentou suprimir pelo silêncio ou pela falsíssima modéstia de ser incompetente para julgá-la (como se a incompetência de muitos dos críticos em exercício, ou já nos páramos silentes do Nirvana glorioso, alguma vez lhes tivesse sido óbice para ocuparem-se do que os excede).*

O presente volume é uma Primeira Parte do estudo dos sonetos atribuídos a Camões de 1595 a 1663, e trata deles exclusivamente do ponto de vista da análise da forma externa, e do da revisão necessária dos conhecimentos eruditos acerca deles, *e também, quanto à forma externa, de enquadrá-los numa evolução da forma do soneto peninsular através dos poetas portugueses*

*e espanhóis mais significativos. Deixem-se, pois, ó doutos e pseudo-
doutos, da falácia de lamentarem, como aconteceu com* Uma Canção
de Camões, *que a análise não seja levada também ao plano dos
sintagmas...* [2]. *Largamente, nos capítulos doutrinários, ou expositivos, ou programáticos, desse livro se explicava à saciedade que a
obra era uma 1.ª fase da investigação das questões de autoria das
canções e das odes de Camões (e também, como não foi relevado
por ninguém, das características das canções de Garcilaso de la
Vega), preliminar, como base indispensável, à passagem a outros
níveis de pesquisa, para estabelecimento de um cânone camoniano.
Além de haver muita análise de estilo nesse livro, os doutos e
pseudodoutos deveriam lembrar-se de que, antes de fixar-se minimamente a autoria, não sabemos o que será aceitavelmente de Camões;
e de que, depois dessa fixação estar feita, qualquer análise exaustiva
dos sintagmas, ou, mais elementarmente, do vocabulário, pressupõe a*
fixação dos textos... *É tal a tradição negativa de crítica textual
em Portugal e nos estudos portugueses, que até gente séria cai nesse
alçapão de querer análises do que não começou por ser honestamente
estabelecido, pelo menos com o largo cotejo de versões que se exige
para tal trabalho. E, francamente, se o livro já tinha assustadoramente, para os fôlegos lusitanos, quase 600 páginas, e foi preciso
arrancá-lo a ferros das mãos receosas dos editores (que, no entanto,
tiveram a admirável coragem de editá-lo, como não sucedeu a outras
instituições)* [3], *quantas páginas mais queriam que ele tivesse,
para então não ser publicado nunca?*

*Uma segunda parte do presente estudo sobre os sonetos atribuídos a
Camões será,* igualmente, *a avaliação das questões de autoria
dos atribuídos ao poeta na* Terceira Parte *de 1668 e depois dela,
através da revisão da documentação acessível e pelo cotejo com o*
cânone da forma externa, *estabelecido nesta primeira parte.
Uma outra segunda parte será então o estabelecimento do cânone
vocabular e sintagmático (após uma preliminar fixação de texto)
que os sonetos aceitáveis como autênticos permitirão estabelecer — e,
por esse cânone, serão reaferidos os supostamente espúrios. Da mesma
forma, a primeira fase de análise das canções e odes de Camões,
que, em* Uma Canção de Camões, *precede a análise de «Manda-
-me amor que cante docemente»* [4], *será seguida por outras; e o
mesmo sucessivo trabalho será aplicado ao restante da obra lírica
de Camões. Paralelamente, os artigos sobre* A estrutura de
«Os Lusíadas» *(que, como os sobre o maneirismo de Camões,
aguardam há anos a publicação em volume) serão seguidos pelo
cotejo de todos os exemplares conhecidos da 1.ª edição do poema,
na máquina que* Charlton Hinman *desenvolveu para o seu estudo do*

OS SONETOS DE CAMÕES

First Folio de Shakespeare. E também as obras de diversos poetas portugueses dos fins do século XVI e princípios do XVII, envolvidos no processo camoniano, merecerão as atenções desta pesquisa sistemática.

Têm dito todos aqueles a quem reconhecidamente devo estímulo e consolação, na solidão terrível de ser contra tudo e todos que representem amesquinhamento da dignidade intelectual ou da categoria científica dos estudos portugueses, que o meu labor é, e tem sido, gigantesco. Tem-no sido, de facto (e o que eu não teria feito, se tivesse longamente tido os meios de que dispuseram aqueles que nunca fizeram nada que se visse em proporção com tais meios...), e bem mais do que eles mesmos sabem, já que é patente que não acompanharam muitos dos aspectos dele. Mas enganam-se, exactamente como os mesquinhos e amesquinhadores pretendem enganar o público que ainda acredite neles, se tomam como arrogância a consciência humilde de trabalhador incansável, que é a minha e a das minhas obras. Estas honestamente nunca quiseram ser mais do que prometem, nem menos do que se propuseram. E, por isso, eu serei por certo a última das pessoas a quem alguém tenha o direito de exigir que faça o que ainda não fez, quando acaso pretenda julgar o que eu faço. O de que me quero modesto mas inabalável exemplo é da exigência, do rigor, e da escolaridade, *que, em anos de exercício de cátedra, ou de edições precipitadas, ou de livros escritos em cima do joelho (sempre o mesmo), etc., não souberam nunca criar alguns dos responsáveis pela perpetuação em Portugal dos mais baixos padrões de investigação literária. Supor que há, nas minhas obras, o intuito polémico de atacar alguma dessas múmias sobrevivas é realmente pretender disfarçar que, nas notas eruditas dos meus livros, há material de sobra para enfaixá-las, se a crítica portuguesa efectivamente se ocupasse de verdade e de justiça. E pouco adianta escrever, num senil argumento que só mostra a que ponto pode chegar a ignorância do que seja a crítica literária nos últimos 50 anos, que os meus métodos não são originais e já provaram há muitos anos a sua inanidade, em face das excelências do método olfactivo tão perigosamente sujeito às sinusites da incompetência*[5]. *Porque, meus leitores, eu não vivo nesse submundo que é a indústria camoniana, nem Camões comigo e com a grandeza da literatura portuguesa a que ambos pertencemos.*

Madison, Wisconsin, U. S. A., Agosto de 1968.

---

[1] Não é aqui, nem nesta obra, o lugar para discutir-se o problema, mas importa acentuar que esse estudo, aliás muito

penetrante, se ressente da confusão estética e cronológica de tomar-se o chamado estilo «manuelino» como maneirista, quando, em arte portuguesa, o Maneirismo corresponde ao neoclassicismo que, a partir da subida de D. João III ao trono, em 1521 (quando Camões ainda nem sequer nascera), eliminara quase totalmente o «manuelino» que vinha das últimas décadas do século XV e é variante portuguesa de um movimento geral da arte europeia (com excepção da Itália contemporânea, e não toda), correspondente ao que fora o Renascimento fora da Itália. Nesse movimento geral, de que o «plateresco» espanhol ou o estilo Tudor da Inglaterra (este nas suas fases primeiras) são aspectos, o «manuelino» é o que melhor se libertou das estruturas góticas e absorveu estruturas que eram já, em grande parte, as do Renascimento italiano seu contemporâneo e que durou de c. 1420 a c. 1530, quer na cultura, quer na arte, em que pese a periodologias ainda presas a esquemas já superados pela crítica moderna.

² Essa palavra mágica, já um tanto gasta de ser tão referida e tão pouco aplicada efectivamente, e que parece ser, na crítica portuguesa, quase a única que ela conhece, para lá da terminologia vaga do impressionismo crítico! Recomenda-se, em língua acessível, a leitura do *Diccionario de Términos Filológicos*, do catedrático espanhol Lázaro Carreter, para enriquecimento, senão da prática crítica, pelo menos do vocabulário técnico.

³ Ainda é cedo para contar, mas sê-lo-á a seu tempo, se tivermos vida e saúde, o que tem sido a conspiração para impossibilitar ou retardar as pesquisas camonianas do autor, desde um golpe de vasta organização, mas sustado a tempo, para suprimir-se-lhe uma bolsa brasileira, até aos meses infinitos que *Uma Canção de Camões* passou nas mãos de instituições portuguesas que, por influências conhecidas, não puderam interessar-se pela edição da obra. Isto não é imaginação subjectiva: os documentos existem.

⁴ Note-se que o livro era dialecticamente ambivalente. Por um lado, no plano da crítica formal, era a 1.ª fase de uma avaliação do cânone das canções e das odes (repararam que estas também lá são estudadas?...) de Camões. Mas, por outro, era a demonstração *concreta e objectiva*, pela análise rítmico-semântica e pela correlação histórico-cultural (de que aquela avaliação era, para esse efeito, ancilar), da exactidão da nossa descoberta de 1948, da *dialéctica camoniana*, e desta como chave para compreender-se a personalidade poética de Camões. Este, registemos aqui, exige três métodos filosóficos de análise, para plena compreensão do seu acto e do seu processo de pensar vivendo e viver pensando, diversamente aplicáveis em conjunto, em vária proporção, ou em exclusivo um deles, conforme o poema a estudar. Porque a dialéctica camoniana se compõe de uma dialéctica abstraccionante (propriamente dita), de uma vivência existencial e de uma síntese de ambas na criação de uma estruturalidade estética da visão do mundo e do homem nele, assim são necessários um método dialéctico, um método existencial e um método fenomenológico. Sem esta tripla aproximação, a profundidade, a magnitude e a originalidade da meditação estética de Camões não poderão ser devidamente apreciadas, independentemente da sua espantosa arte que realiza, como o sonho dos surrealistas, a elisão de sujeito

OS SONETOS DE CAMÕES

e de objecto na criação do poema. Foi o que procurámos fazer através da análise daquela canção célebre e fundamental e do cotejo das versões que dela se possuem, ao mesmo tempo levando a extrema minúcia, por intenção didáctica e exemplar, o rigoroso mecanismo da discussão textual. Repita-se uma vez mais que aquela canção é tão fundamental para Camões, que dela chegaram a nós várias *versões* (o que não é o mesmo que *variantes* no texto de um mesmo poema).

[5] O que possa ser a fecundidade da aplicação de observações estatísticas à crítica (linguística ou estilística) não precisa de defesa senão em Portugal... Cite-se o caso da monumental obra de Morley e Bruerton, *Chronology of the Lope de Vega's «Comedias»*, New York, 1940. Em 1945, um artigo sobre uma colecção manuscrita de «comedias», *datadas*, confirmava clamorosamente as deduções daqueles dois autores, cuja obra foi revista em 1963 por S. G. Morley para a tradução espanhola de Madrid, 1968. Já em 1937, Morley expusera os seus critérios em *Objectiva criteria*. Algumas correcções à sua metodologia podem ver-se nos nossos *Estudos de História e de Cultura*. Mas já em 1917, como apontámos em *Uma Canção de Camões*, o insigne Menéndez Pidal aplicara com êxito observações desse tipo ao estudo de *Roncesvalles*, como em 1943 o fez à *História Troiana Polimétrica*. Os métodos que desenvolvi naquele livro nada têm de comum com tudo isto, senão o serem também modestamente matemáticos, ao alcance de qualquer doméstico prestamista a juros. E não me consta que Pidal, Morley ou Bruerton, como os formalistas russos ou os homens da escola de Praga, sejam, como eu, licenciados em engenharia...

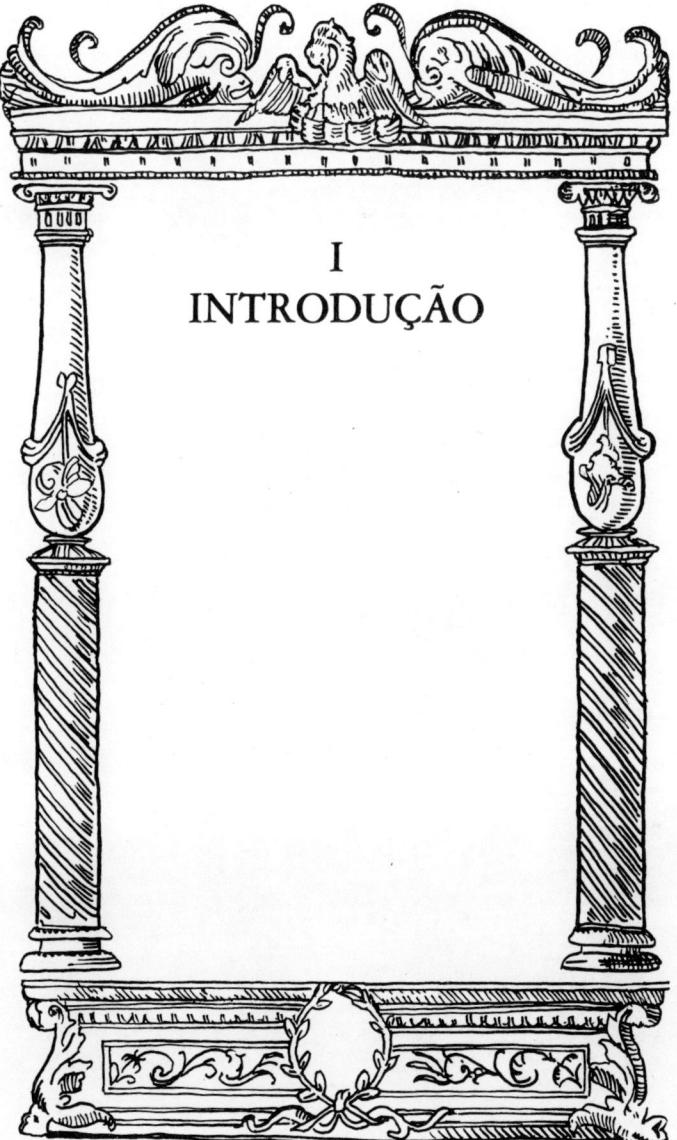

I
INTRODUÇÃO

M AIS talvez que qualquer outra parte da vasta obra lírica de Camões, são os sonetos que, em face dos dados e dos métodos de pesquisa ao alcance do estudioso, constituem o conjunto específico que mais flutuante tem sido quanto a um cânone de autoria. Por outro lado, não se fez nunca um estudo sistemático desse conjunto no que respeita, elementarmente, às características do esquema formal, e muito menos se procurou, por um levantamento do soneto petrarquiano e petrarquista, situar tais características no âmbito das recorrências que, acaso, possam ajudar a definir um cânone, uma personalidade, uma época. Em princípio, não nos ocuparemos com a questão de um cânone textual de cada uma das composições, que é problema à parte, só resolúvel após a revisão dos dados eruditos, em coordenação com o inquérito à forma externa dos sonetos. Sem dúvida que, num ou noutro caso, o texto pode ser chamado a participar da solução de um problema autoral; mas sem dúvida que a boa doutrina manda que a fixação do texto só entre na discussão após a resolução das questões prévias. Entre estas figura, sem dúvida, a da *forma externa* [1].

Com efeito, se um inquérito completo aos metros ou aos esquemas de rimas nos mostrar que determinado esquema é, para o conjunto indubitavelmente canónico, *anormal* em Camões, não será isto uma achega para a exclusão de uma composição duvidosa? Se nos mostrar, por outro lado, que determinado esquema não é comum na época de Camões, e o é em época posterior, não será isto uma indicação da apocrifia do texto? Além disto, o inquérito à forma externa dos sonetos (ou de qualquer outro tipo de composição) tem um interesse concreto, ainda que possa ser considerado secundário. Por ele poderemos observar se os esquemas são preferencialmente típicos, que coincidência haverá entre essa tipicidade e as estabelecidas para outros poetas cujo exemplo é julgado — com pouco objectivas causas — influente, e como terá evoluído no tempo essa preferência pelos vários esquemas possíveis. Para isto, neste nosso estudo, fizemos o levantamento geral dos sonetos de Petrarca, Ariosto, Boscán, Bembo, Garcilaso de la Vega, Diego Hurtado de Mendoza, Cetina, Sá de Miranda, Andrade Caminha, António Ferreira, Diogo Bernardes, Camões (nas edições a que nos ativemos para o cânone principal), Aldana, Herrera, e outros, e as comparações convenientes entre os resultados encontrados.

Petrarca é, como se sabe, a fonte principal dos esquemas do soneto, no petrarquismo do século XVI. Este petrarquismo, porém, afastou-se muito, por vezes, dos modelos do mestre, variando-os; e uma avaliação correcta da sua evolução exigiria levantamentos análogos para alguns dos poetas italianos do século XVI, cuja difusão e prestígio foram maiores. Seria um trabalho gigantesco, para que nos faltam os meios de pesquisa; e, de certo modo, compensada será esta lacuna pela investigação de Boscán e de Garcilaso, que foram os triunfais introdutores (logo seguidos por outros) do soneto na língua castelhana [2], e que têm sido considerados como grandemente influentes em toda a cultura literária peninsular da época. A observação de Aldana e de Herrera, contemporâneos de Camões, permitir-nos-á aferir a evolução castelhana. Quanto aos portugueses estudados, serão evidentes as razões da escolha feita. Sá de Miranda representou, em Portugal, um papel análogo e contemporâneo do de Boscán. Diogo Bernardes é o poeta quinhentista cujas obras mais confundidas foram com as de Camões. E estes dois, com Ferreira e Caminha, são, dos poetas portugueses da segunda metade do século XVI, aqueles de que há edições algo libertas das tremendas confusões autorais dos cancioneiros de mão, que tornam a obra de muitos outros poetas um caos aflitivo, ante o qual a erudição tem recuado com prudente reticência. Se muitos deles tiveram a honra de ser confundidos com Camões, e são, pelo que se conhece (editados em velhos volumes nunca reeditados mais modernamente, ou semieditados e discutidos só a propósito das questões camonianas), poetas de muito mérito, parece que vai chegando a hora de iniciar-se, nesse oceano de poemas, um trabalho de pesquisa e coordenação que ponha ante os olhos do leitor interessado

OS SONETOS DE CAMÕES

(e quantos desinteressados não haverá, apenas por crerem que tudo aquilo é uma trapalhada de versejadores copiando Camões, que é a imagem que a erudição difundiu deles, sem dilucidação sistemática, na medida do possível, da obra dos mais dignos de interesse) os elementos concretos por onde julgar-se de uma época tão rica de poesia e de gosto por ela, que foi possível gerar-se a confusão que a submergiu na sombra de Camões. Não é esta a questão que nos ocupa aqui. Mas aludir a ela é indispensável, já que pesa, como um ónus sério, sobre os próprios estudos camonianos. Não pesa, todavia, muito substancialmente sobre a parte da obra camoniana que vamos investigar.

Na verdade, e quanto aos sonetos de Camões, é com as edições de Álvares da Cunha, que em 1668 publicou uma Terceira Parte das *Rimas*, e de Faria e Sousa, que, póstuma, começou a ser publicada em 1685 (ficando incompleta, mas não quanto à parte dos sonetos), que a maior complicação autoral começou a desenvolver-se, tendo atingido um auge de complexidade ou de negligência crítica nas edições de Juromenha (1860-69) e de Teófilo Braga (a da *Actualidade*, em 1873-74, e a do *Parnaso*, em 1880), independentemente do interesse que, por outras razões, é de justiça reconhecer a estas edições todas. A utilização indiscriminada de sonetos atribuíveis a Camões, ou nem sequer atribuíveis a ele por um mínimo de critério crítico, faz com que a questão das autorias, para estas edições oitocentistas, deva ser revista, não apenas à luz de uma rigorosa investigação de dados externos, mas também à luz de todo um cânone autoral e textual, fixado a partir do que, nas edições primeiras, pode formar um conjunto tão camonianamente válido quanto possível. E o mesmo se dirá das composições que, não utilizadas por esses organizadores oitocentistas, nem pelos editores modernos, ainda aguardam, nos cancioneiros manuscritos de que há notícia ou utilização parcial, um exame crítico que as afira por um cânone básico. É o caso, por exemplo, de algumas composições do Cancioneiro Fernandes Tomás, julgadas camonianas por Carolina Michaëlis, mas que ainda não foram integradas à obra lírica de Camões, se se der o caso de poderem sê-lo[3]. E o Cancioneiro Luís Franco, peça básica do processo das autorias e dos textos camonianos (e de outros poetas importantes do século XVI), ainda espera a edição e o estudo sistemático que o seu valor documental impõe.

Por outro lado, a questão das coincidências ou não-
-coincidências textuais entre as edições de Álvares da Cunha
e de Faria e Sousa, se constitui em si mesma um sério
problema que julgamos pendente de verificação mais
exaustiva do que a feita até hoje[4], aponta para que, a
partir delas, os critérios de juízo se modifiquem, dada a
grande massa de apócrifos que essas edições terão acrescentado a Camões.

Nestas condições, um cânone básico, pelo qual aferir-se
da mais ou menos provável autoria camoniana de composições duvidosas, parece-nos que deve principiar por cons-
tituir-se das composições indiscutíveis ou aceitáveis da
edição de 1595, com a ampliação da sua reedição de 1598.
A este primeiro cânone, e após conferência por ele, poderão
ser integradas as composições da Segunda Parte das *Rimas*,
publicada em 1616, e, se a tal fizer jus, o soneto que, na
edição de 1663, apareceu como inédito de Camões. Este
conjunto de composições dadas a público, desde 1595
a 1663, constituirá, assim, um corpo canónico pelo qual
será possível objectivamente avaliar-se da autenticidade das
atribuições ulteriores. O nosso presente estudo visa a contribuir para o estabelecimento concreto desse cânone,
para a fixação das suas características, para situar Camões,
segundo um conjunto tão autêntico quanto os nossos
conhecimentos permitem definir, no quadro da poesia
do século xvi, de que ele foi o mais alto e significativo
expoente.

---

[1] A nossa concepção de *forma externa* não é complemento anti-
nómico de uma *forma interna* que seja a *innere Form* (ou forma interior)
de Ermatinger e outros. Esta última noção, sem dúvida mais feliz
que a correspondente noção de um *conteúdo* opondo-se à *forma* (porque
acentua melhor a interdependência de «sentido» e «expressão»), implica
igualmente (como a dualidade «matéria-forma», segundo a definição
de Amado Alonso) uma concepção idealística da obra literária, pela
qual o que importa é o núcleo central de um pensamento poético
exprimindo-se através de um *estilo*, cujos sinais característicos nos reve-
lariam aquela «forma interior». A tal concepção idealística não aderimos, pois que ela subverte a consideração concreta do *objecto estético*,
que uma obra de arte literária antes de tudo é, e substituindo-a por uma
abstracção que culminará, necessariamente, em comentários psicoló-
gisticos de uma personalidade «ideal». E a dialéctica da criação poética
não se estabelece, para efeitos de entendimento objectivo, entre uma
personalidade ideal e o que ela consegue pôr de si mesma numa forma,

OS SONETOS DE CAMÕES

mas sim entre o significado último de uma *construção de sentido*, que uma obra é, e a intencionalidade estética que, através de inúmeros elementos (um dos quais é a personalidade criadora, com a sua experiência de vida), procurou criá-la. E esta intencionalidade é a análise dos textos (e das suas contradições dialécticas) o que no-la revela. Do mesmo modo, não aderimos também — a não ser em termos relativos — ao conceito de *inward form* do filósofo inglês do século xviii Anthony Cooper, 3.º conde de Shaftesbury, e que é bem mais uma harmonia, necessariamente bela, do senso ético exercendo a sua independência metafísica. Este conceito ético-empirista do discípulo de Locke repercute, aliás, com enorme relevância, através do *Sturm und Drang* e do ulterior classicismo pré-romântico (Herder, Goethe, Schiller), nas ideias da crítica alemã neo-kantiana. Para nós, *forma externa* são as características formais, observadas em si mesmas, enquanto independentes do sentido (*meaning*, tal como definido por Ogden e Richards). *Forma interna*, por sua vez, não sendo «conteúdo» ou «*innere Form*», é a «estrutura de sentido» ou «construção de sentido» que uma obra literária *é*, segundo as correlações semânticas determinadas pela forma externa. Esta e a forma interna não são, portanto, dois grupos de elementos idealisticamente antinómicos, suporte de sentidos, uns, e o sentido, os outros; mas sim os próprios elementos constituintes do objecto estético, observados em si mesmos, ou na totalidade que eles mesmos constituem, no que discordamos da contradição em que se coloca Dámaso Alonso, em *Poesia Española*, ao identificar-se com os critérios positivistas da linguística de Saussure, por influência de Charles Bally. Todavia, a consideração crítica da forma externa e da forma interna — fases sucessivas de uma mesma análise — não pode ser feita, e não deve, dissociadamente de uma *perspectiva histórica e social* que permita limitar as áreas de sentido, ao que era possível pensar-se, e que, reciprocamente, permita corrigir as generalizações apressadas e culturalistas da crítica «sociológica». Por isso, discordamos de que se façam estudos meramente formalísticos, por um lado, ou que, por outro, se pratiquem «explicações de texto», análises de conteúdo (que podem chegar ao absurdo do *conteúdo ideal*, definido por Petsch, e seriam uma abstracção idealística daquilo que, em intuicionismo bergsoniano aplicado à crítica literária, tem sido costume chamar-se o «pensamento» de um escritor, desvinculando-se esse pensamento do *modo* como ele se exprimiria), ou mesmo, se não tomados como apenas técnicas de atenção ao texto, *close readings*. E por isso defendemos que se pratique uma *análise rítmico-semântica*, pela qual se analisam primeiro e sintetizam depois, em sucessivos níveis de compreensão, os elementos que arquitectonicamente compõem uma estrutura de sentido, visto que uma obra de arte literária é muito mais uma estrutura de sentido que propriamente um sentido «último». A respeito de uma mais ampla exposição destas nossas ideias, consultem-se os nossos volumes de ensaios, e em especial a introdução metodológica do nosso livro *Uma Canção de Camões*, e artigos citados no prefácio. Acerca do interesse e do lugar que atribuímos a Shaftsbury, ver a nossa *Literatura Inglesa*, em que o seu pensamento é genealogicamente situado na cultura britânica (e na europeia do século xviii).

[2] Houvera já, antes deles, e a começar no marquês de Santillana, tentativas por parte de poetas castelhanos [cf. um resumo da questão feito por Menéndez y Pelayo, em *Antologia de Poetas Líricos Castellanos*, tomo x («Juan Boscán — estudio crítico»), ed. Espasa Calpe, Buenos Aires, 1952]. Não conhecemos exemplos de análogas tentativas por-

tuguesas. Os celebrados sonetos em galaico-português, incluídos nos *Poemas Lusitanos*, de António Ferreira, são declaradamente imitações linguísticas, aliás saborosíssimas, feitas por este poeta.

[3] No seu estudo *O Cancioneiro Fernandes Tomás*, Coimbra, 1922, Carolina Michaëlis não repudia a autoria camoniana de, por exemplo, a «canção» que começa «*Não de cores fingidas*». Esta tradução livre de Horácio («*Non ebur neque aureum*», n.º 18 do livro II das odes), ao que verificamos, não é tècnicamente uma canção, mas uma *ode*, e, como tal, integra-se perfeitamente no cânone camoniano das odes. A discussão, a partir de um inquérito estrutural à forma externa das canções e das odes de Camões, desta e de outras composições apócrifas, fizemo-la no nosso vasto estudo *Uma Canção de Camões — interpretação estrutural de uma tripla canção camoniana, precedida de um estudo geral sobre a canção petrarquista peninsular e sobre as canções e odes de Camões, envolvendo a questão das apócrifas*, de que um breve resumo foi publicado no «Suplemento Literário» de *O Estado de S. Paulo*, em sete artigos (6/4, 20/4, 27/4, 4/5, 11/5, 18/5 e 25/5/63). Nessa obra, a interpretação estrutural da canção que começa «*Manda-me amor...*» (nas suas várias versões e variantes: edição de 1595, edição de 1598, edição de 1616, Cancioneiro Luís Franco, Cancioneiro Juromenha), peça lírica que consideramos fundamental para a compreensão do pensamento de Camões (desde a nossa conferência de 1948, «A poesia de Camões: ensaio de revelação da dialéctica camoniana», primeiro publicada em 1951, e mais tarde incluída no nosso volume *Da Poesia Portuguesa*, Lisboa, 1959), é, como o título daquela nossa obra indica, precedida por um estudo geral das canções e das odes de Camões, à luz de um inquérito estrutural à forma externa delas e da evolução da canção petrarquista em Petrarca e nos poetas castelhanos e italianos que têm sido considerados como fonte formal de Camões. Os textos considerados apócrifos ou suspeitos são, nesse estudo geral, cotejados pelo cânone formal estabelecido a partir das composições «canónicas», para esclarecimento da sua autenticidade ou apocrifia.

[4] A. J. da Costa Pimpão discutiu engenhosamente o problema no seu artigo «A lírica camoniana no século XVII», em *Brotéria*, vol. XXXV, fasc. 1, Lisboa, 1942, e aplicou as conclusões a que chegara na sua edição de 1944. Mas cremos que essas conclusões devem ser revistas cuidadosamente, a partir de um levantamento rigoroso das variantes de Faria e Sousa, em toda a sua edição, uma vez que para a maioria das composições já impressas antes de Faria preparar a edição, essas variantes se nos afiguram menos extensas e profundas do que as introduzidas nas composições «inéditas». Neste nosso presente estudo afloramos os problemas reais ou fictícios que têm sido levantados a propósito de Faria e Sousa, sempre que a edição dele contribui para o esclarecimento do cânone que pretendemos.

II
AS EDIÇÕES
DA OBRA LÍRICA
DE CAMÕES
ATÉ 1663

Havia Camões morrido uns quinze anos antes, quando, dos prelos de Manuel de Lyra, à custa do livreiro Estêvão Lopes, apareceu a 1.ª edição das *Rhythmas*, divididas em cinco partes, a primeira das quais era composta por sonetos. O impresso privilégio real, concedido por dez anos ao livreiro, está datado de 30 de Dezembro de 1595. É de 3 do mesmo mês, mas do ano anterior, a licença final para a impressão da obra, concedida após o parecer do censor Fr. Manuel Coelho [1] e a licença do Conselho. Isto quer dizer que a obra foi impressa durante o ano de 1595; que aguardou a impressão da folha em que vem a licença real concedida no penúltimo dia desse ano; que foi depois ultimada para publicação; e que esta não pode ter-se dado antes de fins de Janeiro ou em Fevereiro do ano seguinte, se não mais tarde.

Usando do mesmo alvará real, mas requerendo nova licença que foi concedida em 8 de Maio de 1597 (porque o livro trazia muita matéria nova, tinha de requerê-la, e não apenas de submetê-lo a verificação), Estêvão Lopes publicou, com data de 1598, uma reedição das *Rimas* (a pedantaria titular da 1.ª edição desaparecera, e com ela o prólogo crítico mais tarde atribuído a Soropita) «acrescentadas nesta segunda impressão». Os sonetos, na verdade muito acrescentados, continuavam a formar a primeira parte do volume. Se a licença do Santo Ofício está datada de 8 de Maio de 1597, é porque Estêvão Lopes apresentou algum tempo antes, já organizado, o novo original a exame. Logo, o êxito de livraria da 1.ª edição havia sido enorme, pois que, em princípios de 1597, o dito livreiro estava já apresentando ao Santo Ofício a reedição ampliada de uma obra cujos exemplares haviam sido postos à venda um ano antes. No volume de 1598, a carta-dedicatória de Estêvão Lopes a D. Gonçalo Coutinho, o patrono da edição, aparece redatada de 16 de Janeiro de 1598; e é, com alterações, a mesma que viera, mas datada de 27 de Fevereiro de 1595, na 1.ª edição, que igualmente lhe era dedicada.

Não parece que possa ser estabelecida alguma relação directa e proporcional entre as datas das licenças das edições e as das cartas-dedicatórias que nos esclareça sobre o provável momento de publicação das edições. Se, para a 1.ª, entre a licença e a carta, medeiam cerca de três meses, o prazo correspondente é de oito meses para a 2.ª Por outro lado, se a 1.ª edição teve de esperar pelo privilégio, a 2.ª não teve; pelo que não podemos, como para a 1.ª, supor que a 2.ª apareceu cerca de catorze meses depois da licença (e, portanto, em Julho de 1598). Mas, na verdade, se tinha pressa de publicar o volume, não há razão alguma para pensarmos que Estêvão Lopes, tendo as licenças e o volume em impressão, aguardasse que esta se concluísse para solicitar o privilégio. E há razões para pensarmos o contrário, porque este privilégio não se refere apenas às *Rimas*, mas também a *Os Lusíadas*, «que já foi impresso, por agora haver poucos». Ora, com efeito, a edição da epopeia, aqui prevista, havia sido autorizada em 15 de Novembro de 1594, e foi publicada em 1597. A falta de colofons nestas edições é que nos obriga a deduções cronológicas.

Logo, e na verdade, a edição chamada de 1595 terá aguardado a concessão do privilégio pedido também para *Os Lusíadas*, mas sobretudo para ela, que foi imediatamente publicada, enquanto a edição do poema épico estava nos planos de Estêvão Lopes para o ano seguinte a 1596. A edição de 1598, por sua vez, ou foi publicada em princípios desse ano (admitindo-se que os prelos de P. Crasbeeck, que a imprimiram, eram mais rápidos que os de Manuel de Lyra), ou só em Julho do mesmo ano. De qualquer modo, terá a edição saído mais ou menos no decurso do 1.º semestre de 1598. Foi reimpressa só em 1607, à custa de Domingos Fernandes, com licença final concedida em 10 de Julho de 1606.

O curtíssimo prazo entre a 1.ª e a 2.ª edição das *Rimas* aponta, por certo, para o êxito excepcional do livro. Mas não só para isso. O êxito desencadeou sem dúvida uma chuva de inéditos, na posse de coleccionadores,

OS SONETOS DE CAMÕES

e uma agitação suficiente para, no prazo de um ano, ter sido possível a Estêvão Lopes apresentar à Censura um volume que aumentava de 40% as espécies atribuídas a Camões. Isto não deixa de ser um pouco estranho. E uma outra hipótese nos surge no espírito, que, se não invalida o êxito que deve ter havido, lança sérias dúvidas sobre o modo como a reedição foi organizada. É crença corrente da crítica que esta 2.ª edição é melhor do que a 1.ª As observações que fizemos, cotejando-as rigorosamente, mostram que ela foi sobretudo correctiva, não no sentido de ter encontrado e preferido, para os poemas já publicados, melhores lições, mas no sentido de emendar-lhes eufonicamente os versos (quando não é o dedo de uma mais rigorosa censura o que se adivinha) [2]. E, quanto aos poemas acrescentados, será bom ponderar o seguinte.

Se de cerca de 170 poemas da 1.ª edição cerca de uma dúzia foram atingidos por dúvidas de autoria (logo, ou já no nosso tempo, mas em função de provas antigas), tendo apenas sido retirados por Estêvão Lopes os que constituíam maior escândalo (como as cantigas de Garcia de Resende, já impressas no *Cancioneiro Geral*, ou algum poema entretanto impresso com outro nome de autor), das cerca de 70 peças acrescentadas uma dezena oferece algumas dúvidas. *A proporção de erro é, num e noutro caso, a mesma.* O que não aponta para maior cuidado selectivo de Estêvão Lopes, na reedição.

Ficamos, assim, desconfiados de que ele, jogando no êxito que a obra teria, não incluiu na 1.ª edição muita coisa que já tinha em mãos. Se o êxito fosse grande, suspendia a tiragem de exemplares do livro, para lançar então uma edição «acrescentada», que os compradores da 1.ª teriam de comprar também. Mas este desígnio deve ter-se cruzado com o facto de o êxito do livro ter posto a claro as falhas da 1.ª edição quanto a atribuições erradas, precipitando o cálculo do lançamento da reedição melhorada.

O carácter correctivo desta edição de 1598 (introduzindo nos poemas uma profusão de indicações de leitura, marcando com apóstrofos as elisões necessárias à leitura métrica, que jamais Camões algum introduziria em manuscrito seu, e que não são das competências ou incompetências ortográficas dos tipógrafos — indicações que, em alguns poemas, chegam a ser 40% das emendas introduzidas) deve ter resultado de críticas que terão circulado acerca da má metrificação de Camões, ou do descuido com que os poemas teriam sido copiados e impressos. Estas críticas eram perfeitamente naturais, quando décadas haviam passado sobre o sistema fonético de metrificação em que Camões se formara, usando o hiato como recurso expressivo (ou elidindo-o violentamente sempre que ao verso isso interessasse), e quando o ouvido e os olhos dos leitores de poesia avançavam já para os hábitos barrocos de uma sólida e consonântica metrificação.

Na 1.ª edição, os critérios e as responsabilidades da crítica textual que presidira à sua organização são expostos e assumidos num prólogo crítico, anónimo, que, como acentuamos acima, não reaparece na reedição. Reapareceu, atribuído a Fernão Rodrigues Lobo Soropita, na edição de 1616, de Domingos Fernandes, a quem passara o privilégio renovado (depois de expirados os dez anos, é óbvio) à viúva de Estêvão Lopes. Com ser de uma pedantaria que hoje nos parece excessiva (e que não é maior que a de qualquer dos teóricos e críticos do século XVI italiano, que serviam de modelo para aquelas belezas de erudição), o prefácio de Soropita é uma inteligente peça crítica, em que se defendem princípios ainda hoje válidos em crítica de textos, embora não tão usados como seria para desejar. Diz ele: «Os erros que houver nesta impressão não passaram por alto a quem ajudou a compilar este livro, mas achou-se que era menos inconveniente irem assim como se acharam por conferência de alguns livros de mão, onde estas obras andavam espedaçadas, que não violar as composições alheias, sem certeza evidente de ser a emenda verdadeira, porque sempre aos bons entendimentos fica reservado julgarem que não são erros do autor, se não vício do tempo, e inadvertência de quem as trasladou. E seguiu-se nisto o parecer de Augusto César, que, na comissão que deu a Vário e a Tuca para emendar a *Eneida*, de Virgílio, lhe(s) defendeu expressamente que nenhuma cousa mudassem, nem acrescentassem, porque em efeito é confundir a substância dos versos e conceitos do autor com as palavras e invenção de quem emenda, sem ficar ao diante a certeza se o que se lê é próprio, se emendado. E por isso se não buliu em mais que só aquilo que claramente constou ser vício de pena, e o mais vai assim como se achou escrito, e muito diferente do que houvera de ir, se Luís de Camões em sua vida o dera à impressão: mas assim debaixo destas afrontas, que o tempo e a ignorância lhe fizeram, resplandece tanto a luz de seus merecimentos, que basta para neste género de poesia não havermos inveja a nenhuma nação estrangeira». Este judicioso critério, tão elegantemente expresso, não evitara, segundo declaração do próprio Soropita, que, entre os sonetos «que aqui vão impressos como seus», não tivesse passado o «*Espanta crescer tanto o crocodilo*», o qual «depois de impresso se soube que não era seu». E muito menos os lapsos que nos parecem mais graves, como a inclusão das cantigas de Garcia de Resende e de composições claramente atribuíveis a Diogo Bernardes. No entanto, não são tanto como parecem. Das revelações de Soropita fica patente que ele e Estêvão Lopes *não dispuseram de autógrafos do poeta*. Não há, em todo o prólogo, senão declarações sobre os livros de mão, os erros de quem copiou, etc. E, provavelmente, naqueles livros, a confusão de autorias seria tão grande como nos que chegaram até nós. Que, no meio dessa confusão, houvesse duas cantigas do *Cancioneiro Geral* tão estilisticamente confundíveis com Camões, não é para admirar: será mesmo de admirar que a edição de 1595 não apresentasse mais obras cuja autoria fosse alheia ou duvidosa do que aquelas que apresenta. Ora o critério de respeito por lições que não havia modo de melhorar sem falsificá-las parece que não prevaleceu na reedição de 1598. E quem sabe se isso não terá influído, por desacordo entre Soropita e Lopes (ou entre o partido do respeito e o da emenda, alinhados atrás de cada um), para a desaparição do prólogo conspícuo e erudito, que só reaparece na Segunda Parte das *Rimas*, em 1616, vinte anos depois de ter sido primeiro publicado e dezoito de ter sido suprimido da edição de 1598 e da reprodução desta que a edição de 1607 é. Não se sabe, parece, quando morreu Soropita; mas terá nascido em 1562. Será que em 1616 já tinha morrido, e com ele a sua oposição a participar de beneficiações indebitamente feitas a Camões? Camilo Castelo Branco, ao publicar-lhe *Poesias e Prosas Inéditas*, não deduziu delas data ulterior a 1606. Não há notícias da questão, se a houve. Mas a hipótese é muito plausível, e converge com as observações e as reservas que fazemos à edição de 1598, apesar do mérito, que ela teve, de revelar novos inéditos, ou completar textos que estariam incompletos [3]. A reedição de 1598 foi reeditada em 1607 e em 1614, por Domingos Fernandes, sem acrescento algum, apesar dos anúncios que ele fazia, declarando-as acrescentadas, do mesmo passo que prometia uma «segunda parte». Esta saiu, em volume separado, em 1616, mas fora precedida, no ano anterior, pela reedição de *Anfitriões* e de *Filodemo* (primeiro publicados em 1587), e pela publicação do poema *Da criação e composição do Homem*, atribuído a Camões. Estas obras não figuram, ao contrário do que às vezes tem sido dito, na Segunda Parte de 1616: em alguns volumes, aqueles folhetos com frontispício próprio estão encadernados juntos com ela.

A nova parte apresentava mais de meia centena de inéditos. Uma dúzia deles é de atribuição duvidosa, numa proporção de 20%, quase três vezes superior à de 1595 e 1598. A Primeira Parte, como passou sempre a ser intitulada a reedição aumentada de 1598, continuou a ser reeditada: 1621, 1629, 1632, etc., tendo os Crasbeeck, que tantas edições camonianas tinham imprimido, passado a dirigir a indústria por conta própria. Na edição de 1663, de António Crasbeeck de Melo, quase meio século depois da Segunda Parte, aparece um novo inédito, o soneto «*Doce contentamento já passado*». A nova colheita aproximava-se, e seria as edições de Álvares da Cunha e de Faria e Sousa, que constituem uma problemática diversa da que é de certo modo comum às edições que referimos. Em matéria de sonetos, temos pois até 1663, os de 1595, os acrescentados em 1598, os da Segunda Parte de 1616, e o soneto daquela última data. Os sonetos que, desde 1595, entraram e ficaram (ou saíram) na obra impressa de Camões atingem a cifra de 378 [4]. A média dos que persistem nas edições modernas orça por 195, com um mínimo de 166 e um máximo de 211, que não são sempre os mesmos [5]. Os que por agora discutiremos, e cuja forma externa poremos em cotejo entre si e com a dos autores citados, é menor: pouco mais de uma centena. Tratemos, para tal, cada edição de per si.

---

[1] Na nossa obra *Uma Canção de Camões* há algumas observações e considerações (preliminares de estudo mais amplo) sobre este censor e outros nas suas relações com o texto das obras de Camões. O parecer de Fr. Manuel Coelho, não datado, mas que serve de base à licença de 30 de Dezembro de 1594 para a edição de 1595 das *Rimas* diz o seguinte: «Vi por mandado de Sua Alteza o livro intitulado *Rimas*, de poesia de Luís de Camões, assi como vai não tem cousa alguma contra a nossa santa Fé Católica, ou contra os bons costumes e guarda deles, antes com sua poesia pode ensinar, e com a variedade deleitar a muitos», após o que discute e explica (como Fr. Bartolomeu Ferreira fizera para a 1.ª edição de *Os Lusíadas*), com citações teológicas, os vocábulos

OS SONETOS DE CAMÕES

Deuses, Fado, Fortuna, «e outros semelhantes», declarando-os aceitáveis, «como mostrei longamente na aprovação que dei às *Lusíadas* do mesmo autor, que agora novamente se imprimem, o que, visto bem, se pode este livro imprimir». O parecer que permitiu a licença (de 8 de Maio de 1597) para a reedição de 1598 dizia apenas: «Neste livro não há cousa alguma contra a fé ou os bons costumes (sem data). — *Fr. António Tarrique»*. É, porém, muito curioso o parecer para a licença de reedição da compilação de 1598, que foi feita em 1607 (edição que, como as «duas» primeiras de *Os Lusíadas*, tem dois frontispícios diferentes, como é sabido, e também variantes textuais, como verificámos): «Vi este livro que se intitula *Rimas* de Luís de Camões, o qual já foi muitas vezes impresso e emendado: mas assi como vai não tem cousa contra a nossa Santa Fé, e bons costumes. Em o Convento de Nossa Senhora da Graça de Lisboa, a 15 de Junho de 1606. — *Fr. António Freire»*. Na verdade, a menos que tenha realmente existido uma reedição de 1601 citada por Faria e Sousa, e que se sumiu, as muitas impressões haviam sido... uma única, a de 1598, já que esta, por sua vez, era o volume de 1595 muito ampliado. Mas o «já muitas vezes (...) emendado» pode entender-se como lançando alguma luz sobre a fórmula banal e comum da licença de 1594 («assi como vai...»), que havia sido também usada para a tão emendada edição dos Piscos de *Os Lusíadas*, e sobre o seco parecer de 1597, no sentido de os textos terem sido retocados para as edições de 1595 e de 1598. O parecer para a licença da edição de 1614 da Primeira Parte das *Rimas* (e que é reimpresso na edição de 1621, que é também da Primeira Parte) diz o seguinte: «Vi estas *Rimas* de Luís de Camões impressas no ano de 1598, e assi como vão emendadas em 4 ou 5 lugares que julguei por indecentes, me parece que se podem imprimir. Nossa Senhora da Graça de Lisboa, 11 de Julho de 1614. — *Fr. António Freire»*. Atente-se, neste caso, em duas coisas: o editor não levou a revisão um exemplar das edições mais recentes, já revistas acumuladamente, mas um exemplar de 1598, como se depreende do parecer; e Fr. António Freire, nos oito anos que envelhecera desde o parecer que dera para o mesmo volume em 1606, tornara-se mais «prude», ou a sua atenção fora chamada a capítulo: 4 ou 5 lugares indecentes haviam-lhe escapado... Quando na edição de António Álvares da Cunha (1668) são publicados novos inéditos que constituem assim a Terceira Parte (que só ela é da responsabilidade do Cunha, e que bibliografias e camonistas misturam, como as encadernações, com a Primeira Parte e a Segunda revistas por João Franco Barreto e publicadas respectivamente em 1666 e 1669), a licença de 21 de Janeiro de 1667 diz: «Vistas as informações que se houveram, pode-se imprimir a Terceira Parte das *Rimas* de Luís de Camões, na forma que vai emendada, e depois de impressa tornará ao Conselho para se conferir, e se dar licença para correr, e sem ela não correrá» — e seguem-se a data e as assinaturas de seis conselheiros. Esta licença é da maior importância. Tem Faria e Sousa sido acusado de retocar os textos camonianos, que indubitavelmente retocou (ainda que não tanto quanto genericamente se supõe); e onde as composições comuns à sua edição e à de Álvares da Cunha (que se serviu dos manuscritos de Faria, ao que se tem concluído) apresentam lição independente, é norma seguida usarem-se as lições da edição do Cunha. Mas se, de um modo geral, as licenças que temos observado lançam suspeitas sobre os textos impressos (quando haja divergência entre eles e lições dos cancioneiros manuscritos), parece que, no caso do Cunha e do Sousa, os editores nunca se interrogaram sobre este dilema: não estariam, ao

JORGE DE SENA

preferirem as lições de Álvares da Cunha às de Faria e Sousa, preferindo afinal as lições dos devotos censores do Cunha? Em resumo: as *Rimas* de 1595 haviam sido licenciadas com um discreto «assi como vai», no entanto ominosamente igual ao que sanciona a edição dos Piscos: as *Rimas* de 1598 haviam passado pelo crivo, tanto quanto se pode deduzir do parecer respectivo, do facto de, reimpressas em 1607, ser achado que já tinham sido muito emendadas e de, para a edição de 1614, terem sido ainda corrigidas em 4 ou 5 lugares tidos por «indecentes» (o cotejo exaustivo entre os textos de 1595 e a reimpressão deles em 1598 revela algumas emendas que serão da censura); a Segunda Parte, de 1616, já foi declaradamente vítima dos mesmos critérios, e pôde imprimir-se depois de mudado e riscado no original o que foi apontado pelo censor; a Terceira Parte, de 1668, como a anterior, tudo leva a crer que foi amplamente emendada. É interessante notar algumas das obras que foram vistas por Fr. Manuel Coelho (o censor das *Rimas* de 1595) e por Fr. António Tarrique (o da edição de 1598). Feito um levantamento dos censores nos registos bibliográficos de A. J. Anselmo *Bibliografia das Obras Impressas em Portugal no Século XVI*, Lisboa, 1926), e em que nem sempre são mencionados os nomes de quem deu os pareceres, para obras impressas entre 1572 (data da 1.ª edição de *Os Lusíadas*) e 1600 (data limite da bibliografia de Anselmo), encontram-se pareceres assinados por Fr. Manuel Coelho entre 1594 e 1600, e por Fr. António Tarrique em 1597-99. Os pareceres de Fr. Bartolomeu Ferreira vão, nesse reportório e nas condições descritas, de 1571 a 1594, inclusive — e há sobre eles comentários de Sousa Viterbo, em *Fr. Bartolomeu Ferreira — O primeiro censor de «Os Lusíadas» — Subsídios para a História Literária do século XVI em Portugal*, Lisboa, 1891. Nesta obra, Viterbo computa 140 obras, das mais diversas, revistas por Fr. Bartolomeu entre 1571 e 1603. Acidentalmente, menciona Fr. António Tarrique, do qual viu seis pareceres entre 1596 e 1601. Manuel Coelho, além das *Rimas* de 1595, aprovou *Os Lusíadas* de 1597, *O Lima* (1596), de Diogo Bernardes, o *Naufrágio da «Nau S.to Alberto»* (1597), de Lavanha, a Primeira Parte (de Fr. Bernardo de Brito) da *Monarquia Lusitana* (1596), esta com Fr. Luís de Sotomayor, a Primeira Parte das *Crónicas* (1600), de Duarte Nunes de Leão, e uma edição comentada do *Cântico dos Cânticos* (1598), esta com Fr. António Tarrique, e ainda diversas outras obras. Tarrique, além dos pareceres mencionados, reviu por exemplo uma edição lisboeta (1598) do *Primaléon* (cuja 1.ª edição era de 1512) e a (1600) do *Guzmán de Alfarache*. Parece, em princípio, que Fr. Manuel Coelho era mais revisor de poesia e de história (e nisto *Os Lusíadas* coincidiam), e Fr. António Tarrique o era mais da ficção (de que seria especial amigo ou inimigo...) e de exegese bíblica. Cremos que aquele Fr. Luís de Sotomayor é o lente da Universidade de Coimbra que foi despojado da sua cátedra, em 1580, por ter-se manifestado pelo Prior do Crato, segundo F. Freire de Carvalho, *Primeiro Ensaio*, etc., Lisboa, 1845, nota 77.

[2] Na nossa obra já citada na nota anterior encontra-se o inventário e a classificação das emendas de 1598 ao texto de 1595 da canção «*Manda-me amor...*»; e também para outras composições é referida a esmagadora percentagem de emendas que são meras indicações de leitura, que nenhum poeta jamais após a escritos seus. Em apêndice deste presente estudo, encontram-se, comentados, os valores globais e a classificação de todas as emendas de 1598, conforme as espécies líricas e no total das composições que eram de 1595. É de fazer-se notar,

OS SONETOS DE CAMÕES

todavia, que nas listas dos sonetos de 1595 e de 1598, adiante dadas no texto, são observáveis, comparando os primeiros versos comuns às duas edições, algumas dessas intervenções «correctivas».

[3] Além de cerca de 70 composições inéditas (com excepção da ode de 1563 e do soneto e dos tercetos já impressos em 1576, e que haviam escapado em 1595), algumas das quais são suspeitas ou inteiramente alheias, a edição de 1598 amplia o *commiato* da canção «*Manda-me amor*», acrescenta duas estrofes à canção «*Vinde cá...*» (cuja inserção nos lugares em que andam nos parece discutível), dá mais estrofes aos «Disparates da Índia», etc. Não julgamos pacífico que estes aumentos tenham sido resultado de cortes da censura em 1595, que deixariam de verificar-se (porquê?) em 1598, como por exemplo aventa Rodrigues Lapa (na sua edição antológica) para as duas estrofes da canção «*Vinde cá...*». O exame que fizemos dos pareceres e os cotejos não confirmam — antes pelo contrário — uma especial benevolência para a edição de 1598. Pode, pura e simplesmente, ter havido precipitação no preparo da edição de 1595, com a consequência de graves saltos na composição tipográfica, se é que alguns desses acrescentos não são resultados das manobras editoriais de Estêvão Lopes... Ao tratarmos, como estamos tratando, das edições da obra lírica, não entramos em linha de conta com o facto de as primeiras cartas de Camões aparecerem na edição de 1598, ou de, na edição de 1645 das *Rimas*, aparecer pela primeira vez o «*El-Rei Seleuco*».

[4] Segundo o índice apresentado por J. G. Chorão de Carvalho no valioso estudo «Sobre o texto da lírica camoniana» *(Revista da Faculdade de Letras de Lisboa*, xvi, 1948, pp. 224-38, e xv, 1949, pp. 53-91). Este estudioso, que hoje é o Prof. Herculano de Carvalho, não trata propriamente dos «textos», e sim das questões de autoria, naquele trabalho, a que voltaremos a reportar-nos.

[5] Segundo os números apresentados por A. Salgado Júnior em *Camões — Obra Completa*, ed. Aguilar, Rio de Janeiro, 1963, edição a que fizemos longa crítica no estudo *O Camões da Aguilar*, publicado no «Suplemento Literário» de *O Estado de S. Paulo*, em cinco artigos (25/1, 1/2, 8/2, 15/2 e 22/2/63). Aí diz S. J., num quadro, que a edição Rodrigues-Lopes Vieira tem 197 sonetos, a de Costa Pimpão 166, a de Hernâni Cidade 204, e a dele 211. O nosso 195 é a média destes quatro valores.

III
A EDIÇÃO
DE 1595

III

A EDIÇÃO
DE 1595

A primeira parte desta edição era composta por sonetos, porque, como explicava Soropita no seu prólogo, era o soneto «composição de mais merecimento, por causa das dificuldades dela, assi em não admitir nenhuma palavra ociosa nem de pouca eficácia, como em haver de cercar toda a matéria dele dentro do limite de catorze versos, fechando o último terceto de maneira que não fique ao entendimento desejo de passar avante, cousa em que muitos poetas que andam nas asas da fama tiveram pouca felicidade».

Nessa primeira parte estão 65 sonetos, e não os 66 que da numeração se depreenderia, porque há um salto do 51 para o 53. Pela ordem, são os seguintes:

1 — *Em quanto quis fortuna que tivesse*
2 — *Eu cantarei de amor tão docemente*
3 — *Tanto de meu estado m'acho incerto*
4 — *Transforma-se o amador na cousa amada*
5 — *Passo por meus trabalhos tão isento*
6 — *Em flor vos arrancou de então crescida*
7 — *Num jardim adornado de verdura*
8 — *Todo animal da calma repousava*
9 — *Busque amor novas artes, novo engenho*
10 — *Quem vê senhora claro e manifesto*
11 — *Quando da bela vista, e doce riso*
12 — *Doces lembranças da passada glória*
13 — *Alma minha gentil, que te partiste*
14 — *Num bosque que das Ninfas se habitava*
15 — *Os Reinos, e os impérios poderosos*
16 — *De vós me aparto (ó vida) em tal mudança*
17 — *Cara minha inimiga, em cuja mão*
18 — *Aquela triste e leda madrugada*

19 — *Espanta crescer tanto o Crocodilo*
20 — *Se quando vos perdi minha esperança*
21 — *Em fermosa Letea se confia*
22 — *Males que contra mi vos conjurastes*
23 — *Está-se a Primavera trasladando*
24 — *Sete anos de pastor Jacob servia*
25 — *Está o lascivo e doce passarinho*
26 — *Pede-me o desejo (dama) que vos veja*
27 — *Porque quereis senhora que ofereça*
28 — *Se tanta pena tenho merecida*
29 — *Quando o sol encoberto vai mostrando*
30 — *Um mover d'olhos brando e piadoso*
31 — *Tomou-me vossa vista soberana*
32 — *Não passes caminhante: Quem me chama?*
33 — *Fermosos olhos, que na idade nossa*
34 — *O fogo que na branda cera ardia*
35 — *Alegres campos, verdes arvoredos*
36 — *Quantas vezes do fuso s'esquecia*
37 — *Lindo e sutil trançado, que ficaste*
38 — *O Cisne quando sente ser chegada*
39 — *Pelos extremos raros que mostrou*
40 — *Tomava Deliana por vingança*
41 — *Grã tempo há já que soube da ventura*
42 — *Se algũa hora em vós a piedade*
43 — *Ó como se me alonga de ano em ano*
44 — *Tempo é já que minha confiança*
45 — *Amor, co a esperança já perdida*
46 — *Apolo, e as nove Musas, discantando*
47 — *Lembranças saudosas, se cuidais*
48 — *Apartava-se Nise de Montano*
49 — *Quando vejo que meu destino ordena*
50 — *Depois de tantos dias mal gastados*
51 — *Náiades, vós que os rios habitais*
52 — ....
53 — *Mudam-se os tempos, mudam-se as vontades*
54 — *Se as penas com que amor tão mal me trata*
55 — *(À sepultura del Rei D. João III) — Quem jaz no grã sepulcro, que descreve*
56 — *Quem pode livre ser gentil senhora*
57 — *Como fizeste Pórcia tal ferida*
58 — *(Ao Autor) — Quem é este que na harpa lusitana*
59 — *(Resposta Sua) — De tão divino acento e voz humana*
60 — *(À sepultura de D. Fernando de Castro) — Debaixo desta pedra está metido*

61 — *(A D. Luís d'Ataíde, visorei)* — *Que vençais no Oriente tantos Reis*
62 — *(Partindo-se para a Índia)* — *Eu me aparto de vós Ninfas do Tejo*
63 — *Vossos olhos senhora que competem*
64 — *Fermosura do céu a nós descida*
65 — *Pois meus olhos não cansam de chorar*
66 — *Dai-me hũa lei senhora de querer-vos*

Nesta transcrição dos primeiros versos, pela ordem do volume, estão dados os títulos ou dedicatórias, quando são mencionados e tal como o são. A pontuação é a do texto, salvo a supressão (por tratar-se de citação do primeiro verso) de pontuação no fim do verso. Quanto à ortografia, foi ela actualizada, sempre que a actualização não traísse a fonética do verso. Mas, por exemplo, no soneto n.º 19, é mesmo «crescer» o que a edição escreve, e não «crecer», como é costume citar-se mais quinhentistamente que os quinhentistas, o que, diga-se de passagem, não é dos menos curiosos acidentes das edições camonianas modernas...

Como desta lista se vê, Soropita e Lopes não ignoravam que estavam publicando *sessenta e três* sonetos *como de* Camões. No prólogo era dito que o n.º 19 não era dele; no texto é perfeitamente claro que o n.º 58 também o não era. Receber um soneto e responder-lhe pelos mesmos consoantes (como acontece com este e o 59 que lhe responde) constituía prática corrente. E as edições de autores quinhentistas estão cheias destes pares de sonetos, cuja numeração tem atrapalhado grandemente as atribuições ulteriores de autoria. O soneto numerado 58 muitas vezes tem entrado no cômputo dos sonetos de Camões.

No texto, uma vez por outra, a numeração dos sonetos vem gralhada, e não há dúvida de que de gralha se trata, porque do erro para diante continua certa. O único salto é, de facto, o do n.º 52. Provavelmente, trata-se de um soneto que, no original, a censura havia suprimido; e, porque a numeração não fora corrigida, o tipógrafo manteve-a como daí para diante estava. A menos que houvesse cálculo em manter-se o salto, e o soneto era depois comunicado *sous le manteau*... Ou que, pura e simplesmente, fosse um soneto que se descobriu a tempo que não era de Camões.

Haverá, na arrumação dada aos sonetos, alguma temática ordem especial? Tirando os obviamente iniciais de uma colectânea (o primeiro e o segundo), e o facto de a maioria dos que são dedicados a alguém se agruparem para o fim, não parece que a haja. Sem dúvida que um exame da forma externa mostra que os primeiros sete sonetos todos rimam, nos tercetos, *cde cde*, constituindo o maior grupo com tal esquema. Mas este reaparece até ao fim em todo o conjunto, de modo que não pode dizer-se que a arrumação tenha sido feita por esquemas dos tercetos.

Com data de 1597, e dos prelos de Manuel de Lyra também, saiu a edição de *Rimas Várias: Flores do Lima*, de Diogo Bernardes. A licença final para esta obra é de 30 de Janeiro de 1597, anterior de pouco mais de três meses à concedida para a reedição de 1598 das *Rimas* de Camões, que não foi Lyra a imprimir, mas foi também Estêvão Lopes a custear [1]. A obra de Diogo Bernardes não deve ter saído a público antes de fins de 1597, ou princípios de 1598. E é de crer que, na ocasião de organizar-se e de ser feita a edição de 1595 das *Rimas* de Camões, ainda os cadernos originais de Bernardes não estavam nas mãos de Estêvão Lopes, visto que este, por certo enquanto preparava a reedição de Camões, retirou sonetos que estavam, e saíram, no volume de Bernardes.

Na verdade, nas *Flores do Lima* incluíam-se os n.ºs 20, 50 e 62 de Camões-95. Estêvão Lopes, em Camões-98, implicitamente reconheceu a autoria de Bernardes para um deles, o 62, que retirou. Dos outros dois, tem parecido que ele retirou um (o 20), porque o retirou do índice, mas não do texto. Ora, cotejando os sonetos em Camões-95 e em Diogo Bernardes, verifica-se que Lopes retirou o soneto que, com poucas diferenças, é o mesmo, enquanto manteve um nas mesmas condições (o 50, que é o 78 de Bernardes) e outro que, pelas diferenças profundas e semelhanças superficiais [2], não o é. Porque terá assim procedido quem retirou, inversamente, do texto, mas não do índice, o soneto «*Espanta crescer tanto o crocodilo*»? Será que, nos apógrafos camonianos de que se serviu, não era afinal certa a atribuição do 62, sendo expressa a dos outros? Porque é evidente que não foram as semelhanças ou diferenças de lições que presidiram às decisões.

Nós temos, para a exclusão do soneto 62, e também do 50, e para a atribuição deles a Bernardes, outras razões, quais sejam a atribuição daquele a Bernardes pelo Cancioneiro Fernandes Tomás e a deste, a Bernardes também, pelo índice do P.e Pedro Ribeiro. Mas tinha-as Estêvão Lopes [3]?

Ulteriormente, sobre outros sonetos desta edição de 1595 recaíram dúvidas de autoria. Faria e Sousa, na sua edição comentada, declara ter visto o n.º 61 (que, na ordenação dele, é o n.º 64) «em alguns manuscritos», em nome de Simão da Veiga, que acrescenta não saber quem seja; e o n.º 64 (seu 66) «em um manuscrito», sob a rubrica «A D. Guiomar Henriques, quando entrou no palácio da infanta D. Maria, em 1566», em nome de Francisco de Andrade, o poeta e cronista de D. João III. O n.º 8, que circulou em castelhano na Espanha do século XVII *, é atribuído em português a Martim de Crasto ou Castro, no Cancioneiro da Biblioteca da Academia de História de Madrid, enquanto o P.ᵉ Pedro Ribeiro inclui o seu primeiro verso entre os sonetos de Camões e também entre os sonetos que atribui a Diogo Bernardes. As dúvidas que o índice de Pedro Ribeiro lançou sobre o n.º 53 (*«Mudam-se os tempos, mudam-se as vontades»*), um dos mais célebres da 1.ª edição, atribuindo-o a Diogo Bernardes, parecem ser todavia anuladas pela expressa atribuição a Camões, feita no supracitado Cancioneiro de Madrid [4]. O Cancioneiro Fernandes Tomás atribui a Estêvão Rodrigues de Castro o n.º 30 (cujo 1.º verso aí é, segundo Carolina Michaëlis, «*Um brando mover de olhos e piedoso*»); e o índice do Cancioneiro do P.ᵉ Pedro Ribeiro dá a Diogo Bernardes o n.º 65 (com o 1.º verso levemente modificado para «*Pois não cansam os meus olhos de chorar*»). Ambos estes sonetos, nas dúvidas que impendem sobre eles, não têm merecido a atenção dos estudiosos, cremos que por Carolina Michaëlis, nos estudos que dedicou aos dois cancioneiros, se ter esquecido deles nas listas de 1.ᵒˢ versos em que compara e resume as suas observações. Nem um, nem outro, figuram no Cancioneiro de Madrid ou no de Luís Franco.

Notemos no entanto, como se distribuem, na edição de 1595, todos estes sonetos alheios ou duvidosos:

8 — 19 — 20 — 30 — 50 — 53 — 61 — 62 — 64 — 65

Não é curioso e suspeito que, com apenas duas excepções dispersas (o 8 e o 30), eles apareçam agrupados? Com efeito, temos o grupo formado pelo 19 (Quevedo Castelbranco) [5] e pelo 20 (Bernardes), o grupo formado pelo 50 (Bernardes) e pelo 53 (Bernardes), entre os quais, pela não-existência do 52, apenas se intercala um, e, por fim, com a intercalação do 63, o grupo formado pelos 61 (Veiga), 62 (Bernardes), 64 (Andrade) e 65 (Bernardes),

* À margem está escrito: «erro». Ver *Um soneto de 1595, que seria de autor incerto e que será de Camões*, em apêndice. (M. de S.).

seguidos por mais um que conclui a série de sonetos da edição. Note-se, além disto, que o soneto de Bernardes, que Lopes retirou em 1598, é o 62. De modo que parece podermos afirmar que, reconhecendo como lapso apenas o n.º 19 (o que é implícita confissão de que outros poderia haver), a *colectânea relegara para o fim os sonetos que, mais do que outros, não mereciam a confiança dos organizadores quanto à autoria.* Por outro lado, é nítido que, com a excepção já apontada do n.º 8 (que, sabendo-o incerto, atribuíram a Camões), *os organizadores da edição formaram dois grandes conjuntos, terminados por sonetos que tinham por mais incertos que os outros: 1-18 (seguidos do grupo suspeito 19-20) e 21-49 (seguidos de 15 sonetos, 6 dos quais sabemos que podem ser suspeitos).*

Quanto ao esquema de rimas, é de notar que todos os sonetos desta edição, quer os autênticos (até nova ordem...), quer os alheios, quer os duvidosos, têm nos quartetos o esquema *abba abba*, que era considerado o mais elegante, mas não era obrigatório [6]. Podemos, pois, considerar que este esquema é *canonicamente característico da edição.*

No que aos tercetos se refere, os esquemas de todos os sonetos desta 1.ª edição são apenas *quatro:*

   cde cde
   cdc dcd
   cdc dce
   cdc cdc

que inscrevemos na ordem decrescente da sua ocorrência.

Admitindo em absoluto, e apenas para verificação, todas as suspeições que incidiram sobre a autoria camoniana de sonetos de 1595, teremos nesta edição (não contando, é óbvio, o soneto dirigido «Ao Autor») 54 sonetos indubitavelmente autênticos. Vejamos como os esquemas se distribuem entre eles:

Esquemas	Número	Percentagem
cde cde	36	66
cdc dcd	10	19
cdc dce	5	9
cdc cdc	3	6
	54	100

Comparemos com este quadro os esquemas dos sonetos alheios ou duvidosos, que são os seguintes:

cde dce — Bernardes............................	2	
Bernardes ou Crasto	1	
Quevedo Castelbranco	1	
Simão da Veiga......................	1	5
cdc dcd — Bernardes............................	2	
Andrade..................................	1	3
cde cde — Bernardes............................	1	
R. de Castro.........................	1	2
		10

Não deixará de ser curioso que a inclusão dos 5 primeiros suspeitos precisamente duplique a presença de um esquema que só aparece em 10% dos sonetos «autênticos» de 1595, sobretudo se soubermos que, atribuídos três deles a Bernardes, este esquema é, como adiante veremos, um dos seus mais predilectos.

Em princípio, e com a reserva de verificação ulterior progressivamente feita neste estudo, poderemos tirar algumas conclusões, para as quais convém separar os dez sonetos duvidosos em três agrupamentos:

a) os que Estêvão Lopes retirou: o 19, de Castelbranco, e o 62, de Bernardes, ambos de esquema *cde dce;*

b) os que Estêvão Lopes deveria, ao que parece, ter retirado, e não retirou: o 20 e o 50, ambos atribuídos a Bernardes, e de esquemas, respectivamente, *cde dce* e *cdc dcd;*

c) os que só mais tarde sofreram expressas dúvidas de autoria, que nos sejam conhecidas, embora não sejam ulteriores à primeira metade do século XVII os documentos ou afirmações que as levantam: o 53, a Bernardes, de esquema *cdc dcd;* o 65, a Bernardes também, de esquema *cde cde;* o 8, a Bernardes ou Crasto, de esquema *cde dce;* o 30, a Rodrigues de Castro, e de esquema *cde cde;* o 61, ao Veiga, com esquema *cde dce;* e o 64, atribuído a Andrade, e de esquema *cdc dcd*.

Quanto ao primeiro agrupamento, é indubitável que as obras de Quevedo Castelbranco e de Bernardes foram decisivas na exclusão, até porque os sonetos estavam, cada um deles, em zonas que vimos suspeitas da edição de 1595. E, de certo modo, o livro de Bernardes terá presidido à intenção de que fosse excluído o n.º 20, já que seria muita coincidência que ele tivesse desaparecido, como desapareceu, do índice da edição de 1598. Se ficou no texto, como ficou, terá sido por lapso, ou por cálculo e, descoberto o lapso (se o foi), para não inutilizar-se uma folha de impressão e em volumes quiçá já prontos. No entanto, é de ponderar a divergência dos textos. Mas em Luís Franco o soneto não figura, e figuram lá 47 dos sonetos de 1595, ou seja 75% deles.

O segundo agrupamento fica-nos reduzido ao n.º 50, que é, todavia, praticamente o mesmo soneto em Bernardes e em Camões. O índice do P.e Pedro Ribeiro dá-o a Bernardes. E em Luís Franco também ele não figura, como sucedia ao n.º 20. Estêvão Lopes não o terá retirado por mero descuido, e não por considerá-lo seguramente de Camões, já que o soneto se encontrava numa zona suspeita da edição e estava em condições de semelhança idênticas às do soneto que ele retirou como de Bernardes.

O terceiro agrupamento que fizemos é mais complexo.

O n.º 53, atribuído a Bernardes pelo índice de Ribeiro, é expressamente atribuído a Camões no Cancioneiro da Academia de História de Madrid. Figura em duas versões diferentes no Cancioneiro Luís Franco. Uma está a folhas 8 v.º entre dois sonetos de 1595, dos autênticos (o segundo é «*Alma minha gentil...*»); e a outra a folhas 42 v.º, entre um de 1595 e outro de 1598, dos insuspeitados. Parece que os dados externos apontam efectivamente para um lapso do P.e Ribeiro, como já Carolina Michaëlis considerava com não tão certas razões. Além disto, o esquema rímico dos tercetos, *cdc dcd*, é praticado por Camões, como veremos, se não em nível numérico muito elevado, pelo menos, no mínimo, duplo do que fazem os seus contemporâneos. É o seu segundo esquema; é o terceiro de Bernardes, a nível numérico mais baixo que a metade do de Camões. Se o soneto correu como de Bernardes, que o não incluiu nas suas obras (e não parece soneto de que um autor se esqueça...), isso deve ter sido por lapso, caso não tenha sido só o P.e Ribeiro a praticá-lo. E é de notar que na ode que começa «*Já calma nos deixou*», da Segunda Parte de 1616, e que tem sido aceite pelos editores modernos, aparecem os seguintes versos: «Mudam-se as condições, muda-se a idade / A bonança, os estados, a vontade». Ou será que (independentemente de ser tão vulgar então o tópico da mudança) estes versos terão contribuído para uma autenticação da ode?

O soneto n.º 65, que o índice de Ribeiro dá a Bernardes também, não figura em Luís Franco. Hernâni Cidade e Costa Pimpão incluíram-no nas suas edições sem menção de dúvidas, o que pode ser reflexo do já referido lapso de Carolina Michaëlis. O seu esquema de rimas dos tercetos — *cde cde* — é igualmente predilecto de Camões e de Diogo Bernardes. Quer-nos parecer que se tratará de lapso de Pedro Ribeiro, se é que o soneto indiculado era o mesmo, depois do 1.º verso de que possuímos o registo. No entanto, é de ponderar que este soneto figura na zona mais altamente suspeita da edição de 1595.

O caso do n.º 8, outro dos prestigiosos sonetos de Camões, parece-nos de mais difícil solução: incluído por Ribeiro no índice referente a Camões e no referente a Bernardes, atribuído pelo supracitado Cancioneiro de Madrid a Martim * de Crasto, e com um esquema rímico que é mais de Bernardes que de Camões. Este usou deste esquema em só cinco sonetos dos indubitáveis 54 de 1595. Três desses sonetos são dedicatórios: «*Os reinos e os impérios, etc.*» (que o Cancioneiro de Madrid confirma como dele), «*Não passes caminhando, etc.*» e o soneto a D. João III. Os outros dois são: «*Pede-me o desejo, etc.*», galante e de certo modo dedicatório, e «*Apolo e as nove Musas, etc.*», que é uma metrificação fria e elegante. Não usou, portanto, Camões daquele esquema rímico para uma meditação contidamente comovida como o soneto 8, além de ter ela um tom de bucolismo, que — e só mais completa análise decidiria, se decidisse — mais parece de Bernardes. Por outro lado, a atribuição a Martim de Crasto torna o caso mais duvidoso. Mas, se não é de Bernardes o soneto, será de autor *incerto*, já que Bernardes o não incluiu na sua obra. Pode, de resto, ter sucedido com este soneto que fosse Camões a apoderar-se dele e a rescrevê-lo... quem sabe? No Cancioneiro de Luís Franco Correia este soneto aparece duas vezes: uma directa, outra indirectamente. Com efeito, está a fl. 125, como o 18.º soneto de uma sequência numerada e subordinada à epígrafe «Sonetos diversos», e que são 29. Este grupo vem após uma série de 32 sonetos, na maioria em castelhano, três dos quais foram impressos no século XVII como de Camões, mas são duvidosos, e dos

* À margem está escrito: «não». Ver *Um soneto de 1595, que seria de autor incerto e que será de Camões*, em apêndice. (M. de S.).

quais Juromenha, sem razão concreta que do códice se
infira, tirou 11 para «enriquecer» a sua edição (e Teófilo
Braga ainda lá foi buscar mais um para a sua de 1873-74).
Aqueles 32 sonetos estão a seguir a uma écloga de Sá de
Miranda. Aos 29 numerados, seguem-se mais 17 não numerados, ao fim dos quais está a canção «*Crecendo vai meu mal
de hora em hora*», que Juromenha publicou como de Camões.
Os 29 sonetos numerados, mais o que se lhes segue imediatamente, constituem uma massa impressionante de sonetos
«de Camões»: 20 haviam sido impressos em 1595, 5 em 1598,
1 em 1668. Os restantes quatro, que apareciam «inéditos»
pelo meio deles, Juromenha publicou-os como de Camões.
Dos 25 sonetos de 1595-98, catorze têm a autoria camoniana
confirmada pelo índice do P.e Pedro Ribeiro, e outro cita-o
Gracián, na *Agudeza y Arte de Ingenio*, como de Camões
(o que nada prova, pois que Gracián podia estar citando
de qualquer daquelas edições, e é pois fonte secundária
para o problema). Desses 14, porém, Pedro Ribeiro inclui
dois igualmente nas suas listas de Camões e de Diogo Bernardes. São este n.º 8 de 1595 e o n.º 71 de 1598 (adiante discutido, no capítulo referente a esta edição). Poderíamos
pensar que estamos apenas na presença de dois lapsos de
Pedro Ribeiro, sem consequências, já que Luís Franco os
inclui num grupo amplamente «autêntico». Mas o lugar
exacto em que ambos se encontram neste cancioneiro acentua o carácter *suspeito* de ambos: estão a seguir um ao
outro, e será muita coincidência que estejam *juntos*, num
grupo de «sonetos diversos», em Luís Franco, precisamente
os dois sonetos que Pedro Ribeiro atribui simultaneamente
a Camões e a Bernardes. Este soneto que discutimos reaparece, no Cancioneiro de Luís Franco, a fls. 264 v.º, glosado em oitavas, entre obras de autoria camoniana muito
duvidosa ou nula. Essas oitavas («*Despois que a clara aurora
a noite escura*») foram primeiro publicadas por Faria e Sousa,
como de Camões, com a reserva de as ter encontrado anónimas. E, evidentemente, não é muito natural que um
poeta se glose a si mesmo de um soneto para oitavas.
    O n.º 30 vem atribuído, como vimos, a Estêvão Rodrigues de Castro, no Cancioneiro Fernandes Tomás. Mas já
Carolina Michaëlis, no seu estudo sobre este Cancioneiro
(p. 127) ponderava que a versão é muito diversa, com
outras rimas, e que devia por isso ser considerada uma «imitação livre» do soneto impresso em 1595 como de Camões.
Nesta edição, ele não está realmente numa das zonas que
claramente vimos formadas por concentrações de sonetos

de autoria duvidosa. No Cancioneiro Fernandes Tomás, é o 2.º de um grupo de quatro atribuídos ao mesmo autor. Não figura em Luís Franco, mas outros dos sonetos «autênticos» lá não figuram também. O esquema *cde cde*, muito camoniano, é suficientemente comum para não ser conclusivo. Todavia, tudo ponderado, supomos de aceitarem-se as considerações de Carolina Michaëlis e como de Camões o soneto tal como figura na impressão de 1595.

Quanto ao soneto que Faria e Sousa diz ter visto em nome de Simão da Veiga, a rubrica da edição de 1595 (todas estas rubricas são suprimidas em 1598) dá-o como dedicado ao vice-rei D. Luís de Ataíde. Faria e Sousa transcreve — informando que a encontrou no mesmo manuscrito — a resposta (muito modesta, se não quanto a inteireza moral, quanto a incipiência métrica) do herói das Índias. O texto do soneto não pode ser entendido como referindo-se ao segundo governo de D. Luís de Ataíde, de 1579 a 1580, o que faria dele uma das «últimas composições» de Camões, visto que o nosso poeta morrera entretanto, e o soneto não é nitidamente a uma partida, mas a uma chegada, celebrando que o herói mais o foi vencendo, depois, no reino as intrigas, que, antes, ao vencer tantos reis que restituíra aos portugueses o Estado da Índia. Portanto, o soneto refere-se ao primeiro governo de D. Luís, de 1568-1571, e teria sido escrito em Lisboa, por volta de 1573 [7]. Mas por Camões ou por Simão da Veiga? Os tercetos rimam *cde dce*, esquema que, como vimos, Camões prefere em sonetos dedicatórios; e tem, por certo, aquilo que em crítica impressionística se chama «recorte camoniano». Faria e Sousa não tinha qualquer interesse, a não ser (em que nos pese) o de informar honestamente, em lançar sobre o soneto a suspeita que lançou; mas acontece que o tal Simão da Veiga está entre os poetas que só uma vez foram confundidos com Camões. Parece-nos que o soneto — que não figura em Luís Franco — fica pendente entre Camões e esse desconhecido, como melhor veremos ao tratar da edição de 1616.

Quanto ao n.º 64, que também Faria e Sousa foi quem viu atribuído a Francisco de Andrade, tem um esquema rímico que é o segundo nas preferências de Camões, e que, como veremos, não goza dos favores de Caminha, Ferreira ou Bernardes, o grupo compacto dos poetas mais ou menos cortesãos, a que Francisco de Andrade está muito ligado, cortesão como eles e alto funcionário. Não foi esta a única composição em nome de Andrade que passou a Camões na edição de Faria e Sousa. O soneto, que não é muito bom nem de muito bom gosto, pode ser entendido *a lo divino*, maneira bastante cultivada por Caminha e Bernardes, e bem pouco por Camões. Não conhecemos a dispersamente escassa ou perdida obra lírica do autor do *Primeiro Cerco de Diu* para sabermos como um soneto como este se integraria nela [8]. Na dúvida, cremos que o soneto — que não figura em Luís Franco — deve ser tido como de autor *incerto*, se não é do Andrade.

Posto, isto, e em princípio, dos 10 sonetos alheios ou duvidosos de 1595, fazemos voltar ao conjunto canónico, ainda que com reservas, quatro (20, 30, 53, 65); e, com muito desgosto em relação a um deles (o 8), mantemos no limbo da incerteza três (o 8, o 61 e o 64). Os n.ᵒˢ 19, 50 e 62 (e este último não figura em Luís Franco também), tudo indica que não são efectivamente de Camões. A razão do regresso do 20 é a grande diferença de versões em Camões e em Bernardes; e o mesmo se dirá para o n.º 30, entre Camões e Estêvão Rodrigues de Castro [9].

O quadro dos esquemas em 1595 passa a ser o seguinte:

Esquemas	Número	Percentagem
cde cde	37	64
cdc dcd	11	19
cde dce	7	12
cdc cdc	3	5
	58	100

Comparando este novo quadro e o anterior, vemos que a ordem de grandezas se mantém. As diferenças entre as percentagens, que eram 47, 10 e 3, passaram a ser, respectivamente, 45, 7 e 7. O aumento de distância entre os dois últimos esquemas diminuiria, se mantivéssemos no limbo o soneto 20, bem duvidoso [10].

[1] As indicações quanto à data da licença das *Flores* e a ter sido custeada por Estêvão Lopes figuram nos estudos citados de Costa Pimpão e de J. G. C. de Carvalho. À data deste último estudo já *Flores do Lima* e os outros volumes de Bernardes estavam incluídos,

OS SONETOS DE CAMÕES

em edição preparada por Marques Braga, na Colecção de Clássicos Sá da Costa (em 1945 as *Flores;* em 1946, *O Lima;* em 1946 também, as *Várias Rimas ao Bom Jesus*), mas é sabido que ao exemplar das *Flores* da Biblioteca Nacional de Lisboa faltam as folhas de rosto e frontispício, pelas quais poderiam ser tiradas, como depois o foram de outro exemplar, as dúvidas sobre de quando era o volume.

[2] Carolina Michaëlis, em *Investigações sobre Sonetos e Sonetistas,* separata da *Revue Hispanique,* tomo XXII, New York, Paris, 1910, considerou que este soneto 20 de 1595 (e 142 de Bernardes) constitui «elemento importante» para a questão Diogo Bernardes. E põe, interrogando-se, diversas hipóteses: «Imitação? Mera variante? Plágio? Certame sobre um tema dado? Confusão de papéis?». Quer-nos parecer, salvo melhor juízo e na reserva de conclusões sobre uma comparação rigorosa, que se trata de imitação paralela, muito corrente na época. Para mera variante, as diferenças são por de mais profundas e extensas. Plágio é coisa de muito fraco sentido na época, tanto mais que, ainda quando Bernardes não tenha chegado a ver impressa uma obra que organizara para publicação, não poderia ignorar que, durante 1594, e se não antes, estava sendo preparada a edição da lírica de Camões pelo mesmo livreiro que veio a publicar o seu livro. Não se sabe ao certo quando morreu ele, embora haja informação de que isso aconteceu em 30 de Agosto de 1596; e há quem defenda, como Costa Pimpão, que ele terá morrido em 1594 (o que, à primeira vista, deixaria em aberto a questão de ele saber da edição de Camões), mais especificamente em Novembro ou Dezembro desse ano, como aceita J. G. C. Carvalho *(ob. cit.).* Mas parece-nos que as judiciosas considerações deste ensaísta vêm ao encontro das observações que fizemos. Certame sobre tema dado, é possível; todavia, este caso pouco se diferencia da imitação, a não ser na diferença de oportunidade em que o poema foi escrito: um certame mais ou menos público, uma imitação melhorada mostrada a amigos. Quanto à confusão de papéis, queremos crer que só seria hipótese válida se as diferenças fossem meras variantes, que não são. Com efeito, o soneto é, em Bernardes e na edição de 1595, muito diverso. Carolina Michaëlis diz que ele tem «as mesmas consonâncias *(ança-ente; al-ento)*», que é «quase idêntico ao outro na primeira quarteta, mas diferente em todo o resto, quanto à expressão». Isto não é bem exacto, pois as diferenças são maiores. Vejamos, por sua ordem, as rimas de um e de outro:

Camões — 95	Bernardes
esperança	....
juntamente	....
presente	....
mudança	....
confiança	*descansa*
miudamente	*continuamente*
contente	....
esperança	*lembrança*
sinal	....
esquecimento	*avarento*
perseguido	....
tormento	....

mal ....
perdido ....

Como se vê, o segundo grupo de consonâncias não é apenas *al-ento*, que poderia sugerir um esquema *cdc dcd:* é *al-ento-ido*. E é de notar que as palavras finais são as mesmas e pela mesma ordem, mas com quatro divergências. Além disto, em Camões-95 e em Bernardes, são exactamente iguais os dois primeiros versos e o 4.º verso; são o mesmo verso «variado» o 3.º e o 9.º (este ainda menos divergente do que aquele); e são completamente diferentes os restantes nove versos do soneto, quatro dos quais precisamente contêm as palavras rímicas divergentes. Notemos ainda um facto importante: o soneto será nos dois casos «sobre o mesmo assunto», como também diz Carolina Michaëlis, mas precisamos entender-nos quanto a que seja «expressão» para os cotejarmos. Porque não se trata, nas diferenças, de desenvolver por outras palavras, mas analogamente, o mesmo assunto (e é este um dos inconvenientes da crítica meramente geneticista, apegada às só analogias formais e temáticas). Em Camões-95, como em Bernardes, o poeta, dirigindo-se à sua esperança, igualmente desejaria que, ao perdê-la, tivesse também perdido a memória juntamente, para sentir pouco a dor da mudança. Mas, logo depois, surgem as diferenças substanciais. Porque, em Camões-95, o poeta, que tinha confiança no amor, vê este representar-lhe as memórias do tempo alegre, «*por me tirar a vida esta esperança*» (ou seja, sem necessidade de correcções: para que a vida, o decurso da experiência vivida, tire ao poeta a esperança de que a esperança não fosse perdida). Em Bernardes, não é o amor quem faz isto, mas o «fado cruel», para entristecê-lo. E, daí, o mesmo amor está querendo que ele seja perseguido pelas cousas de que o tempo afinal nem sinal deixara. No 1.º terceto de Camões-95, as cousas estavam no esquecimento, mas o tempo não entra no processo: tudo se passa numa intemporalidade da consciência. Em Bernardes, após aquilo, é ainda e sempre o «fado cruel» quem, para maior tormento, não busca novos males, mas sim põe o poeta «diante do bem perdido». Em Camões-95 não é assim que o soneto termina. O poeta subitamente apostrofa a «dura estrela minha», e logo depois o «grã tormento» a que está submetido. E são ainda interjectivos os dois versos finais: «*que mal pode ser mor, que no meu mal / ter lembrança do bem qu'é já perdido?*» À primeira vista, a versão de Bernardes seria preferível pela sua coerência externa: é só o fado cruel quem faz aquilo tudo. Mas a de Camões-95 distingue entre os agentes do mal: o amor e a «estrela» inescapável do poeta, isto é, entre as influições astrais que o tornam fácil presa das malignidades que o amor pratica, jogando na memória a lembrança dos bens perdidos e o próprio amor. Se descontarmos a ausência, neste soneto de Camões-95, dos «erros meus», que são uma constante camoniana como expressão da sua concepção do livre arbítrio, há nele a dicotomia agente do fado (a estrela = «má fortuna») e do amor («amor ardente», como ele diz no célebre soneto em que situa trinitariamente a sua visão da existência). Por outro lado, o corte apostrófico no decurso de um desenvolvimento é muito característico de Camões, com a introdução de novos elementos até aí subentendidos. E a entrega (muito retórica) a apenas um fado cruel, sem exclamações nem jogos de palavras (como os do 13.º verso, acima citado, de Camões-95, com a antanáclase sobre a palavra «mal»), é muito bernardiana. Tudo isto mais nos confirma a impressão de que os dois sonetos são autónomos — quiçá

OS SONETOS DE CAMÕES

Camões e Bernardes (e quem sabe se outros mais) ambos *traduzindo* um qualquer soneto então célebre da Itália quinhentista? Sendo assim, natural é a Camões afastar-se subitamente do texto que segue: e, por isso mesmo, são tão insignificativas, em termos geneticistas, as aproximações feitas entre ele e, por exemplo, Petrarca. No nosso estudo *Uma Canção de Camões* efectuámos o cotejo para todas as canções (de Petrarca ou de outros) apontadas como «fonte» de canções de Camões; e verificámos que, de um modo geral, só há analogias de começo. O célebre soneto «*Alma minha gentil*», que analisámos exaustivamente, é, por exemplo, e diversamente do que se tem dito, glosa menos de Petrarca que de uma canção de Pietro Bembo *(«Alma cortese che dal mondo errante»)*, ou mais exactamente da primeira dezena de versos dela: mas como diverge! Voltando a este soneto que estamos discutindo. Na edição de 1598, como vimos, ele desapareceu do índice (talvez por o índice de Bernardes ter alertado os organizadores), mas não do corpo do volume. E é transcrito sem a mínima alteração (mesmo só de pontuação ou ortográfica) em relação a 1595.

[3] Faria e Sousa, que é o criador do mito de Bernardes rapinando a obra de Camões (quando talvez fosse de considerar a hipótese inversa de o grande poeta considerar como seu tudo o de que se apropriava rescrevendo-o, o que explicaria o silêncio dos outros a seu respeito: e seria uma acusação semelhante à que a Shakespeare, com alguma justa causa, fizeram os seus contemporâneos), e não cremos que o tenha criado para justificar a rapina que faz na obra de Bernardes, mas sim por convicção surgida do cotejo de autorias duplas, entre ambos os poetas, que as suas pesquisas tenham apontado, Faria e Sousa não escamoteou a autoria de Bernardes atribuída a nenhum destes sonetos quando os inclui, e a outros do cantor de *O Lima*, na sua edição. Se a não refere para «*Eu me aparto de vós...*», fazendo-o para mais de uma dezena, deve ter sido por lapso, visto do que nota (soneto 58 da 2.ª centúria) que o soneto havia sido publicado na edição de 1595 e, certamente «por descuido», desaparecera da de 1598. Álvares da Cunha inclui-o entre os seus «inéditos» da Terceira Parte de 1668, quiçá levado pelo lapso e pelos considerandos de Faria e Sousa.

[4] Este importante cancioneiro não nos era conhecido em microfilme ou fotocópia. No interim, seguimos as indicações dadas por Carvalho, *ob. cit.*, que o exame do cancioneiro confirma. Ver adiante a nota que expressamente se refere ao soneto em causa.

[5] Cremos que foi Faria e Sousa quem primeiro apontou o autor deste soneto (que Soropita não revela), ao declarar que o soneto figura em *Discurso sobre a Vida e Morte de Santa Isabel Rainha de Portugal e outras Várias Rimas*, de Vasco Mouzinho de Castelbranco. É importante notar que este livro foi impresso por Manuel de Lyra, também à custa de Estêvão Lopes. A licença do Conselho, dada após o parecer do censor (que é também Fr. Manuel Coelho), é de 5 de Março de 1596, e a licença final, para a impressão, de 17 de Outubro do mesmo ano. Isto quer dizer que, durante 1595, ou nos fins desse ano, Lopes e Soropita puderam ver, no original deste livro, o soneto que já estava nas folhas impressas da 1.ª edição das *Rimas* de Camões. E reitera a hipótese que fizemos acerca de, até à conclusão da impressão, eles não terem visto o original de Bernardes, já que teriam feito idênticas descobertas nele.

⁶ Praticamente este esquema se tornara obrigatório. Não o havia sido nas origens do soneto, quando prevalecia *abab abab*. É muito interessante o que Menéndez y Pelayo diz, quanto a este ponto, dos sonetos do marquês de Santillana, que foi quem, na Península, primeiro tentou escrever sonetos. O ilustre prócere castelhano emprega uma só vez *abba abba*, predominando nele *abab abab*. E usa ainda outros dois esquemas de rima dos quartetos, que parecem de sua invenção, pois que não foram encontrados na versificação italiana anterior a ele ou sua contemporânea: *abba acca* e *abab bccb*. Também na metrificação do decassílabo é Santillana ainda incerto: os seus decassílabos têm acentos tónicos principais só na 4.ª e na 10.ª sílabas. Comentando este último aspecto, Pelayo diz, algo excessivamente, que depois de 1550 todas as vacilações prosódicas desaparecem (do verso castelhano), e a prosódia italiana foi transplantada com um género de adaptação tão fiel que, segundo ele, só pode comparar-se com o da métrica grega transplantada para a poesia latina nos tempos de Catulo. (Cf. Pelayo, *Estudios de Crítica Histórica y Literaria*, tomo II, Buenos Aires, 1944, a p. 118 — «Morel Fatio y el endecassílabo castellano»). Santillana usa, ao que nos parece, uma das modalidades do chamado «decassílabo ibérico», com flutuações influídas pelo «decassílabo italiano», que triunfará no século XVI.

⁷ Nisto discordamos de Storck, *Vida e Obras de Camões*, Primeira Parte, versão anotada por C. M. de Vasconcelos, Lisboa, 1898, p. 681, e da implícita concordância de Carolina Michaëlis com ele (já que não anota este passo), quando, aceitando que o soneto seja obra de Simão da Veiga, fixa a data em «provavelmente 1579». O Ataíde, conforme ele mesmo nos diz, governou a Índia de 10 de Setembro de 1568 a 6 de Setembro de 1571, e depois de 20 de Agosto de 1579 até à sua morte, que ocorreu a 3 de Março de 1580. Ora o soneto não se refere, como vimos, a uma partida de vice-rei para a Índia, e sim ao seu regresso após o primeiro governo, em que terá sido vítima de intrigas e rivalidades. E, portanto, só terá sido após a chegada dele a Lisboa e a sua luta contra os detractores do governo que fizera. A este último respeito, e naqueles tempos, nenhum Simão da Veiga se atreveria a mencionar as intrigas, e a condená-las, antes de elas terem sido desfeitas ou descridas pelo rei, que era então D. Sebastião. Note-se que, no índice do P.ᵉ Pedro Ribeiro, figura (com três sonetos e uma elegia) um Simão Rodrigues da Veiga.

⁸ Já Costa e Silva, no capítulo dedicado a Francisco de Andrade (*Ensaio Biográfico-Crítico sobre os Melhores Poetas Portugueses*, tomo IV, Lisboa, 1852, livro VII, cap. III), lamentava a falta de poesia lírica deste poeta, e citava o soneto laudatório que ele fez à *Elegíada* de Luís Álvares Pereira Brandão. Podemos acrescentar, por exemplo, além de um soneto laudatório do *Segundo Cerco de Diu*, de Corte Real, que Costa e Silva não menciona, um soneto de resposta a outro de Diogo Bernardes (o 114 das *Flores*) e quatro sonetos no Cancioneiro Fernandes Tomás, um dos quais passivo também de dúvidas camonianas (mas de esquema *cde cde*, segundo a citação de Carolina Michaëlis, e como o da *Elegíada*), no que a sonetos consta.

⁹ Na sua recentíssima edição das *Obras poéticas em português, castelhano, latim, italiano — textos éditos e inéditos, etc.*, de Estêvão Rodrigues de Castro, Coimbra, 1967, o Prof. Giacinto Manupella, ao reeditar as

OS SONETOS DE CAMÕES

Rimas, Florença, 1623 (e sem esquecer o cotejo com a *Posthuma (...) Varietas*, Florença, 1639, e com vários códices manuscritos), dessa ilustre figura de poeta português e de cientista europeu, ocupa-se do soneto *Hum brando mover de olhos, grave e honesto*, que foi buscar ao Cancioneiro Fernandes Tomás, ao qual — feliz mortal purificado nas águas do Mondego — teve acesso. Considera-o uma «livre imitação» do soneto de Camões, o que é evidente do texto que publica. O soneto, na redacção atribuída em CFT, tem aliás um esquema de rimas de tercetos totalmente não-camoniano: *cde edc*. Note-se que, nos cerca de 60 sonetos (na esmagadora maioria em português) que Manupella publica como de Rodrigues de Castro (e em que apenas 10% serão duvidosos com Martim de Castro, Soropita ou Diogo Bernardes, e quiçá Camões, ao contrário do que se deduziria das suspeitas de Carolina Michaëlis contra essa edição de 1623, que aliás não vira), esse esquema de rimas também é único para Rodrigues de Castro. Com efeito, e compare-se com as observações adiante feitas, noutras notas, a respeito de poetas ulteriores a Camões, só dois sonetos não rimam *cde cde* (75%) ou *cdc dcd* (21%). Estas percentagens, e a exclusividade nestes dois esquemas, colocam Rodrigues de Castro, com perfeita clareza, no período inaugurado por Camões quanto à restrição de esquemas e à ordem preferencial. Sem que, bem entendido, se possa falar do ilustre médico e poeta como de um «camonista», já que a sua personalidade resulta bem vincada na sua poesia felizmente reeditada com louvável atenção.

[10] Depois de este livro estar em 3.ªs provas, foi-nos dado consultar em Florença o Códice n.º 3358 da Biblioteca Riccardiana, ao qual, adiante, voltaremos a referir-nos. Nesse manuscrito, em que há interessante poesia em português, cujo estudo nos reservamos (embora saibamos que os caixeiros-viajantes, alertados por esta nota, correrão, e bem pagos, para ele), aparece atribuído, sensacionalmente a Diogo Bernardes, o soneto n.º 12 de 1595, *Doces lembranças da passada glória*, um dos mais belos e insuspeitos de Camões. Está a fls. 91-verso e 92, com algumas variantes textuais em relação ao texto de 1595, insuficientes, porém, para considerar-se que se trate de uma imitação ou de glosa paralela. Na verdade, a epígrafe do ms. é «soneto de Diogo Fernandes», que cremos erro de cópia em vez de Diogo Bernardes. Este erro, porém, parece-nos confirmar que o soneto circulou em nome do cantor do Lima. Dentro do esquema topológico da p. 26 deste livro, ele não figura numa zona suspeita da edição de 1595, a menos que consideremos com suspeição os sonetos de 8 a 20. Esta nossa descoberta, que lança uma sombra sobre um soneto incontestado até agora, é mais uma prova de como os estudos camonianos estão longe do impasse documental em que se comprazem alguns críticos... É importante considerar que o códice não nos parece muito tardio, e que o cremos mais antigo que o Fernandes Tomás, por exemplo (isto, sujeito a reserva). Todavia, quere-nos parecer que a dúvida poderá resolver-se (sem prejuízo de estudo mais aprofundado) em favor de Camões, com quem pela temática, o sistema de rimas finais, e o desenvolvimento, como também por certas imagens muito suas, apresenta maiores afinidades, aliás em qualquer das duas redacções. Mas a suspeita fica. É também de registar que, no Ms. CXII/2-2 de Évora, recentemente publicado com o título *Cancioneiro de Corte e Magnates* por Arthur Lee-Francis Askins, Berkeley e Los Angeles, 1968, os sonetos n.ºs 10 e 27 aparecem seguidos e atribuídos ao Duque de Aveiro.

Tudo parece indicar, se estudarmos topo-cronologicamente aquele cancioneiro, que os dois sonetos terão sido copiados para ele, destes de 1595, quando foram impressos como de Camões. Com efeito, tendo em consideração datas finais para os poemas que seriam 1608-10 (pp. 10-11), e que todos se concentram no último terço do manuscrito, poderá deduzir-se que os n.os 188-89 deste (os dois sonetos em causa) teriam sido inscritos nos fins do século XVI.

IV
A EDIÇÃO
DE 1598

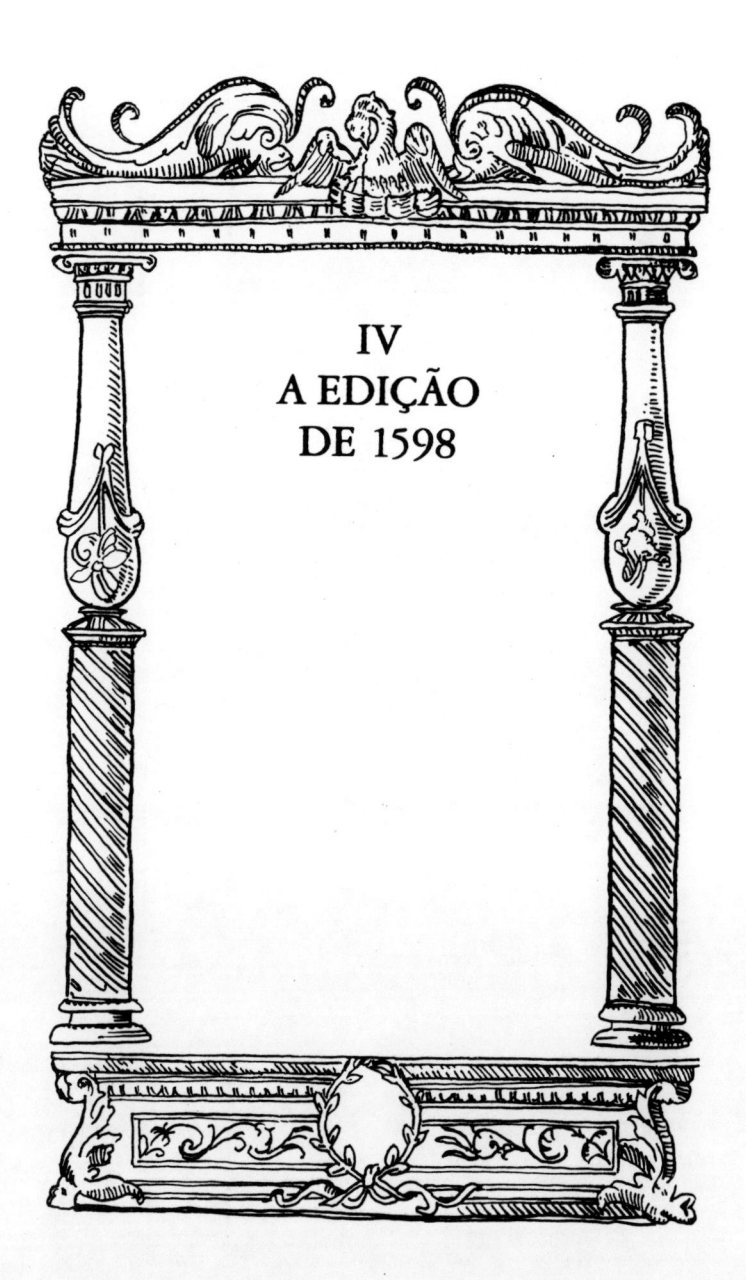

IV
A EDIÇÃO
DE 1598

COMEÇAREMOS por dar a lista dos sonetos desta edição, tal como figuram nela, pospondo a cada um o número que tinha na de 1595, se já fora publicado aí.

Nota-se que, agora, Estêvão Lopes transferiu, do corpo da colectânea para os poemas encomiásticos que a antecedem, o soneto «*Quem é este que na harpa lusitana*», com a rubrica «Ao Autor por um seu amigo, ao qual respondeu com o soneto 62, que começa «*De tão divino atento, e voz humana*». A gralha do *t* não persiste no verso do soneto, no texto da edição.

  1 — *Em quanto quis fortuna que tivesse*   (I)
  2 — *Eu cantarei de amor tão docemente*   (II)
  3 — *Com grandes esperanças já cantei*
  4 — *Depois que quis Amor qu'eu só passasse*
  5 — *Em prisões baixas fui um tempo atado*
  6 — *Ilustre, e dino ramo dos Meneses*
  7 — *No tempo que d'Amor viver soía*
  8 — *Amor qu'o gesto humano n'alma escreve*
  9 — *Tanto de meu estado m'acho incerto*   (III)
10 — *Transforma-se o amador na cousa amada*   (IV)
11 — *Passo por meus trabalhos tão isento*   (V)
12 — *Em flor vos arrancou de então crescida*   (VI)
13 — *Num jardim adornado de verdura*   (VII)
14 — *Todo animal da calma repousava*   (VIII)
15 — *Busque amor novas artes, novo engenho*   (IX)
16 — *Quem vê senhora claro e manifesto*   (X)
17 — *Quando da bela vista, e doce riso*   (XI)
18 — *Doces lembranças da passada glória*   (XII)
19 — *Alma minha gentil, que te partiste*   (XIII)
20 — *Num bosque que das Ninfas se habitava*   (XIV)

21 — *Os reinos, e os impérios poderosos* (xv)
22 — *De vós m'aparto (ó vida) em tal mudança* (xvi)
23 — *Cara minha inimiga, em cuja mão* (xvii)
24 — *Aquela triste e leda madrugada* (xviii)
25 — *Se quando vos perdi minha esperança* (xx)
26 — *Em fermosa Letea se confia* (xxi)
27 — *Males que contra mim vos conjurastes* (xxii)
28 — *Está-se a Primavera trasladando* (xxiii)
29 — *Sete anos de pastor Jacob servia* (xxiv)
30 — *Está o lascivo e doce passarinho* (xxv)
31 — *Pede o desejo (dama) que vos veja* (xxvi)
32 — *Porque quereis senhora que ofereça* (xxvii)
33 — *Se tanta pena tenho merecida* (xxviii)
34 — *Quando o sol encoberto vai mostrando* (xxix)
35 — *Um mover d'olhos brando e piadoso* (xxx)
36 — *Tomou-me vossa vista soberana* (xxxi)
37 — *Não passes caminhante: Quem me chama?* (xxxii)
38 — *Fermosos olhos, que na idade nossa* (xxxiii)
39 — *O fogo que na branda cera ardia* (xxxiv)
40 — *Alegres campos, verdes arvoredos* (xxxv)
41 — *Quantas vezes do fuso s'esquecia* (xxxvi)
42 — *Lindo e sutil trançado, que ficaste* (xxxvii)
43 — *O Cisne quando sente ser chegada* (xxxviii)
44 — *Pelos extremos raros que mostrou* (xxxix)
45 — *Tomava Deliana por vingança* (xl)
46 — *Grã tempo há já que soube da ventura* (xli)
47 — *Se algũa hora em vós a piedade* (xlii)
48 — *Ó como se me alonga d'ano em ano* (xliii)
49 — *Tempo é já que minha confiança* (xliv)
50 — *Amor, co a esperança já perdida* (xlv)
51 — *Apolo, e as nove Musas, discantando* (xlvi)
52 — *Lembranças saudosas, se cuidais* (xlvii)
53 — *Apartava-se Nise de Montano* (xlviii)
54 — *Quando vejo que meu destino ordena* (xlix)
55 — *Depois de tantos dias mal gastados* (l)
56 — *Náiades, vós que os rios habitais* (li)
57 — *Mudam-se os tempos, mudam-se as vontades* (liii)
58 — *Se as penas com que amor tão mal me trata* (liv)
59 — *Quem jaz no grão sepulcro, que descreve* (lv)
60 — *Quem pôde livre ser gentil senhora* (lvi)
61 — *Como fizeste Pórcia tal ferida?* (lvii)
62 — *De tão divino acento e voz humana* (lix)
63 — *Debaixo desta pedra está metido* (lx)
64 — *Que vençais no Oriente tantos Reis* (lxi)

65 — *Vossos olhos senhora que competem*   (LXIII)
66 — *Fermosura do céu a nós descida*   (LXIV)
67 — *Pois meus olhos não cansam de chorar*   (LXV)
68 — *Dai-me hũa lei senhora de querer-vos*   (LXVI)
69 — *Ferido sem ter cura perecia*
70 — *Na metade do Céu subido ardia*
71 — *Já a saudosa Aurora destoucava*
72 — *Quando de minhas mágoas, a comprida*
73 — *Suspiros inflamados, que cantais*
74 — *Aquela fera humana, qu'enriquece*
75 — *Ditoso seja aquele que somente*
76 — *Quem fosse acompanhando juntamente*
77 — *O Culto divinal se celebrava*
78 — *Leda serenidade deleitosa*
79 — *Bem sei Amor qu'é certo o que receio*
80 — *Como quando do mar tempestuoso*
81 — *Amor é um fogo qu'arde sem se ver*
82 — *Se pena por amar-vos se merece*
83 — *Que leyas cruel morte? Um claro dia*
84 — *Ondados fios d'ouro reluzente*
85 — *Foi já um tempo doce cousa amar*
86 — *Dos ilustres antigos que deixaram*
87 — *Conversação doméstica afeiçoa*
88 — *Esforço grande igual ao pensamento*
89 — *No mundo quis um tempo que s'achasse*
90 — *A Perfeição, a graça, o doce jeito*
91 — *Vós que d'olhos suaves, e serenos*
92 — *Que poderei do mundo já querer?*
93 — *Pensamentos qu'agora novamente*
94 — *Se tomar minha pena em penitência*
95 — *Aquela que de pura castidade*
96 — *Os vestidos Elisa revolvia*
97 — *Ó quão caro me custa o entender-te*
98 — *Se despois de esperança tão perdida*
99 — *O Raio cristalino s'estendia*
100 — *No mundo poucos anos, e cansados*
101 — *Que me quereis perpétuas saudades?*
102 — *Verdade, amor, razão, merecimento*
103 — *Fiou-se o coração de muito isento*
104 — *Quem quiser ver d'Amor hũa excelência*
105 — *Vós Ninfas da Gangética espessura*

Como pelo cotejo se vê das numerações, a *edição de 1598* não baralhou a ordem da de 1595. Respeitou-a integralmente.

Apenas, após os dois sonetos introdutórios, intercalou seis, e retirou do lugar em que estavam os antigos n.os 19 e 62, que excluiu da edição, e o n.º 58, que foi anteposto à colectânea, na forma já descrita. Em nenhum caso a ordem de 1595 foi alterada, sendo-lhe pospostos 37 sonetos novos, que, com os seis intercalados, perfazem 43.

No índice desta edição o seu n.º 6 não figura. Em compensação está inscrito no índice, e não figura no texto, um «Rezão é já que minha confiança», 1.º verso que é variante do começo do soneto n.º 44 de 1595, que está incluído no texto desta de 1598 com o n.º 49 e é devidamente registado no índice [1]. Como o índice dá aquela variante por impressa na fl. 2, onde estão os sonetos 4, 5, 6 e 7, é óbvio que uma outra versão do soneto de 1595 estava entre os seis sonetos intercalados no início, e foi substituído pelo «Ilustre e dino ramo dos Meneses», quando a duplicação foi descoberta, sem que a respectiva correcção fosse feita no índice. Eis o que será uma prova de que as folhas não se compunham nem imprimiam por ordem, e que o índice já podia estar feito, à base do cálculo da paginação, antes de todas as folhas estarem compostas [2]. Por outro lado, parece que aquele soneto n.º 6 não estava primitivamente nas certezas ampliativas de Estêvão Lopes, e ganhou assim a sua inclusão em circunstâncias algo precárias.

Consideremos agora, e primeiro, esses seis sonetos intercalados no princípio da sequência de 1595.

Três deles, o 3, o 4 e o 7, o índice do P.e Pedro Ribeiro atribui-os a Diogo Bernardes. Acerca deste índice, é interessante apontar o seguinte. Regista como de Camões 64 sonetos. Destes, uma dúzia é-nos desconhecida, e parece que nunca foram encontrados noutros manuscritos ou em obras impressas de outros quinhentistas. Dos restantes 52, dois foram publicados nas *Flores do Lima*, de Bernardes (um viera na edição de Camões de 1595, e já nos ocupámos dele, o n.º 20 que Lopes não retirou; outro foi incluído na Terceira Parte de 1668 e era o 112 da edição Faria e Sousa). Os 50 sobrantes vieram: 29 em 1595, 10 em 1598, 3 em 1616, 7 em 1668, e um é dos inéditos da edição Juromenha. Quatro destes sonetos (dois de 1595, outro de 1598, e outro de 1668) são comuns ao índice camoniano e ao bernardiniano. Este último é uma lista de mais de cem sonetos, na qual, além daqueles quatro, figuram 33 (segundo Carvalho, est. cit.), que, desde Soropita a Juromenha, foram sucessivamente integrados nos sonetos de Camões.

Mas, no índice de Bernardes, há ainda um soneto que talvez seja um que foi impresso nas *Rimas ao Bom Jesus* e que Faria e Sousa tirou para Camões. Dois outros sonetos aparecem repetidos em nome de outro poeta (Álvaro Rebelo), nenhum dos impressos nas obras de Bernardes. E a este está atribuído um soneto que pertencerá a Sá de Miranda. Os poetas mencionados no índice são vinte, contando Camões e Bernardes, e descontando os apócrifos atribuídos a Vasco de Lobeira e ao infante D. Pedro. Entre esses poetas figura o duque de Aveiro com um soneto — e não tem sido isso devidamente relevado, porque Carolina Michaëlis mal se ocupa do caso — que é o n.º 83 da edição camoniana de 1598 [3]. Como se está vendo, o índice de Pedro Ribeiro (que é ele mesmo um dos poetas indiculados) não é um primor de segurança e de cuidado. Quer-nos parecer que mais vale — e nem sempre — como confirmação relativa de uma autoria do que como base absoluta para uma exclusão categórica; e foi segundo este critério que o usámos ao estudarmos os sonetos de 1595 [4].

Dos seis sonetos intercalados, vimos já que um (o n.º 6) veio preencher um espaço que vagou, sem que figurasse ou ficasse figurando no índice da edição. Dela, porém, passou incólume às seguintes, sem que estas circunstâncias tivessem sido notadas. Faria e Sousa, que segue rigorosamente, nos primeiros cem sonetos das suas «centúrias», a ordem da edição de 1598, não levanta qualquer dúvida nos comentários a este soneto [5]. O mesmo fazem Juromenha e Storck, que se serviram dele para as suas congeminações biográfisticas [6]. O esquema rímico dos tercetos é o camoniano por excelência: *cde cde*. Nada obsta, parece, a que, embora com uma dúvida pairando sobre ele, continuemos a considerar de Camões o soneto.

O n.º 8 é dos sonetos que não sofreram dúvidas de autoria. Não é mencionado por Pedro Ribeiro, não está no Cancioneiro Fernandes Tomás (que aliás não é extensamente camoniano [7]) e não figura no Cancioneiro Luís Franco. E não parece que os Cancioneiros de Madrid e e do Escurial o incluam [8]. É dos sonetos que são de Camões pela graça de Deus e de Estêvão Lopes. O seu esquema de tercetos é *cdc dcd*, o segundo camoniano.

O n.º 5 já é um caso diferente. No Cancioneiro Juromenha figura anónimo e seguido de mais três, a fl. 75 v.º (até 77 a sequência), sob a rubrica geral «Trovas que fez um preso, dizendo o mal que fizera e lamentando fortuna e tempo» [9]. No Cancioneiro Luís Franco está a fl. 69 v.º, numa parte da compilação em que a densidade camoniana é mais difusa, precedido por poemas de D. Manuel de Portugal e, imediatamente antes, pelo soneto «*Ah minha Dinamene, etc.*» (primeiro impresso em 1668), que é seguido por um soneto autêntico de 1595 e outro «autêntico» de 1598. A este último par de sonetos segue-se um grupo confuso de sonetos, o soneto «*Se Dona Inês de Castro presumisse*», expressamente declarado como de Bernardes (em cujas obras figura), e uma série de obras de Sá de Miranda (confundidas com outras de Sá de Meneses, provavelmente) [10]. Aqueles outros três sonetos da sequência do Cancioneiro Juromenha são «*O tempo está vingado à custa minha*», que Juromenha publicou na sua edição, «*Coitado que em um tempo choro e rio*», primeiro publicado em 1616 (e que Carolina Michaëlis considerava tradução camoniana de um difundido original castelhano que também seria de Camões, e que, segundo parece, pouco ou nada terá a ver com Camões) [11], e «*Tristezas com passar tristes gemidos*», que Juromenha não publicou mas Storck aceitou [12]. Se tomarmos o grupo em bloco, ele é altamente suspeito, e mais parece um conjunto artificialmente formado por algum gracioso, com sonetos de diversas procedências, e tanto mais que basta ler os sonetos para verificar-se que o nexo entre eles é precaríssimo. Por outro lado, o soneto que nos ocupa figura isolado em Luís Franco, onde não parece que os outros figurem. O esquema dele — *cde cde* — é altamente camoniano, como já sabemos, mas também é dos preferidos por outros poetas. Cremos que este soneto — e o Cancioneiro Luís Franco não é para ele abonador — é duvidosamente camoniano. O facto de nele se falar de mágoas, misérias e desterros, de sacrifício da vida ao cuidado, de isto já estar «ordenado», da Estrela, e de o poeta «de gostos haver medo», tudo lugares-comuns em Camões, não basta para provar que não seja uma imitação do seu estilo ou do estilo que se difundia na época. Poderá ficar no cânone, mas uma espessa sombra paira sobre ele.

Os sonetos n.ºs 3, 4 e 7 são, pelo P.e Ribeiro, atribuídos a Diogo Bernardes, em cuja obra impressa não estão incluídos. Deixaremos para segundo lugar o n.º 4. Os outros dois não estão em Luís Franco, em boa ou em má posição: não figuram. O esquema de ambos é, nos tercetos, *cde dec*, escassamente bernardiniano. Parece-nos que, para eles, a opinião de Ribeiro é precária e não pesa. Serão de Camões, com uma sombra de dúvida. O mesmo não diremos daquele n.º 4.

O soneto é atribuído a Bernardes pelo P.e Ribeiro e não está, como tantos outros que lhe são atribuídos, nas suas obras impressas. E não figura no Cancioneiro Luís Franco (onde, de resto, só os agrupamentos que reconhecemos autorais são indício, já que as atribuições marginais são ulteriores). Mas sucede com ele uma muito curiosa circunstância: o seu esquema de rimas dos tercetos é *cde ced*. Em todos os mais de cem sonetos autênticos ou duvidosos da edição de 1598, só ele e outro (o 76), *ambos atribuídos pelo P.e Ribeiro a Bernardes*, possuem este esquema, que não é camoniano, como já víramos e melhor vemos agora. Na obra impressa de Bernardes o esquema é eventual e aparece em respostas suas, pelos mesmos consoantes, a dois sonetos, um de António Ferreira, outro de Andrade Caminha. Para estes dois poetas não é eventual o esquema. Ferreira usa-o em 25% dos seus sonetos impressos (é o seu segundo esquema predilecto), e Caminha em 19% (é o terceiro dos nove esquemas com que bate o *record* dos seus pares). O esquema não provém de Petrarca, mas já Ariosto, Sá de Miranda e Garcilaso (Boscán não) o haviam praticado, ainda que em últimos lugares nas suas obras. Tudo indica, portanto, que o esquema foi praticado, após os exemplos de Miranda e Garcilaso, pelos poetas palacianos do grupo mirandino, e que só Bernardes não aderiu a esse esquema com a naturalidade que os outros tiveram nele. Mas, por outro lado, Bernardes — e em sonetos que não são duvidosos — praticou, e mais eventualmente, outros dois esquemas não-petrarquianos, enquanto Camões, para a centena de sonetos de 1595-98, apenas teria praticado esquemas desses *nestes dois sonetos cuja autoria partilha com Bernardes*. Somos forçados a concluir, por esta análise da forma externa, que os sonetos n.ᵒˢ 4 e 76 são, portanto, mais de Bernardes que de Camões.

O grupo dos sonetos acrescentados no fim do núcleo de 1595 é formado por 37 sonetos, um dos quais, o 76, fizemos reverter para Bernardes. Desses 36 sobrantes, um está em condições excepcionais de camonidade: o 105, que Estêvão Lopes acrescentou no fim da colectânea. É o soneto que (com os tercetos «*Depois que Magalhães teve tecida*») havia sido impresso, e em louvor de D. Leonis Pereira, na *História da Província de Santa Cruz a que vulgar-*

mente chamam Brasil, de Pêro de Magalhães Gandavo, e que — por a licença final para a impressão ser de 4 de Fevereiro de 1576 — deve ter saído dos prelos de António Rodrigues, o impressor da edição príncipe de *Os Lusíadas*, em fins de 1576. Estes dois poemas laudatórios, com a ode «ao vice-rei conde de Redondo», que viera em *Colóquios dos Simples e Drogas e Cousas Medicinais da Índia, etc.*, de Garcia de Orta, impresso em Goa, em Abril de 1563, são os primeiros e únicos poemas de Camões que, à excepção da epopeia, o poeta viu em letra de forma [13]. A posição do soneto não está garantindo a autenticidade do final da série: ele foi apenas acrescentado no fim da lista, e nada mais. Estas composições não-inéditas haviam escapado a Estêvão Lopes (e a Soropita também) na 1.ª edição. A ode «*Aquele único exemplo*» vem em oitavo lugar, e entre as cinco que a reedição adicionou às cinco de 1595 (que estão em 1598, tal como sucede com os sonetos, pela ordem). Os tercetos supracitados foram colocados depois das três elegias de 1595, e antes do «capítulo» (*«Aquele mover de olhos excelente»*) da mesma edição. Não houve um critério uniforme na inserção dos três poemas, que, todavia, apresentam variantes em relação às primeiras impressões. Mas a autenticidade deles está fora de dúvida.

Temos ainda 35 sonetos a considerar. Um deles está, indubitavelmente, na situação de ser de autor *incerto*. É o n.º 90, que o índice de Ribeiro atribui a Bernardes, e Faria e Sousa diz ter visto em nome de D. Manuel de Portugal, o que o Cancioneiro Luís Franco confirma, visto que ele, a fl. 240, fica entre diversos poemas declaradamente de D. Manuel. O Cancioneiro Fernandes Tomás dá-o a Estêvão Rodrigues de Castro. Que da incerteza, pela edição de 1598, participe Camões não é argumento para mantê-lo no cânone, embora, é claro, seja menos camonianamente incerto que qualquer soneto anónimo jamais encontrado em nome de Camões... O seu esquema de tercetos é *cdc dcd*, que, com excepção de Sá de Miranda entre os principais quinhentistas portugueses (que quase duplicou a percentagem de Petrarca), foi Camões quem mais usou. Mas o esquema não conta entre os mais raros.

Um outro soneto está, ainda que duvidoso, em boa posição. Ou pode dizer-se que, recentemente, a sua posição (que periclitara no fim do século passado) melhorou substancialmente. É o n.º 87, que o Cancioneiro Fernandes

Tomás atribui a Soropita. A separação que pusemos como hipótese possível entre as duas primeiras edições, e entre este poeta e Estêvão Lopes, não parece que fosse suficiente para que logo um soneto de Soropita fosse incluído nos inéditos camonianos. Que se invoque a «tradição», como foi invocada, para defender-se a autoria camoniana, em face de um códice que é quase tão antigo como essa tradição, não é argumento ponderável. Este, porém, veio de outro códice, o da Academia de História de Madrid, que atribui o soneto expressamente a Camões, desmentindo o florilégio comprado por Pedro Fernandes Tomás, como desmentiu Pedro Ribeiro para o soneto n.º 53 de 1595 (ou 57 de 1598). O esquema rímico dos tercetos — *cdc dcd* — pouco nos diria, já que é o segundo esquema de Camões. Soropita usa-o em seis dos sete sonetos que Camilo publicou dele [14]. Mas devemos reconhecer que o tom do soneto é muito camoniano (e não apenas por figurar nele a típica declaração de o poeta não falar de «conjecturas», mas de «verdades puras» que lhe ensinou a «viva experiência»), mas na subtil passagem do discurso impessoal (primeiro quarteto) ao discurso dirigido (segundo quarteto) e deste ao discurso personalizado e directo (tercetos). Em Luís Franco, ele está num grupo de sete sonetos, cinco, como ele, de 1598 e um de 1595. Dois deles são suspeitos (os n.ᵒˢ 76 e 79 de 1598), podendo um deles ser autenticado, como veremos adiante, em termos que, de certo modo, autenticam este. E devemos ainda atender, em abono da autoria camoniana, às observações que Faria e Sousa faz a propósito dele. O facto de as fazer pode indicar a intenção de defender o soneto contra suspeitas autorais; mas ele não menciona — e costuma fazê-lo — outra atribuição ou o anonimato expresso. Como fonte inicial do tópico da «conversação familiar», menciona *O Burro de Ouro*, de Apuleio, livro 6 — e na nossa obra *Uma Canção de Camões* é apontada a importância que atribuímos a Apuleio para entendimento da noção de «metamorfose» em Camões, mais apuleiana que ovidiana. Depois, Faria e Sousa enumera cinco lugares em que — pela terminologia actual — o *tópico* aparece na obra camoniana. Porque uma das obras, com dois lugares, é uma das éclogas que ele se preparava para tirar ao *Lima* de Diogo Bernardes (o que, usando a parte inédita dos seus papéis, o P.ᵉ Aquino efectivou na sua edição de 1779), os cinco lugares enumerados ficam reduzidos a três: na canção X e nas éclogas III e V.

A indicação é insuficiente, porque Diogo Bernardes também usou do tópico da conversação íntima. Mas, porque a autoria do soneto estava entre Soropita, que não sabemos que o use, e Camões, que faz uso dele noutros lugares, não deixa isto de ser uma achega mais para o esclarecimento do problema.
O caso do n.º 71 é diferente. Diz Carolina Michaëlis, no seu estudo já citado, que ele figura idêntico no índice de Ribeiro, na lista de Camões e na lista de Bernardes. De facto figura... mas acontece que o 1.º verso do soneto, em 1598, não é, como ela diz, «*Já a roxa e branca aurora destoucava*», que é — ó céus! — a lição do Faria e Sousa... Em 1598, como nas duas listas, o verso é «*Já a saudosa aurora destoucava*». Mesmo Homero, ao que consta, dormitava. De modo que o soneto está efectivamente na situação muito «ribeirica» da duplicação pura e simples, ao contrário do que supõem os que de tudo se fiam. O facto de Bernardes o não ter incluído nas suas obras — e é necessário demonstrar cabalmente em que medida as suas obras, mesmo organizadas por ele para publicação, se o foram, não terão sido remexidas e quiçá forrageadas por Estêvão Lopes para engrossar o seu cabedal de inéditos — não é garantia suficiente. O esquema *cdc dcd*, mais camoniano que bernardiniano, não é decisivo. Parece-nos que este soneto, a menos que estejamos em face de um lapso de Ribeiro, deverá permanecer incerto entre Camões e Bernardes. O Cancioneiro Luís Franco arquiva-o entre o suspeito 8 de 1595 e o n.b 45 que Ribeiro dá a Camões, o que já foi discutido em nota.
Temos agora o caso do soneto n.º 83. No índice do P.e Pedro Ribeiro ele aparece como do duque de Aveiro, como já tivemos ocasião de apontar. Faria e Sousa não menciona atribuição específica; mas diz que o encontrou, num manuscrito, como feito à morte de D. Maria de Távora, filha de Luís Álvares de Távora, e refere também, não com igual clareza, que terá também a rubrica (noutro manuscrito?) de ser dedicado à morte da infanta D. Maria, que morreu em 1577. Menor a Távora que a princesa, a rubrica daquela deve ser verdadeira, visto que, se de todo em todo o não fosse, Faria teria preferido que «mi poeta» chorasse palacianamente a infanta. O soneto figura no Cancioneiro Luís Franco, a fl. 140, depois do soneto «*Quem quiser ver, etc.*» (que é desta edição de 1598 e Pedro Ribeiro atribui a Camões), mas numa parte já muito miscelânica quanto a autorias camonianas não previamente identificadas,

e a epígrafe que aí tem confirma, em parte, o que dissera Faria e Sousa: «soneto à morte de D. Maria». Se esta D. Maria fosse a infanta, a rubrica não deixaria de o dizer. Uma investigação acerca de D. Maria de Távora, qual a posição que tinha na Corte e quais os laços de parentesco seus com o duque, etc., e que não nos consta que tivesse sido feita, poderia aproximar deste o soneto que Pedro Ribeiro lhe atribui [15]. O esquema é o mais comum: *cde cde*, e não pode ser-nos muito útil. Camões usou várias vezes a interrogação, em sonetos, como recurso expressivo. Mas sonetos em «perguntas e respostas» há apenas, nas centenas que alguma vez lhe foram atribuídos, uns *quatro*. Um é o 32 (1595) ou 37 (1598), que passa por autêntico, outro é este de que estamos tratando, e outros dois — ambos provenientes de Faria e Sousa ou de igual fonte de que Álvares da Cunha dispusesse, porque um deles tem lição comum nas duas edições—, um que está na edição Álvares da Cunha e na edição Faria e Sousa *(«Que esperais, esperança? Desespero»*, e outro que só figura em Faria e Sousa *(«Que estila a Árvore sacra? Um licor santo»)*. O primeiro destes dois foi excluído por Costa Pimpão, com base no seu critério de excluir tudo o que fosse *comum* textualmente ao Cunha e ao Faria, e reincluído por Cidade, por não haver notícia de outra autoria. O segundo está entre os 64 sonetos que Faria e Sousa acrescentou à sua edição, dizendo: «Quando ya tenia dado fin a estos comentarios de estas *Rimas* varias de mi Poeta, hallé de nuevo otros manuscritos dellas en que cogi 64 sonetos y una canción, y unas otavas, y algunas redondillas». Os sonetos em questão formam assim uma terceira centúria incompleta, adicionados que foram às já constituídas com os sonetos de 1595-98, de 1616 e outros mais. Supôs Storck que, estando este soneto, que estudamos, situado numa série de 16 sonetos morais e sacros, cinco dos quais Faria declara ter visto em nome do infante D. Luís, os outros onze da série teriam igualmente sido surripiados ao pai do Prior do Crato. Na série dos 16, os cinco supostos do infante estão entre os primeiros nove. O nosso vem em 12.º lugar. Mas o 10, o 11, este 12, o 14 e o 16 (por esta contagem) figuram no chamado *Cancioneiro de D. Maria Henriques*, organizado por D. Francisco da Costa (cf., quanto a este ponto, Carvalho, art. cit., a edição deste *Cancioneiro*, e o que adiante dele é dito). Será deste o soneto em causa, juntamente com os outros quatro? Andaria já, com outros do infante D. Luís, em caderno de poesias sacras e morais? Conheceu Faria e Sousa este caderno ou o Cancioneiro de D. Francisco da Costa? De qualquer modo, o soneto é mais *incerto* que de Camões. O soneto comum a Álvares da Cunha e Faria e Sousa está, neste último, entre uma série que não prima pela inteira limpeza de sangue camoniano; e, a seu tempo, melhor verificaremos esta asserção. De modo que o soneto atribuído por Pedro Ribeiro ao duque de Aveiro (homem da geração do infante D. Luís, mais velhos ambos pelo menos vinte anos que Camões) não tem, na verdade, quanto ao esquema de perguntas e respostas, mais compànhia camoniana segura que a do soneto de 1595. Mas este — e é particularmente importante este aspecto — *não possui a rígida bimembração de todos os versos em pergunta e resposta, que é comum a estes três sonetos duvidosos*. Logo não serve de salvaguarda para eles quanto a esta característica, que é nele usada com mais ampla flutuação (em lugar de catorze perguntas e catorze respostas, nos catorze versos, que é o caso deles, o soneto é dialogado em sete réplicas apenas, quatro do defunto e três do poeta). Caindo esta forte suspeição estrutural sobre o soneto atribuído ao duque de Aveiro, quando os outros dois que lhe são afins não são indiscutivelmente camonianos, parece que devemos considerá-lo de autor *incerto*, se, por considerações externas da erudição, não será mesmo ao duque que ele pertencerá.

Três outros sonetos desta edição de 1598 são, pelo índice do P.ᵉ Ribeiro, e sem duplicações, atribuídos a Diogo Bernardes. São os n.ᵒˢ 72, 79 e 95.

Comecemos pelo último, que é o bem conhecido soneto à virtuosa Lucrécia, uma das mais tópicas figuras da história (neste caso lenda) romana: «*Aquela que de pura castidade*». O soneto não figura na obra de Bernardes, mas já vimos como é possível supor que Estêvão Lopes o tirasse de lá. No seu tratado de *Agudeza y Arte de Ingenio*, Gracián cita-o como de Camões; mas isso nada prova, porque o jesuíta não está interessado em questões de autoria, e conheceu o soneto nesta mesma edição, como supomos, ou em florilégios vários. No Cancioneiro Luís Franco, e ao contrário do que por lapso tem sido dito, este soneto figura, com outro de 1598 (o n.º 96), entre obras de Francisco de Andrade e obras de D. Manuel de Portugal, o que não abona em favor dele (e, diga-se de passagem, também não em favor do outro, sobre o qual nunca impenderam suspeições da crítica). O seu esquema de rimas de tercetos é *cde dec*. Este esquema escassissimamente usado por Petrarca, que Sá de Miranda e Boscán não usaram, e que foi praticado não muito largamente por Ariosto, Garcilaso, Caminha e Ferreira, *não tem existência nos sonetos das edições de 1595 e 1598*, certos ou duvidosos, a não ser neste mesmo. Diogo Bernardes usou-o apenas uma vez, nas suas obras impressas (o soneto «*É este o Neiva do nosso Sá Miranda*», n.º 90 das *Flores do Lima*, em que presta homenagem à sepultura do mestre). Nada obsta a que tanto ele como Camões tenham usado cada qual apenas uma vez este esquema e em sonetos que, tão aparentemente diversos, todavia se irmanam pelas iguais características de exercício formal. Noutro soneto em que também celebra o morto ilustre (o 91 do mesmo livro), e de esquema *cde dce* (um dos seus predilectos), Bernardes encontrou comovidos acentos que não achou para este. A identidade fria do exercício formal, nos dois sonetos, e a hipótese de que é mais provável que Bernardes tivesse usado pouco, num soneto certo e noutro duvidoso, este esquema, do que tê-lo usado ele uma só vez certa, e Camões uma só vez duvidosa (quando Camões, no conjunto de 1595-98, é manifestamente avesso a usar esquemas que não sejam os quatro que apontamos, e só aparece com os mais abstrusos em sonetos duvidosos), eis o que, juntamente com a suspeição que agora temos de Estêvão Lopes, nos leva a considerar este soneto como *incerto* entre Camões e Bernardes, se outros nomes não puderem também reclamá-lo.

Vejamos agora o n.º 79, que igualmente não figura ou desapareceu das obras de Bernardes. No Cancioneiro Luís Franco ele está numa zona de relativa camonidade. Com efeito, a sequência de poemas de Camões, que vem desde o início do manuscrito até fl. 54 v.º, termina pela elegia «*Saiam desta alma, etc.*», publicada em 1668, e que não tem gozado dos favores críticos. A esta seguem-se, e com autoria expressamente declarada, uns tercetos de Jerónimo Corte Real que terminam na fl. 59. Na 59 v.º estão dois sonetos: «*Vós que de olhos suaves e serenos*» (dos autênticos de 1598) e este que nos ocupa. Na fl. 60 outros dois: «*Conversação doméstica, etc.*», cuja autoria parece resolvida em favor de Camões, e «*Quantas vezes do fuso, etc.*» (que é de 1595 e o P.e Ribeiro dá a Camões). A fl. 60 v.º estão «*Que poderei do mundo, etc.*» (desta edição de 1598, que estudamos, e confirmado pelo índice de Ribeiro) e «*Quem fosse acompanhando, etc.*», que é o n.º 76 de 1598, e que não

consideramos de Camões. Segue-se, de fls. 61 a 66 v.º,
a elegia «*Divino pastor, etc.*», concluída pelo soneto «*A ti,
Senhor, a quem as sacras musas*», que andam muito à revelia
nas obras de Camões, desde que Juromenha os sacou
daqui. E depois está uma elegia expressamente de D. Manuel de Portugal, após a qual vem uma «estância a S. João»
anónima, quatro sonetos mais ou menos camonianos (de
que nos ocupamos a propósito de «*Em prisões baixas, etc.*»),
outros sonetos ainda e uma confusão de Franciscos de Sá.
Como dizíamos, a situação do soneto, neste códice, não é
brilhante, embora esteja entre dois sonetos, um autêntico e
outro que parece autenticado. No entanto, reflitamos que,
no grupo de seis sonetos entalados entre o Corte Real e o
«*Divino Pastor*», a ordem é a seguinte: *S. autêntico, este Soneto,
S. autenticado, S. autêntico, S. autêntico, S. duvidoso.* A maioria
pende para a autenticidade camoniana, e não deixa de
ser curioso que o último da série seja precisamente aquele
que temos razões para supor que não é de Camões (e quiçá
aponta para uma autoria bernardiana do «*Divino Pastor*»).
O esquema do soneto — *cdc dcd* — é mais camoniano que
bernardiniano. Reparemos, ainda, numa interessante circunstância: se os cinco primeiros sonetos da série, entre
os quais está este em 2.º lugar, forem de Camões todos,
eles constituem um conjunto de sonetos seus, de esquema
cdc dcd, de que só o último discrepa. Parece que podemos
concluir que, neste ponto, a atribuição do P.ᵉ Ribeiro não
será correcta, e que devemos considerar *camoniano* este
soneto n.º 79.

Resta-nos o caso do n.º 72, também atribuído a Bernardes pelo P.ᵉ Ribeiro. É um dos mais belos sonetos do
século XVI, um dos melhores e mais comoventes dos que
andam na obra de Camões, e é uma das peças do processo Dinamene. Este processo já hoje não é o que chegou
a ser, com chinesa e tudo [16]. Verdadeiramente, e podendo
corresponder a uma identificação, aquele nome só aparece
(pois que ele refere uma ninfa de igual nome, por exemplo
na Écloga VII, e que não pode ser parte do processo...),
no Camões certo ou duvidoso, neste e no soneto «*Ah minha
Dinamene, etc.*», que foi primeiro impresso em 1668, e com
lição diferente em Faria e Sousa. Este diz que, num manuscrito, o soneto tinha a rubrica latina «*Ad Dinamenem aquis
extinctam*», o que — não é ele quem o diz — coincidiria
com a informação de Diogo de Couto (em manuscrito
cuja autenticidade não está comprovada) acerca de a

OS SONETOS DE CAMÕES

«*Alma minha gentil*» ser uma dama que se afogou. Faria e Sousa, que tenhamos notado, não aproxima, nos seus comentários, os dois dinaménicos sonetos. Há, entre estes dois, a circunstância comum de ambos por certo se referirem a uma mulher que morreu, e que é designada neles pelo nome poético de Dinamene. Este nome quadrissilábico prestava-se extraordinariamente bem para o esplêndido efeito de o poeta, no soneto n.º 72, repartir por dois versos o lancinante chamamento da sombra, acordando do sonho antes de proferir as duas sílabas finais. Um efeito desta ordem parece que só seria conseguido tão incisivo com um quadrissílabo, cuja primeira metade não só dava uma rima fácil, como permitia a subtil paronomásia antanaclástica de «dina» ser um adjectivo que rimava com outro qualificativo da sombra. Por outro lado, é preciso considerar com certa reserva a afirmação de que Pedro Ribeiro atribui efectivamente a Bernardes o soneto «*Ah minha Dinamene, etc.*» O soneto análogo de Bernardes que ele regista é «*Ah minha Filis formosa assi deixaste*», e esta Filis (ou outra) anda nas obras impressas de Bernardes. Por outro lado ainda, não parece provável que Faria e Sousa tenha adaptado o 1.º verso do soneto, que, segundo se supõe, também Álvares da Cunha encontrou, e que vem com Dinamene no Cancioneiro Luís Franco. Neste manuscrito — e é ocasião agora de melhor observar esta zona dele, que já referimos—, após os tercetos de D. Manuel de Portugal e a estância a S. João (fls. 67-68), estão nove sonetos, o primeiro dos quais é este «*Ah minha Dinamene, etc.*», o segundo «*Em prisões baixas, etc.*» (que aceitamos com reserva como camoniano), o terceiro «*Oh como se me alonga, etc.*» (autêntico de 1595), o quarto «*Que me quereis perpétuas, etc.*» (autêntico de 1598), o quinto «*A romã populaça perguntava*» (que Juromenha seleccionou), o sexto «*O capitão romano esclarecido*» (que parecia fazer par romano com o anterior, e Juromenha também seleccionou), o sétimo um soneto castelhano que circulou na época (ao que supomos, e que Teófilo Braga foi buscar lá para a sua edição chamada da Actualidade, a de 1873), o oitavo de Bernardes, e o nono de Sá de Miranda. Isto ocorre até fl. 71 v.º, e nesta mesma página começa a écloga *Alejo*, de Miranda. O raciocínio de Juromenha e de Braga foi que tudo o que estava, com textos de Camões já conhecidos, entre dois autores declarados ou notórios, poderia ser de Camões. A razão deles extrapolou alguma coisa. Mas o soneto que nos importa, com estar numa zona pouco camoniana, abre, após uma outra autoria declarada, uma série de quatro que o serão. O soneto n.º 72 de 1598 não figura em Luís Franco. Vimos já como, nele, o uso do nome Dinamene é uma circunstância estrutural. Este nome figura no outro soneto (que lhe é afim na morte da amada), e não parece que a simples coincidência do vocativo e do «deixaste» final (que implicará iguais consonâncias em quatro versos do soneto) seja suficiente para identificarmos o soneto de Camões com o 1.º verso que Ribeiro atribui a Bernardes. Não é impossível que ambos os poetas tenham usado de um 1.º verso paralelo. O 1.º verso dado a Bernardes pelo índice não tem correspondência nas obras impressas dele. Tudo indica que a autoria camoniana de um dos sonetos que estudamos arrasta a do outro, e que o esplêndido soneto «*Quando de minhas mágoas a comprida*» pode perfeitamente continuar a ser uma das glórias de Camões.

Ainda um outro soneto de 1598 requer atenção especial: o n.º 102 (*«Verdade, amor, razão, merecimento»*). Suprimido do cânone na edição de Rodrigues e Vieira, foi restabelecido por Costa Pimpão em 1944 e por Hernâni Cidade em 1946, com a alegação de que os organizadores da edição de 1932 não tinham qualquer base erudita para suprimi-lo. E, na verdade, não tinham. A coisa deve ter-se passado do seguinte modo. Eles, como é notório, usaram a edição de Faria e Sousa, cujas leituras ainda por vezes «aprimoraram»; e apenas fizeram incidir sobre ela, e de modo muito flutuante, os expurgos que Carolina Michaëlis exigira (a Juromenha e Braga sobretudo). Ora acontece que, na edição de Faria e Sousa, este organizou a Primeira Centúria com os primeiros cem sonetos de 1598, rigorosamente pela sua ordem, e deixou os restantes cinco para encaixá-los nas centúrias seguintes que preparava. Depois, parece que se esqueceu deles, visto que não os incluiu na segunda centúria (101 a 200). Mais tarde, «quando ya tenia dado fim a estos comentarios de estas *Rimas* varias de mi Poeta, hallé de nuevo otros manuscritos en que cogi 64 sonetos...», diz ele, e não reparou que, nesses manuscritos, estavam as cópias que fizera, e não usara, dos cinco sonetos sobrantes de 1598. E os pobres foram ser, como se encontrados por ele, os n.ᵒˢ 11, 12, 20, 28 e 36 dessa incompleta e tão suspeita Terceira Centúria. Foi nesses mesmos lugares que Juromenha os colocou, na sua edição, porque *a sua ordem é a de Faria e Sousa*, acrescentada dos «inéditos» que descobriu. Toda essa parte final do Sousa e do Juromenha foi alvo de suspicazes olhares de dúvida, e em grande parte suprimida. O n.º 102 foi varrido por essa onda. Até aqui a história dos acidentes e da «injustiça» cometida, segundo nos parece que se terá passado. Mas o caso é que o soneto viria a ser suspeito mesmo, mas por outras razões mais concretas, pois que, na ordem de Faria e Sousa, ele está no grupo de 16 sonetos morais e religiosos, que começa com um soneto que Faria diz ter visto em nome do infante D. Luís (*«Imagens vãs imprime a fantasia»*, e que figura no Cancioneiro Luís Franco, a fl. 119 v.º, entre muitos outros que não são de Camões), repetindo a mesma informação para o terceiro, o sétimo, o oitavo e o nono. Este soneto que nos importa está, na sequência, em sexto lugar. Mas o décimo, o décimo primeiro, o décimo segundo, o décimo quarto e o décimo sexto da série estão, com variantes, no *Cancioneiro de D. Maria Henriques*, como atrás referimos a propósito de estudarmos o soneto dialogado, que é o duodécimo desta sequência. Pode, pois, ter acontecido que Faria e Sousa não haja apenas misturado a cópia que fizera deste soneto n.º 102 com outros papéis, mas que, independentemente disso, o tenha efectivamente encontrado nessa sequência, integrado em poemas do infante D. Luís, no todo ou em parte, ou supostamente dele (o que Faria e Sousa, talvez por lapso, não diz de todos os sonetos da série). Sendo assim, hipótese que, em face da coincidência entre Faria e Sousa e o Cancioneiro de D. Francisco da Costa, somos obrigados a colocar, o soneto já estaria indevidamente recolhido na edição de 1598. Não é impossível. Nessa data o infante havia morrido mais de quarenta anos antes. A dispersão e o anonimato da sua obra (por displicência humanística, por presunção de príncipe, e por humildade cristã — tudo qualidades que foram do infante D. Luís) teriam sido, como os cancioneiros e as referências fazem crer, muito grande. Ele fora, religiosamente e mesmo politicamente, uma figura suspeita na Corte de seu irmão D. João III; e morrera pela mesma época em que a morte, num frenesi de destino, levara, com o rei, as sobras da Casa Real, para concentrá-la em D. Sebastião. O mundo deste rei é inteiramente outro. Por volta de 1560 a mutação é total. No desastre de 1578-80, o infante D. Luís é sobretudo o pai — que toda a grande nobreza quer espúrio — do Prior do Crato. Vinte anos depois desta crise, e morto o efémero rei seu filho, o infante é apenas uma lenda de gentileza e de cultura, sumida da vida há quase meio século, como o mundo a que ele pertenceu. O soneto em causa está, pelo espírito, muito mais próximo do conjunto em que aparece integrado em Faria e Sousa (conjunto que passou, em parte, a D. Francisco da Costa) do que dos sonetos de 1595-98. Do infante ou não, parece mais do Luís-príncipe de sangue, que do Luís-príncipe de poetas. Poderão estas razões, que Rodrigues e Lopes Vieira não tiveram, parecer frágeis e insuficientes para expulsar-se da lírica este soneto. Mas, a ficar nela, ficará maculado (se é o termo para um belo soneto) por uma dúvida. De resto, se as confusões foram possíveis com Diogo Bernardes, como o não seriam com um alto espírito que representa um dos elos de ligação entre a geração de Sá de Miranda e a geração que vai nascer entre 1520 e 1530 (Montemor, Caminha, Manuel de Portugal, Camões, Ferreira, Falcão de Resende e Bernardes)? Adiante teremos oportunidade de, em capítulo especial, voltar ao infante D. Luís. Mas é de notar que, no Cancioneiro Luís Franco, este soneto figura a fl. 200 v.º, numa sequência de oito sonetos que precedem o Canto Primeiro de *Os Lusíadas*, mas que se seguem a uma zona do Cancioneiro vastamente dominada por outros autores que não Camões. E é curioso ver o que se passa aí com a ordenação deles, que é a seguinte:

92(98)   102(98)   48(95)   33(1616)   36(1616)   55(95)   88(98)

Este conjunto, assim ordenado, quer-nos parecer que, longe de garantir ao soneto em causa uma autoria camoniana, como também aos dois suspeitos (como veremos) sonetos de 1616, que figuram nele, projecta deles para quase todos os restantes uma sombra de dúvida, sobretudo se repararmos em que todos eles pertencem a zonas suspeitas das edições de 1595 e de 1598.

Examinámos assim os sonetos acrescentados em 1598, naquilo que alguns deles acaso têm de duvidoso. E apenas de um desses «duvidosos», o n.º 94, nos não ocupámos, porque não sabemos onde Teófilo Braga *(Camões, a Obra Lírica e Épica*, Porto, 1911, p. 178) viu que algures Faria e Sousa diz tê-lo encontrado em nome de Isabel de Castro e Andrade. Esse soneto, no Cancioneiro Luís Franco, vem a fl. 8, nas primeiras e maciçamente camonianas folhas do manuscrito; e, se não figura no índice de Pedro Ribeiro, é esse o caso de muitos outros que não sofrem dúvida.

OS SONETOS DE CAMÕES

Desses 43 sonetos de 1598, pelas análises que fizemos, a situação é a seguinte.

Tal como sucedia na edição de 1595, os 43 sonetos acrescentados em 1598 têm, certos ou incertos, autênticos ou duvidosos, o esquema rímico dos quartetos em *abba abba*. Este esquema continua, pois, a ser em 1598 uma *absoluta característica canónica*.

Consideremos o que se passa com o esquema de rimas dos tercetos. Para bem definirmos um cânone, examinaremos também a distribuição dos esquemas apenas nos 30 sonetos que não sofreram acidentes na integridade da sua autoria camoniana. Os outros são:

Duvidosos mas camonianos 4 (3, 5, 7, 102)
Dados a Camões pela pesquisa 3 (72, 79, 87)
                                       ―
                                       7

Retirados a Camões pela pesquisa 2 (4, 76)
De autor incerto 4 (71, 83, 90, 95)
                                       ―
                                       6

Nos 30 sonetos indubitáveis os esquemas são:

cde cde 12
cdc dcd 14
cde dce 2
cdc cdc 2
                                     ――
                                     30

Se lhes adicionarmos os 7 sonetos que são integrados a este conjunto; pusermos as somas em correspondência com o que observamos para a edição de 1595; e calcularmos os valores e percentagens cumulativos do conjunto canónico de 1595-98, teremos:

Esquemas	1595	1598	1595-98	Percentagens em 1595-98
cde cde	37	15	52	55
cdc dcd	11	17	28	29
cde dce	7	2	9	10
cdc cdc	3	3	6	6
	58	37	95	100

Este quadro, em que considerámos todos os sonetos autênticos, bem como aqueles cujas dúvidas de autoria se podem resolver favoravelmente a Camões, e do qual excluímos os que não haverá modo de tirar do estado de incertos ou muito duvidosos, mostra que, segundo a investigação que fizemos, a edição de 1595, no que tem de indiscutível, adicionada dos sonetos que, acrescentados em 1598, são seguros ou aceitáveis sem dúvidas profundas, nos define um conjunto canónico de *95 sonetos*.

Em comparação com o conjunto canónico da edição de 1595 — aqueles 58 —, o conjunto agora integrado conserva *a característica canónica de os tercetos rimarem segundo quatro esquemas petrarquianos*. Teremos ocasião de comparar como Camões e os outros seguem ou não esses esquemas.

Comparemos agora o quadro de percentagens, em 1595 e em 1595-98.

Esquemas	Percentagens	
	1595	1595-98
cde cde	64	55
cdc dcd	19	29
cde dce	12	10
cdc cdc	5	6

Como vemos, *a ordem por que os quatro esquemas são usados continua a mesma*. Os dois últimos esquemas continuam no nível de 1595. Apenas a proporção se altera entre o primeiro e o segundo dos quatro, porque, nos acrescentos de 1598, os sonetos em *cdc dcd* igualam ou ultrapassam os de esquema *cde cde* [17]. No entanto, este esquema, que dominava dois terços do conjunto, tem o seu domínio reduzido para pouco mais da metade. Continua, porém, a ser um esquema extremamente dominante, a uma escala que, não tendo sido atingida por nenhum dos petrarquistas de Quinhentos, nem por Petrarca, *é característica de Camões*. Só Bernardes assim preferiu, como ele, esse esquema, mas a distribuição da sua produção, por oito esquemas, e a ordem das preferências são inteiramente diversas de Camões.

Estas investigações que fizemos, e nas quais se definiu um cânone baseado nos sonetos indiscutíveis, ou aceitavelmente tal, do conjunto que se formou com a reedição de 1598 das *Rimas*, servir-nos-ão como base de aferição dos sonetos que as edições seiscentistas, até à de Álvares da Cunha, acrescentaram à obra lírica de Camões. Mas é tempo de situar-se aquele cânone no quadro da produção de Petrarca e dos quinhentistas que temos mencionado.

[1] Note-se que, no Cancioneiro Pedro Ribeiro, ou, mais exactamente, no índice dele, que Carolina Michaëlis estudou, aparece, como de Camões, aquele 1.º verso «*Rezão é já que minha confiança*», o que mais confirma os comentários que, acerca deste soneto, nos merece o índice da edição de 1598.

[2] O problema de como seriam preparadas, compostas e revistas as edições quinhentistas, e mesmo seiscentistas, é da maior importância, obviamente. Mas reveste-se, para a obra de Camões, de uma importância crucial. Temos o caso da 1.ª edição de *Os Lusíadas*, que tem sido, como o dos frontispícios de 1607 (das *Rimas*), considerado como significando edições diversas. No caso da epopeia, ainda hoje se aceita, correntemente, a teoria da edição clandestina para responder à dos Piscos... Ora a verdade é que as diferenças que se observam entre as edições príncipes *E* e *Ee* não se confinam às que existiriam entre duas tiragens ou edições diferentes. Aliás, já Sílvio Túlio (em *Archivo Pitoresco*, IV, 1861, citado por Hernâni Cidade, *Luís de Camões-II o Épico*, 2.ª ed., melhorada, Lisboa, 1953, p. 216) tivera a intuição do caso: uma única edição, corrigida à medida que, durante a impressão, as gralhas eram descobertas. As observações que tivemos ocasião de fazer em exemplares diversos de mesmas edições, como as diferenças ortográficas que se observam nos textos da «Primeira» edição de *Os Lusíadas*, ou ao longo de um mesmo exemplar da edição de Camões, fazem crer (se lhes juntarmos as diferenças que há para os textos de que se conhece versão manuscrita ainda que apógrafa) que a maior parte das flutuações, se será devida à apografia, é-o também às convicções ortográficas (ou ignorâncias) dos tipógrafos que terão trabalhado nas diversas folhas de um livro impresso e dos revedores ocasionais dessas mesmas folhas. É o que, por forma estritamente objectiva, acaba de demonstrar cabalmente Charlton Hinman, para o *First Folio* de Shakespeare, comparando entre si dezenas de exemplares dessa primeira edição da obra completa do dramaturgo inglês. O cotejo estatístico das flutuações e das emendas permitiu identificar vários tipógrafos com critérios diferentes, e reconhecer que as emendas eram, em cada folha, introduzidas durante a impressão dela (por certo ao sabor de uma observação eventual). Tanto assim é que as revisões de uma folha e de outra, coincidindo em exemplares diferentes, formam séries de exemplares em que não há coincidência de folhas emendadas. O monumental estudo de Charlon Hinman (*The Printing and Proof-reading of the First Folio of Shakespeare*, Londres, 1963) abre novos horizontes à crítica de textos; e estes novos horizontes são particularmente importantes para a crítica textual de Camões, que tem obedecido a critérios preferenciais muito aleatórios. Abordamos a questão no nosso estudo *Uma Canção de Camões*, cha-

mando já a atenção para a necessidade de o texto de *Os Lusíadas* ser estudado e verificado à luz destas descobertas. De resto, quer-nos parecer que foi a importância quase exclusiva atribuída pela crítica à epopeia o que fez deixar na sombra que a questão das lições da lírica estará exigindo cuidados análogos.

3 Neste resumo corrigimos algumas das observações de Carolina Michaëlis na sua edição do índice, como por exemplo o número dos sonetos registados como de Camões. E entrámos em linha de conta com as correcções propostas por J. G. C. de Carvalho no estudo citado. Mas este estudioso, na sua lista dos sonetos alguma vez atribuídos a Camões, diz que o n.º 83 é, pelo Ribeiro, atribuído a Bernardes. É lapso. Não figura na lista de Bernardes, e sim na do duque de Aveiro.

4 Por isso mesmo só o usamos quando as suas afirmações, em conjunto com outros dados, podem ser avaliadas. E não mencionamos, para os restantes sonetos, que não merecem dúvida, as confirmações de autoria que o índice fornece. Todavia, para informação, aqui estabelecemos a lista, segundo a numeração de 1598 (e excluindo os casos de duplicação ou duvidosos). São os n.ºs 9, 10, 12, 15, 16, 19, 20, 23, 25, 26, 29, 30, 32, 34, 40, 41, 45, 46, 47, 49, 50, 52, 53, 54, 56, 58, 59, 61, 63, 69, 73, 92, 93, 98, 99, 101, 103 e 104. São 38 dos 105 de que a edição se compõe, ou seja 36% do total não expurgado de 1595-98. Este valor aumenta para cerca de 40%, se calculado sobre o que consideramos «autêntico».

5 Como dizemos no texto, Faria e Sousa segue, ao contrário do que tem sido insinuado, a ordem da edição de 1598, e sem dela excluir nada. E diz — e era verdade ao tempo que escrevia — que as edições da obra lírica de Camões continham 105 sonetos. A sua diligência e a sua apaixonada incúria elevavam aquele número para 264. A este respeito, convenhamos, desde já, que ele, se muito acrescentou que era expressamente de outros (cujos nomes, certos ou errados para nós, foi ele muitas vezes quem disse), e nada tirou que de outros se soubesse então, não menos descobriu muitas composições que várias provas — e até o gosto dos editores... — dão como de Camões.

6 Vide Juromenha, I, p. 64, e Storck, *Vida e Obras de Luís de Camões*, 1.ª parte, versão do original alemão, anotada por Carolina Michaëlis de Vasconcelos, Lisboa, 1898, p. 525.

7 Na verdade, não é. O Cancioneiro contém obras de quase uma meia centena de autores, além das composições anónimas. O autor mais fartamente representado, a grande distância dos outros, é Fernão Rodrigues Lobo Soropita, com cerca de 60 poemas e uma dúzia de escritos em prosa. Camões está no grupo seguinte, cada um dos componentes do qual tem uma terça parte da representação de Soropita: Camões, Fernão Álvares do Oriente, Estêvão Rodrigues de Castro, António Lopes de Veiga e Fernão Correia de Lacerda. Segue-se, com um quarto de 60, Rodrigues Lobo. Depois Bernardes, e os restantes. Claro que esta ordenação, para a qual nos servimos do estudo de Carolina Michaëlis *O Cancioneiro Fernandes Tomás*, Coimbra, 1922, não considera a extensão das composições, que vai desde o breve epigrama à extensa elegia. Uma análise mais ampla deste Cancioneiro fizemo-la no capítulo respectivo dos nossos *Estudos de História e de Cultura*, em publicação desde 1963 na revista *Ocidente*.

OS SONETOS DE CAMÕES

[8] Reportamo-nos a informações diversas acerca desses Cancioneiros que, à semelhança de todos os outros, não foram ainda objecto de publicação ou de estudo sistemático, e em especial às prestadas por Carvalho, est. cit., e também ao exame dos microfilmes respectivos.

[9] Carolina Michaëlis, *Mitteilungen aus Portugiesische Handschriften — I — Der Cancioneiro Juromenha*, Leipzig, 1880, separata de *ZRPh*, vol. VIII, p. 430-598. Urge fazer-se uma edição tão completa quanto possível dos escritos camonianos de Carolina Michaëlis, traduzindo os em alemão e colocando-os em condições de acessibilidade geral. É tão difícil compulsá-los e obtê-los, e a cultura germânica é tão pouco difundida em Portugal, que... *the rest is silence*, como dizia o príncipe Hamlet.

[10] O Cancioneiro Luís Franco nunca foi publicado. Muito mencionado e referido, nunca foi estudado sistematicamente. As referências de Carolina Michaëlis a ele são acidentais, a propósito de qualquer ponto que ela está discutindo. O nosso conhecimento actual dele consiste no microfilme que obtivemos. As nossas referências ao dito Cancioneiro são, pois, «directas», e não por informações segundas. Mas padecem necessariamente da falta de uma edição crítica (que mais não seja um índice crítico), que é lamentável que ainda não exista, de um dos manuscritos mais importantes para a poesia portuguesa do século XVI.

[11] Carolina Michaëlis ocupou-se diversas vezes deste soneto. Primeiro, em *ZRPh*, vol. V, 1881, p. 134, dá o texto do Cancioneiro Juromenha, que é diverso do de 1616. Em *Círculo Camoniano* n.º 3, Agosto de 1889, diz que Baltasar Gracián cita uma tradução castelhana do original de Camões, o que é verdade. Nas *Notas aos Sonetos Anónimos — I — Revue Hispanique*, tomo VI, pp. 328-407, Paris, 1900, trata longamente do soneto, e acha que, provavelmente, Camões o teria escrito em castelhano. Aponta, depois, que não há sonetos em castelhano nas edições de 1595, 1598 e 1616: «Havia portanto empenho evidente e natural de só reconhecer como legítimos os textos portugueses» de Camões, «empenho que pode ter levado a pequenas fraudes como a que conjecturo». A conjectura é que o soneto teria sido traduzido para não figurar em castelhano na edição. E Carolina Michaëlis acrescenta: «Só Álvares da Cunha e Faria e Sousa não tiveram escrúpulos a tal respeito, nem deviam tê-los, porque é certo que o poeta maneja bem os dois idiomas», e, em abono deste bom manejo, cita a Écloga I. Em *Investigações sobre Sonetos e Sonetistas, etc.*, na mesma revista, tomo XXII, 1910, ocupa-se do soneto em 41.º lugar. Refere que, em dois cancioneiros (o de Oxford e o (?) de Madrid) aparece anónimo o texto castelhano. Reitera a convicção sua de que o soneto é de Camões, embora neste ponto não resulte claro se em português, se em castelhano. Parece que as informações prestadas por Fr. Julian Zarco Cuevas acerca do Cancioneiro do Escurial, onde este soneto figura em castelhano, permitem dissipar algumas dúvidas (cf. Carvalho, art. cit.). O autor do soneto, e em castelhano, seria o abade Salinas, e Camões, se foi ele, teria apenas produzido uma fraca tradução. É óbvio que o abade Salinas não é um outro autor, também muitas vezes mencionado como «Salinas», e que é o luso-castelhano D. Diogo de Silva, conde de Salinas e marquês de Alenquer, e presumível autor de um soneto castelhano que aparece em português, anónimo, na *Miscelânea* de Miguel Leitão de Andrade, que foi

impresso como de Camões na Terceira Parte de 1668 *(«É o gozado bem em água escrito»)* e que o próprio Faria e Sousa diz ter visto em nome deste outro Salinas. Chamamos a atenção para as observações acerca da possível supressão de sonetos em castelhano, que se nos afigura hipótese do maior interesse, embora seja de notar que, em 1595, se não há sonetos em castelhano, há também em castelhano várias redondilhas, por exemplo.

[12] Carolina Michaëlis, no estudo já citado sobre o índide do Cancioneiro Juromenha, e também em *ZRPh*, vol. v, 1881, p. 117.

[13] Subscrevemos as opiniões que, desde o *Dicionário Bibliográfico* de Inocêncio (tomo xvi, Brito Aranha) até Costa Pimpão, consideram que o soneto *«Ditosa pena, ditosa mão que a guia»* (é assim que ele figura no volume de Barata, e não na lição corrigida que tem persistido em edições modernas) foi publicado depois da morte de Camões, isto independentemente de o soneto ser ou não dele. A obra *Exemplares de Diversas Sortes de Letras, tiradas da Poligrafia de Manuel Barata, acrescentados pelo mesmo autor, para comum proveito de todos* saiu em 1590, embora as lâminas dos «exemplares» estejam datadas de 1572 a 1577. Na dedicatória ao duque Teodósio de Bragança, o livreiro João de Ocanha, à custa de quem é impressa a edição, declara que a faz para que se não perca o trabalho de Barata. Este trabalho não estaria em riscos de perder-se, mas sim de não ser acessível, se já tivesse sido antes publicado como alguns querem, deduzindo do título que o livro é um extracto de «Poligrafia» anterior. Barata, o calígrafo, parece que terá morrido entre 1577 (última data das lâminas) e 1590 (data em que Ocanha diz salvar postumamente o seu esforço, que provavelmente seria conhecido). Por certo, o Barata (e as lâminas serviriam como mostruário de letras) trabalhava notoriamente de copista para códices que se queriam bem caligrafados como os que era costume oferecer a pessoas ilustres (é o caso, segundo nos consta, do manuscrito do tratado de Gandavo, com os poemas de Camões, que está no Escurial). Não vemos, porém, que as «regras de ortografia» de Gandavo, reeditadas em 1590 por Ocanha (a 1.ª edição era de 1574, e nelas o autor louva Camões) sejam nexo suficiente, como o *Dicionário Bibliográfico* pretende, para achar-se que havia um soneto de Camões para Barata, como houvera um para Gandavo. Por outro lado, o soneto parece estar expressamente em conformidade com o que, na dedicatória ao duque, diz Ocanha: *«Teu nome, Emanuel, de um a outro Pólo / correndo se levanta, e te apregoa, / agora que ninguém te levantava»*. E estar, portanto, mais próximo da data em que o volume é publicado que das datas que figuram nas lâminas caligráficas. As razões dos outros, e estas nossas, dão o soneto como escrito e publicado depois da morte de Camões, numa obra publicada quando ele havia morrido uma década antes. Note-se que o Barata havia sido mestre de escrita do príncipe D. João, o pai de D. Sebastião, tirando daí uma posição proeminente por certo, que sem dúvida já teria antes, para ter sido escolhido para essa função. Mas o príncipe morreu prematuramente em Janeiro de 1554, e, apesar de jovem, numa idade em que o Barata já não o ensinava a escrever. E vinte anos seriam suficientes para que o calígrafo estivesse tentando salvar, em lâminas gravadas, a sua arte para a posteridade, e tivesse caído, então e após a morte, no esquecimento a que o soneto se refere.

OS SONETOS DE CAMÕES

¹⁴ Não nos tendo sido acessível o texto do Cancioneiro Fernandes Tomás, e não publicando Carolina Michaëlis os sonetos de Soropita nele contidos, não podemos avaliar como se distribuiriam os esquemas numa amostragem mais significativa, já que esse manuscrito contém mais de duas dezenas de sonetos de Soropita ou Surrupita.

¹⁵ Há, na *História Genealógica da Casa Real*, de António Caetano de Sousa, que consultámos na reedição diplomática de M. Lopes de Almeida e César Pegado (26 volumes, Coimbra, 1946-55), mais que uma Maria de Távora que seja filha de um Luís Álvares de Távora, embora todas da mesma família de sangue real. A Maria de Távora a quem o soneto, segundo Faria e Sousa, se referiria, deve ser a filha de Luís Álvares de Távora (o senhor de Mogadouro, que acompanhou a Tunes, em 1535, o infante D. Luís, de quem era amigo, e digamos de passagem que nos parece haver alguma confusão biográfica entre este Luís Álvares e um outro Távora, o Lourenço Pires, célebre diplomata quinhentista, pai da tríade de Távoras que foram validos de D. Sebastião, e também personagem íntima do infante D. Luís e da expedição de Tunes) e de Filipa de Vilhena (ou de Sousa), filha dos 1.os condes de Sortelha. Desta Maria é dito (tomo XII, parte I) que, «dotada de fermosura, morreu sendo dama do Paço», o que corresponde ao texto do soneto em causa, e mais ou menos à época em que ele poderia ter sido escrito por Camões ou pelo duque de Aveiro, a menos que seja, em documentos de família e na *História Genealógica*, projecção do que dissera Faria e Sousa. É interessante notar os parentescos colaterais desta bela dama do Paço. Era irmã, entre outros, de um Luís Álvares de Távora, que morreu em Alcácer-Quibir, e de cuja linha varonil descendem os condes de S. João e marqueses de Távora (que Pombal destruiu), e de Joana de Távora, que foi, sem filhos, a primeira mulher do célebre herói das Índias, D. Luís de Ataíde, conde de Atouguia, e que nos aparece ligado a um problema de autoria de soneto de Camões. Tia paterna da dama era Ana de Távora, a esposa do poderoso D. António de Ataíde (1500-1563), amigo de juventude e valido de D. João III, que o fez conde da Castanheira. Este António era filho de Álvaro de Ataíde, senhor da Castanheira, e de uma Violante de Távora, a quem Aires Vitória dedicou a sua tradução de Sófocles, *Vingança de Agamenon*, concluída em 1536. A esta Violante — que nos aparece como mecenas da primeira tentativa de teatro trágico em Portugal, e cuja influência directa ou através do filho e dos laços de família parece ter sido enorme na Corte de D. João III — e ao filho conde é que foram dirigidas as célebres e sangrentas quadras anónimas da «Maria Pinheira» (que seria a mãe de Violante...), grande escândalo daquela Corte. O marido de Violante era filho do 1.º conde de Atouguia, Álvaro Gonçalves de Ataíde, e irmão do 2.º conde, D. Martinho, entre outras coisas governador de Coimbra, e a quem Nicolas Grouchy teria dedicado a sua tradução francesa da *Castro*, de António Ferreira. D. Luís, o herói das Índias, foi bisneto deste D. Martinho. Filha também do 1.º conde de Atouguia era uma Leonor de Meneses, a mãe do «Albuquerque terríbil», que foi, assim, sobrinho de Violante de Távora. Sobrinho dela também, mas paterno, é Tomé de Sousa, o 1.º governador do Brasil, que não se esqueceu da tia nas suas doações brasileiras. Também sobrinhos paternos dela, e primos direitos de Tomé, são os irmãos Martim Afonso de Sousa e Pêro Lopes de Sousa, de tão grande importância histórica.

A mãe deles dois, uma Albuquerque, era filha do 3.º casamento do patriarca das letras italianizantes, o «Velho» João Rodrigues de Sá de Meneses (primo afastado de Sá de Miranda e de seu irmão o governador do Brasil, Mem de Sá), o que faz os dois irmãos sobrinhos do influente Francisco de Sá de Meneses (o do poema ao rio Leça e tão confundido com Miranda) e primos de Jorge Ferreira de Vasconcelos, o autor de *Eufrósina*, que era filho de uma irmã do «Velho». Jorge Ferreira, por seu pai (o poeta Jorge de Vasconcelos, do *Cancioneiro Geral*, e armador das esquadras reais, algo referido por Gil Vicente nas suas peças), pertenceria à casa dos condes de Penela, os Vasconcelos descendentes de Inês de Castro; e uma filha dos primeiros destes condes, Joana da Silva, foi a mãe de Ana de Távora, a esposa do Castanheira e de Luís Álvares de Távora, o pai da presumível Maria do soneto. A mulher de Vasco da Gama (ainda primo do pai de Jorge Ferreira, que o seria também de António Ferreira) era também uma Ataíde, e o neto deles, o 3.º conde da Vidigueira, casou com a filha do Castanheira e de Ana de Távora, a tia de Maria. Filho dos 1.ºs condes de Sortelha, e desta Maria de Távora, foi Simão da Silveira, a quem Camões, em resposta a um soneto seu, terá escrito o que começa *«De um tão felice empenho produzido»*, que lhe foi primeiro atribuído na Terceira Parte de 1668, e que os editores modernos aceitam como autêntico. Aliás, parece que Simão da Silveira é também dos poetas quinhentistas cujas obras foram engrossar, no século XVII, o caudal camoniano. Violante de Távora — que vemos centro de uma tão grande distribuição de empregos e protecções — morreu muito velha em 1555, e dois anos depois o rei D. João III. O filho dela, o conde da Castanheira, morreu em 1563. Mas a família continuava suficientemente poderosa, pois que Távoras e Ataídes continuam proeminentes durante as regências de D. Catarina e do cardeal D. Henrique, e gozam da confiança do jovem D. Sebastião. Não conseguimos encontrar quando morreu a Maria de Távora «dotada de fermosura». Seu irmão mais velho morreu em Alcácer, já pai de filhos homens. Uma sua irmã foi a primeira mulher de D. Luís de Ataíde. Maria de Távora, cujos pai e mãe pertencem à geração do infante D. Luís (nascido em 1505), deve ter nascido entre 1530 e 1540. E, para chorar-se a sua beleza juvenil extinta pela morte, deve ter morrido entre 1555 e 1565. Por volta de 1560, Camões anda pelo Oriente. É certo que, de lá ou cá, celebrou — claro que epicedicamente — em soneto a sepultura de D. João III (soneto 55 da edição de 1595). Mas isso não significa que tivesse feito o mesmo com Maria de Távora, parenta de Simão da Silveira. Vejamos o duque. Como é sabido, ele era filho do duque de Coimbra, o bastardo de D. João II, D. Jorge de Lencastre, e de Beatriz de Vilhena, filha de D. Álvaro de Bragança, irmão do duque que o mesmo D. João II decapitou, e de uma senhora Melo e Meneses, ainda parenta de Ataídes. E casou em 1547 com Joana de Lara, filha de Pedro de Meneses, 1.º marquês de Vila Real, e de Beatriz de Bragança, irmã daquele D. Álvaro e do decapitado duque. Aquele Pedro de Meneses era filho de Fernando de Noronha, grande prócere do reinado de D. Duarte e partidário da sua viúva contra o regente D. Pedro, e que era filho de um bastardo de Henrique II de Castela e de Isabel, a bastarda do rei D. Fernando I de Portugal. A mãe deste Pedro de Meneses foi uma Beatriz de Meneses, única filha legítima do Pedro de Meneses, conde de Vila Real, que Zurara celebrou em crónica especial (como noutra celebrou o bastardo dele, Duarte de Meneses), por mandado de D. Afonso V; e esta D. Beatriz foi tia-bisavó paterna do «Velho»

OS SONETOS DE CAMÕES

João Rodrigues de Sá e da mãe de Jorge Ferreira de Vasconcelos (diga-se de passagem que uma irmã deste foi a mulher de Jerónimo Corte Real). Da casa do duque de Coimbra, e quiçá da do duque de Aveiro, D. João de Lencastre, foi administrador Martim Ferreira, o pai de António Ferreira, cuja edição póstuma dos *Poemas Lusitanos* o filho deste faz que seja esposada por Francisco de Sá de Meneses e por Jerónimo Corte Real, que é de supor sejam ambos primos do poeta. Cremos que o pai de António Ferreira é o financiador (por si ou pelo duque de Aveiro) da Capitania brasileira da Paraíba do Sul, e que só por confusão em relação à carta que o donatário Pêro de Góis da Silveira lhe dirigiu é que ele é tido como um comerciante de ferragens. O 1.º duque de Aveiro, em nome de seu filho Pedro Dinis de Lencastre, terá tirado a máscara brasílica, quando depois comprou os direitos à Capitania de Porto Seguro à herdeira de Pêro do Campo Tourinho, sua «vassala». E é sabido como António Ferreira viveu próximo do duque e de seus filhos, de cuja casa Jorge Ferreira de Vasconcelos é dado como «criado». Se não se vê parentesco próximo do 1.º duque de Aveiro com Maria de Távora, que era sobrinha, por afinidade, do conde da Castanheira, vemo-los ambos integrados num mesmo grupo de interesses, em que por sinal o Brasil ocupa lugar de relevo; e D. António de Ataíde foi grande animador dos projectos de colonização brasileira, como se sabe da sua correspondência com D. João III. Chorar uma bela sobrinha do Castanheira, e gentil membro da importante facção familiar de Sousas, Ataídes e Távoras, não deixava de ser uma sábia manifestação política do duque de Aveiro, e mesmo um prudente investimento de capital, tanto mais que D. António de Ataíde foi a alma da severa política interna de D. João III (que muito ameaçou os amigos do infante D. Luís e do duque de Aveiro), e com a qual o duque procurou, no fim da vida, congraçar-se sendo (quando essa política, morto aquele rei, se transformara na estreita vigilância do cardeal e inquisidor-mor) um dos depoentes contra Damião de Góis. Acerca das relações genealógicas supra, e da sua importância na cultura portuguesa do século XVI, ver os nossos «Estudos de História e de Cultura», em publicação na revista *Ocidente*, e o artigo «Vittoria Colonna, Marquesa de Pescara», que publicámos no «Suplemento Literário» de *O Estado de São Paulo* de 29/8/64. Note-se que a fusão da casa dos marqueses de Távora com a dos duques de Aveiro é ulterior à época de que estamos tratando. As referências feitas ao Brasil, e que foram tomadas como ponto de partida para investigações que temos em curso, podem ser encontradas na *História Geral do Brasil, antes da sua Separação e Independência de Portugal*, de F. A. de Varnhagen (consultada na 7.ª edição, S. Paulo, 1962, que inclui as revisões e as notas de Capistrano de Abreu e de Rodolfo Garcia). Na *Floresta de Varia Poesia*, de Diego Ramirez Pagán, primeiro impressa em Valência, 1562, há dois sonetos epicédicos dedicados à memória de Jorge de Montemor, um dos quais («*Nuestro Montemayor, dó fué nacido?*») é de perguntas e respostas (cf. ed. López Estrada da *Diana*, «CC», Madrid, 1962, pp. XXXVII-VIII). São 20 as perguntas e respostas nos 14 versos. É de notar a conotação epicédica (ou pelo menos de meditação moral) dos sonetos dialogados, cerca de 1560. O que não nos parece aproximar de Camões o soneto em causa, já que, como dissemos, ele estaria então no Oriente; e vemos — nas atribuições possíveis que o soneto tem — poetas cinquentões de um mesmo grupo sócio-cultural, a que, mesmo transferido a Espanha, Montemor (e, com ele, os seus devotos) não deixa de pertencer, praticando um tipo de soneto que não é estilisticamente camoniano no modo como eles o praticam.

[16] Foi Afrânio Peixoto o principal criador do romance de Dinamene, inclusivamente reunindo em volume as composições que achava constituírem-no. Alfredo Pimenta desmontou a ficção em artigos que estão na sua colectânea *Novos Estudos Filosóficos e Críticos*. Algumas considerações interessantes faz também Carvalho, est. cit.

[17] É muito curioso anotar o que se passa com a obra (tão incerta) de Fr. Agostinho da Cruz, irmão de Diogo Bernardes, mas, pela idade, afastado de Camões uns quinze anos. Na 1.ª edição das suas obras poéticas, a de 1771, há apenas três esquemas de rima de tercetos, cabendo, nos 26 sonetos da edição, 65% ao esquema *cde cde*, 27% a *cdc dcd*, e 8% a *cde edc*. Na sua edição de 1918, Mendes dos Remédios acrescentou poesias do códice conimbricense (97 sonetos) e do portuense (18 sonetos). No primeiro destes códices a percentagem de *cdc dcd* é 65%, enquanto a de *cde cde* é apenas 30%. Na totalidade da edição Mendes dos Remédios, Fr. Agostinho da Cruz ficou com:

cdc dcd .... 54 %
cde cde .... 41 %

e mais quatro esquemas usados muito eventualmente (se é que foi ele quem os usou). Como se vê, também a edição de um novo grupo aumentou a percentagem de *cdc dcd* à custa de *cde cde*. Adiante, e embora Fr. Agostinho da Cruz esteja fora da nossa investigação, voltaremos a comentar estes resultados.

V
OS ESQUEMAS DE PETRARCA

Nas rimas de Petrarca há 366 poemas, na totalidade da colectânea, tal como acabou por ficar organizada. Cem constituem a segunda parte, *In morte di Madonna Laura*, e os restantes a primeira, *In vita di Madonna Laura*. Aquele número não é ocasional: representa o número máximo de dias do ano, como se, pelo próprio número de poemas, se quisesse exemplificar a que ponto aquela obra lírica era o quotidiano abstraccionado e magnificado, a laicização diária dos sentimentos humanos, que foi a grande revolução literária da poesia de Petrarca. Mas porque 266 poemas para a Vida e 100 poemas para a Morte? Parece-nos bem fácil de deduzir. Cem dias são o lapso de tempo que decorre desde 23 de Setembro, equinócio do Outono, até 31 de Dezembro, o lapso de tempo outonal e hibernal, que é, topicamente, imagem do declínio e da morte. Dos 266 poemas *in vita*, 222 são sonetos; dos 100 *in morte* são sonetos 90. O *Canzoniere* de Petrarca contém, portanto, um total de 312 sonetos, número 50% superior à produção média que tem sido atribuída recentemente a Camões, e excedido em cerca de 10% pela edição Juromenha [1].

Feita a verificação dos esquemas de rima dos tercetos, nas duas partes (V e M), o uso que Petrarca faz deles pode ser resumido no seguinte quadro:

Esquemas	V	M	Total	Percentagem do total
cde cde	84	35	119	38
cdc dcd	74	35	109	35
cde dce	53	15	68	22
cdc cdc	6	4	10	3,20
cdd dcc	3	1	4	1,30
cde edc	1	—	1	0,25
cde dec	1	—	1	0,25
	222	90	312	100

Como deste quadro se vê, Petrarca usou *sete* esquemas diversos para as rimas dos tercetos (dois dos quais não *in morte*), reservando contudo as suas preferências a três, e, destes três, não definindo preferência entre os dois que lhe são principais. Aqueles dois esquemas mais raros são, como se vê também, eventuais, já que Petrarca só escreveu, com cada um, um único soneto. É curioso que um deles — e ambos foram, quanto ao esquema, muito pouco imitados pelos petrarquistas peninsulares — é precisamente aquele cujo 1.º verso foi uma das grandes fontes tópicas do petrarquismo: «*Piú volte Amor m'avea già detto: Scrivi*» (poema n.º 93) [2].

Nos sete esquemas, Petrarca tem quatro que são combinações de três rimas, e três que o são de duas. Aquelas combinações de três distinguem-se umas das outras pela mudança de ordem no segundo grupo (o primeiro é sempre *cde*); e é evidente que não esgotam as possibilidades combinatórias, que são seis, e os petrarquistas vieram a esgotar. Das combinações de duas rimas, uma, a primeira, teve bastante fortuna no cultivo do soneto; a segunda teve menos (em Portugal só a usam Ferreira e Camões); e a terceira, pouco mais que eventual em Petrarca, não teve praticamente nenhuma. Queremos crer que é ela uma das fontes esquemáticas do soneto inglês, quer através do próprio Petrarca, quer das variações que dela fizeram os «estrambotistas». Estes, como hoje é reconhecido e como não está suficientemente estudado, se o foi, para a lírica peninsular, tiveram grande prestígio, e foram mesmo declaradamente imitados [3].

Vejamos agora como estes esquemas de Petrarca passaram a Boscán e Garcilaso, que, juntamente com o prestígio pessoal e político de D. Diego Hurtado de Mendoza, impuseram o italianismo formal à poesia castelhana.

[1] Segundo ainda estas observações que fizemos, dos restantes 54 poemas de Petrarca, 29 são canções, cuja estrutura externa estudámos em *Uma Canção de Camões*. 21 destas canções são *in vita* e 8 são *in morte*. Note-se como são próximas as proporções V/M para a totalidade dos poemas, para os sonetos, e para as canções:

Total: $\frac{266}{100} = 2,66$ Sonetos: $\frac{222}{90} = 2,47$ Canções: $\frac{21}{8} = 2,63$

denotando uma intenção de igual proporcionalidade entre o conjunto, as partes do conjunto e as espécies que as compõem.

[2] Em longo estudo inédito, intitulado «*Alma minha gentil*», e que é uma exaustiva análise, nos mais diversos planos, do célebre

soneto de Camões, tratamos da tópica do petrarquismo. E deste mesmo tópico do Mandado do Amor a que o poeta escreva nos ocupámos no livro *Uma Canção de Camões*. O problema dos tópicos petrarquistas não é, porém, atinente ao nosso presente estudo. Para as verificações estruturais numéricas de Petrarca usámos a excelente edição crítica de Carducci e Ferrari, na reedição de Florença, 1949.

[3] Notar as observações a este respeito que consignamos no estudo «A Viagem de Itália», publicado no «Suplemento Literário» de *O Estado de S. Paulo*, em 8/9/62. Muito ampliado nas notas, está incluído num volume de *Estudos*, que aguarda publicação.

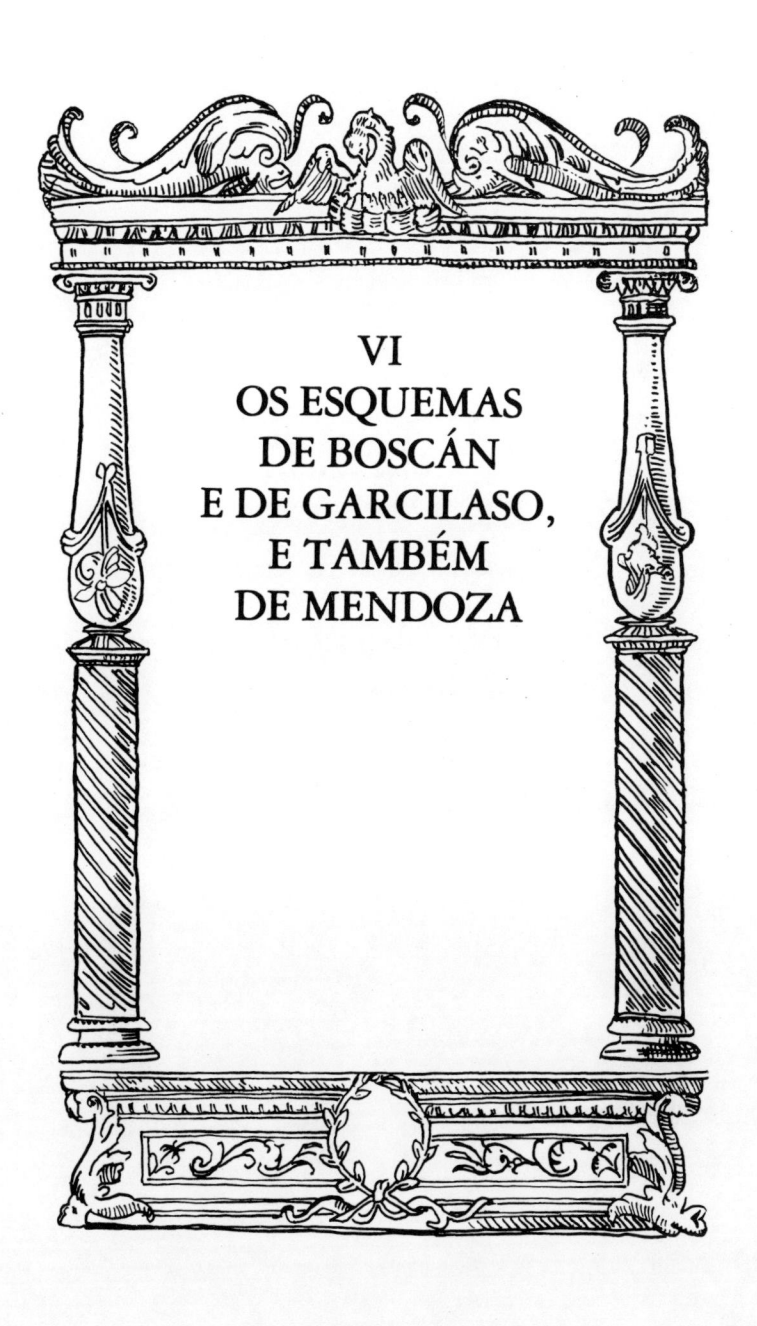

VI
OS ESQUEMAS
DE BOSCÁN
E DE GARCILASO,
E TAMBÉM
DE MENDOZA

Não concordamos com a tradição erudita que coloca o nosso renovador Sá de Miranda na dependência estrita dos êxitos formais de Boscán e Garcilaso. No estudo *A Viagem de Itália* procurámos recolocar o problema nos termos que julgamos devidos, quer à luz dos dados eruditos disponíveis, quer do contexto internacional em que a questão deve ser formulada [1]. O prestígio de Boscán e de Garcilaso (cujas obras foram primeiro editadas juntas, pela viúva do Boscán, em 1543, e assim se mantiveram, em sucessivas reedições, até que, em 1574 e 1577, Francisco Sánchez, *el Brocense*, publicou a sua edição de Garcilaso, seguida, em 1580, pela que fez o poeta Herrera) foi todavia imenso nos meios cultos peninsulares e também nos meios espanhóis ou hispanizantes da então tão espanhola Itália. Para esses meios, eles foram sobretudo exemplos do triunfo do «modernismo», e é como tal que são citados. Nestas condições — e eles, como os outros espanhóis, e os portugueses, estão igualmente imersos na atmosfera de italianismo que invadira a Europa—, os exemplos que são, e cuja importância não contestamos, representam e significam menos uma fonte directa para as imitações (e algumas houve, e há-as na própria obra de Camões) do que, *em língua afim, a formulação de tópicos pertencentes a um património comum.*

O uso que eles fizeram dos esquemas petrarquianos tem, pois, um duplo interesse quanto a Portugal. De um lado, mostrar-nos-á mais objectivamente como eles seguiram Petrarca, de que modo foram petrarquistas; e de outro lado, ajudar-nos-á a melhor caracterizar, no âmbito da cultura peninsular, o uso peculiar e individual que desses esquemas foi feito. A investigação que fizemos da canção petrarquista peninsular levou-nos a concluir por uma evolução do uso dos esquemas, que serve inclusivamente como caracterização periodológica [2]. A aplicação dos mesmos métodos ao soneto por certo iluminará esse quadro, ou pelo menos nos dará uma ideia concreta das preferências de cada poeta, enquanto, por falta de edições da maioria dos secundários, não pudermos ter uma visão mais extensa e pormenorizada destas curiosas questões.

Juan Boscán, em 85 sonetos, usa do seguinte modo *quatro* esquemas apenas:

Esquemas	Número	Percentagem
cdc dcd	41	48
cde dce	21	25
cde cde	17	20
cdc cdc	6	7
	85	100

Comparando este quadro com o que estabelecemos para Petrarca, verifica-se que os quatro esquemas que Boscán usa são estritamente petrarquianos, e os quatro principais do cantor de Laura. A ordem de preferência e as proporções relativas são, porém, outras, no que se refere aos três primeiros.

Isto pode significar que, culturalmente, Boscán se situa não só dentro do petrarquismo, mas da reacção purista de retorno a Petrarca, que precisamente se processava desde a actividade polémica de Pietro Bembo. O petrarquismo de Boscán tem todavia aspectos muito interessantes que importa sublinhar. Catalão, que era, e barcelonês, há nele dois petrarquismos sobrepostos: o do italianismo formal, de que é o primeiro experimentador em castelhano (embora, no caso dos sonetos, o marquês de Santillana tivesse já produzido cerca de metade daquele total de Boscán, o que não é de modo algum uma experiência eventual, só que não teve repercussão conhecida), e o do petrarquismo cultural, em que esta linhagem da cultura mediterrânica se confunde com a tradição da lírica provençal de que Petrarca foi o refinado reformulador [3]. Pode dizer-se que, sob este ponto de vista, as coincidências tópicas de Boscán são mais frequentes e próximas com Ausias March, o catalão que foi o último grande poeta daquela corrente, do que com o próprio Petrarca, que, aliás, Ausias March conhecia [4]. Deste modo, a questão do petrarquismo peninsular subtiliza-se bastante, e sai felizmente do quadro de um geneticismo sempre duvidoso, quando não há sistemáticos levantamentos comparativos de toda uma situação geral. Boscán foi, sem dúvida, um petrarquista muito «escolar», que transferiu, para os esquemas e tópicos do Petrarca que dominava o petrarquismo, um outro petrarquismo em cuja construção o seu país de origem, e com uma categoria que sobreviveu longamente na cultura peninsular, tivera relevante papel.

A posição de Garcilaso, castelhano de Toledo, é muito diversa. A língua castelhana não é para ele uma segunda língua, como o era para Boscán, ainda que este haja escrito em puríssimo castelhano, quase sem traços de catalanismos. E, na poesia em castelhano (ou na portuguesa que lhe é afim da segunda metade do século XV e primeiras duas décadas do século XVI), a presença do petrarquismo ideológico e temático entrara por via directa, ao mesmo título que a tradição catalã-provençal. A adopção de novos esquemas (o soneto, a canção, a *terza rima*, etc.), para um Garcilaso, não era, como para o seu amigo Boscán, *a actualização e a tradução de uma linhagem afim*, mas a ampliação das estruturas e a prática de um mais discursivo e meditativo estilo. Por isso é que tem sido possível considerar que, petrarquista sem dúvida, o petrarquismo de Garcilaso é relativo, porque é o encontro de uma cultura, de um espírito aberto às inovações (que ele incentiva em Boscán, di-lo-no este, com o seu próprio e ulterior exemplo) e — não o esqueçamos — de uma alma do grande poeta que ele era, e Boscán, com todos os seus méritos, não foi, embora nos pareça muito melhor poeta do que a crítica tem reconhecido.

Garcilaso, em 38 sonetos [5], usa de *seis* esquemas, nas seguintes percentagens: *

Esquemas	Número	Percentagens
cde cde	17	45
cde dce	12	32
cdc dcd	4	11
cde dec	3	8
cde ced	1	2
cde ecd	1	2
	38	100

* O Autor parece ter hesitado posteriormente nestes números, visto que na 2.ª coluna ao lado de *12* está *11* e de *4* está *5;* e na 3.ª coluna ao lado de *32* está *28* e de *11* está *13*, o que de qualquer forma não altera as percentagens. (M. de S.).

Este quadro mostra-nos que Garcilaso usou principalmente quatro dos esquemas petrarquianos e que, muito eventualmente, escreveu dois sonetos com outros esquemas. Mostra-nos, também, que a ordem das preferências e as relativas proporções dos esquemas petrarquianos se aproximam mais de Petrarca do que sucede com a já grande proximidade mais exclusiva de Boscán. A intimidade cultural e poética de ambos os escritores e o ascendente que Boscán tinha sobre Garcilaso (dez anos mais novo que ele) não impediram que, na prática do soneto, haja divergência entre os dois. Isto, que parece óbvio, no entanto aponta-nos para como o uso dos esquemas tem, como natural seria, muito de característica pessoal. Formalmente, portanto, Garcilaso está, de certo modo, mais próximo e mais longe de Petrarca do que estava Boscán. E compreende-se que tenha sido assim, tanto mais que, após a decisão de escreverem ao «itálico modo», Garcilaso viveu mais e melhor do que Boscán, na Itália, e em contacto com os meios do petrarquismo purista.

Vejamos o que, em paralelo com o célebre par de poetas, sucede na obra de D. Diego Hurtado de Mendoza, outro dos «fundadores» castelhanos. Neto do marquês de Santillana, parente de Garcilaso e da mesma idade que este, a quem sobreviveu longamente, D. Diego (1503--1575) foi uma figura eminente da vida espanhola do seu tempo, e não nos consta que a cultura portuguesa tenha feito o levantamento rigoroso do que lhe deverá em pessoais contactos. Que o seu prestígio era grande, como poeta, na segunda metade do século XVI em Portugal, eis o que se prova pela frequência e relevo com que poemas seus aparecem nos cancioneiros manuscritos: Luís Franco Correia, no seu, coleccionou dezenas deles; e o mesmo acontece no Cancioneiro de Évora (o mal e parcialmente publicado primeiro por Hardung, que, precisamente no seu prefácio, maltrata, por forma altamente cómica, Diego Hurtado de Mendoza — e assim insistimos na identificação do manuscrito, porque «cancioneiros de Évora», e camonianos, há pelo menos uma dúzia...), onde ele é o único autor expressamente nomeado no manuscrito, sendo de notar que ambos os manuscritos (este de Évora e o de Luís Franco) quase coincidem nas obras poéticas dele, que coligem. Mendoza, mais que Garcilaso e Boscán, repartiu-se entre as velhas e as novas formas, ajudando à fixação destas com o seu prestígio, mas não desdenhando do cultivo intensivo da redondilha, que tinha nos anti-italianizantes Cristobal de Castillejo e Gregório Silvestre os seus apóstolos de valor. No entanto, a *terza rima*, a canção e o soneto ocupam grande lugar na sua obra. Sonetos tem ele trinta, se descontarmos um que anda também nas obras de Gregório Silvestre, aquele português castelhanizado [6].

Nestes 30 sonetos Mendoza usa de *sete* esquemas, todos, menos dois, petrarquianos. Três são usados eventualmente, em um soneto cada, sendo dois desses esquemas precisamente os que não são de Petrarca. Eis o quadro respectivo, em cujos últimos lugares figuram estes esquemas não-petrarquianos:

Esquemas	Número	Percentagens
cde cde	9	30
cde edc	9	30
cdc dcd	7	23
cde dce	2	8
cde dec	1	3
cdd ccd	1	3
cde ced	1	3
	30	100

Dos dois últimos esquemas, há que notar que Petrarca não usou de um deles, mas, quanto ao outro, usou de um esquema eventual de que este é muito próxima variação. É curiosíssimo notar que o primeiro lugar nas preferências de Mendoza se reparte entre o esquema que Petrarca prefere como primeiro, embora repartindo-o quase com o que para Mendoza é terceiro. Por outro lado, Mendoza promove a primeiro *ex aequo* um esquema que, em Petrarca, é eventual. Mas mantém em 4.º lugar o que tem esse lugar em Petrarca. Dos quatro esquemas petrarquianos principais, Mendoza não usa um: *cdc cdc*.

Comparemos estes factos com o que acabámos de ver em Boscán e Garcilaso. Boscán atém-se, como vimos, aos quatro principais esquemas petrarquianos, embora com diversa ordem preferencial para os três primeiros. Garcilaso pratica preferencialmente os três primeiros, não usando aquele quarto esquema que Mendoza também não usa. Garcilaso usa de mais um esquema (não-petrarquiano) que Mendoza não usa, e não usa também do esquema eventual e variado de Petrarca, que Mendoza utiliza uma vez. Fora estas discrepâncias, a diferença de percentagens e o facto de Mendoza dar grande preferência a um esquema petrarquiano que Garcilaso não pratica, ambos cultivam os mesmos esquemas de Petrarca. As diferenças, porém, situam muito claramente o comportamento dos dois poetas, entre si e em relação a Boscán. Mendoza e Garcilaso comportam-se mais com analogia geracional, em face do mais velho Boscán, estando Mendoza mais afim, como teremos ocasião de ver adiante, do petrarquismo tradicional, que Garcilaso, em quem o purismo petrarquista se cruza com essa linhagem. O uso que Mendoza faz do esquema *cde edc*, eventual em Petrarca, está de acordo com a evolução do petrarquismo, em que esse uso vinha aumentando, para declinar na segunda metade do século (e desaparecer no Camões verdadeiro ou apócrifo). Também é indicativo do período em que Mendoza se situa o facto de ele usar sete esquemas, quando um Ariosto usara nove, um Garcilaso usa seis e Sá de Miranda e Boscán apenas quatro, como melhor veremos ao cotejá-los todos.

[1] Estudo já citado em nota anterior; e que citaremos ainda, ampliando-o, ao tratarmos expressamente de Sá de Miranda.

[2] Na obra citada, noutros passos. A evolução da canção petrarquista, que estudámos paralelamente ao estudo de E. S. Segura Covarsí, *La canción petrarquista en la lírica española del Siglo de Oro (contribución al estudio de la métrica renacentista)*, Madrid, 1949, verificando-o e ampliando-o, por processos de comparativismo estatístico, mostrou-nos que podem distinguir-se alguns períodos definíveis através dos esquemas métricos e rímicos em que se organizam as composições. Nesta ordem de ideias, inventariámos não só os esquemas estróficos ou paradigmas de Petrarca, como todas as outras características externas das suas canções. E o mesmo fizemos para numerosos poetas portugueses, castelhanos e italianos, cotejando as observações pelos índices complexos que estabelecemos para caracterizar numericamente as composições. Disto se conclui que o petrarquismo vai-se afastando de Petrarca, na forma externa, à medida que se avança no tempo, havendo no entanto regressões típicas de um purismo petrarquizante. Neste quadro, Camões ocupa uma especial posição: as formas externas que ele selecciona ou se impõem ao seu espírito são um cruzamento de protótipos petrarquistas e «puristas» (no que estes variam Petrarca, fazendo o que ele poderia ter feito). E o seu comportamento, aferível pelas dez canções canónicas,

é, ao mesmo tempo, muito pessoal e muito afim dos poetas que vão constituir, com ele, menos uma escola «camoniana» do que uma época — o Maneirismo—, de que ele é o primeiro expoente. Ver a este respeito, além do estudo já citado, «A poesia de Camões», os nossos artigos «O maneirismo de Camões» (que teve larga difusão, pois que o publicámos no *Diário de Notícias* do Rio de Janeiro, a 17/9/61, no «Suplemento Literário» de *O Estado de S. Paulo*, em 30 do mesmo mês, e na «Página Literária» de *O Comércio do Porto*, Portugal, em 10/10/61), e «Camões e os maneiristas», publicado neste último periódico e também no «Suplemento Literário» de *O Estado de S. Paulo*, em 11/11/61 e 18/11/61.

[3] Guiamo-nos pelo que diz J. Amador de los Rios em *Vida del Marqués de Santillana* (edição da Colecção Austral, Buenos Aires, 1947), em especial na sua nota 261. É de notar que nos celebrados *Ditos da Freira*, saídos anónimos em 1555, dos prelos eborenses de André de Burgos, e cuja atribuição a Joana da Gama se deve a Barbosa Machado (cf. Joana da Gama, *Ditos da Freira*, edição Tito de Noronha, Porto, 1872), há três sonetos, dois dos quais com o esquema *cdd cee*, que não se encontra em nenhum dos poetas portugueses, castelhanos ou italianos estudados neste volume, tendo *cdc dcd* o outro. Joana da Gama morreu em 1586, parece que em muito avançada idade. Pertenceria talvez à geração dos primeiros «mirandinos», de que trata aqui o capítulo VIII. Mas a extrema indecisão formal dos três sonetos (não atribuível apenas a cópia defectiva), como aquele esquema rímico extravagante, marginalizam-na, quanto ao cultivo do soneto português, na primeira metade do século XVI, e colocam-na, juntamente com a esmagadora maioria dos seus versos em redondilha, num estádio cultural anterior ao da sua presumível geração, e mesmo anterior à rigidez do petrarquismo formal de Sá de Miranda, analisado no capítulo seguinte. Por isso a aproximámos, aqui, do marquês de Santillana. O facto de, entre os seus poemas, aparecer intitulada de «romance» uma cantiga, aliás das melhores peças da sua tão fraca poesia, aponta para uma data igual ou ulterior a 1519, quando Gil Vicente primeiro cita um «romance» (cf., nos nossos *Estudos de história e de cultura*, 1.ª série, em publicação na revista *Ocidente*, o capítulo «Gil Vicente e o romanceiro», publicado nos números de Janeiro e de Fevereiro de 1965), para um início médio da sua produção, o que coincide com a geração que lhe atribuímos. Não conseguimos, para lá da filiação que Barbosa Machado dá, e do facto de, nascida na Vidigueira, pertencer à casa de Vasco da Gama, esclarecer a idade aproximada de D. Joana.

[4] Mostra-o muito claramente Menéndez y Pelayo no seu «Juan Boscán — Estudio crítico», tomo X da sua *Antologia de Poetas Líricos Castelhanos* (consultado na edição Espasa-Calpe, Buenos Aires, 1952). Também em Garcilaso há, mas não tão extensos, traços de Ausias March, segundo o *Brocense* apontava já nos seus comentários (cit. na edição de Garcilaso, «Clásicos Castellanos», adiante mencionada).

[5] Para os cômputos formais destes dois poetas utilizámos a edição conjunta de *Obras Completas*, Aguilar, Madrid, 1944, conferida por outra de Garcilaso de la Vega, *Obras*, edición y notas de Navarro Tomás, «Clásicos Castellanos», Madrid, 1953. Na edição Knapp de Boscán há, segundo Pelayo, e a extrema raridade da edição não nos permitiu verificação directa, mais sete sonetos que os habitualmente reproduzidos. E é sabido que, dos sonetos tradicionalmente atribuídos

a Garcilaso, alguns são de duvidosa autoria. Na edição do *Brocense* (1574-77) os sonetos eram 38. Herrera, na sua, recusou os três últimos como apócrifos, e ateve-se a 35 que, desde então, figuram em todas as edições de Garcilaso. Mas, nestes, os últimos seis são aceites por Herrera à fé das informações do genro do falecido poeta. Que não tenhamos entrado em linha de conta com essas diferenças, eis o que se baseia em duas razões: Boscán, na segunda metade do século xvi, funcionou de acordo com a edição príncipe, e alguns dos poemas que Knapp encontrou em seu nome devem ser apócrifos; e do mesmo modo funcionou Garcilaso, nessa época, com os sonetos impressos ou correndo em nome dele, até que o *Brocense* e Herrera, correspondendo ao prestígio próprio que o poeta vinha tendo, o fixaram para a posteridade como um dos grandes poetas castelhanos, independentemente da importância histórica que partilhava com Boscán. A edição conjunta teve, nos catorze anos que decorrem desde a primeira publicação até 1577, mais de uma vintena de reedições. Dessa data em diante, pode dizer-se que Boscán vai sendo esquecido, e que deve ao norte-americano William Knapp, em 1875, o despertar da atenção que individualmente merece, e que todavia não frutificou ainda devidamente.

[6] As obras de Mendoza, que tiveram grande circulação manuscrita ou em antologias impressas, receberam publicação tardia. Seguimos a edição inclusa em *Poetas Líricos de los siglos XVI y XVII*, colección ordenada por Adolfo de Castro, tomo i, Biblioteca de Autores Españoles, reedição de Madrid, 1950. O soneto que aparece comum a Mendoza e a Silvestre, dirigido a Barahona de Soto, pode na verdade ser de um ou de outro, que ambos tiveram relações com essa outra importante figura. O anti-italianismo de Silvestre (quanto às formas, e não quanto aos temas) não foi absoluto, sobretudo no fim da sua carreira, conforme observa no prefácio à edição póstuma das suas obras o organizador dela, Pedro de Cáceres y Espinoza. Estas obras observámo-las na edição lisboeta, impressa por Manuel de Lyra em 1592, mas cuja licença final para impressão (com parecer de Fr. Bartolomeu Ferreira, o censor de *Os Lusíadas*) era de 4 de Abril de 1590. A edição foi feita à custa do livreiro Pedro Flores, para quem, também em Lisboa, mas em 1593, foi impressa a *Flor de Romances* (4.ª, 5.ª e 6.ª partes), cuja 1.ª parte aparecera em 1589 (?), segundo informa Durán (*Romancero General*, tomo ii, B. A. E., reedição de Madrid, 1945).

VII
OS ESQUEMAS
DE SÁ DE MIRANDA

VII
OS ESQUEMAS
DE SÁ DE MIRANDA

Sá de Miranda foi, para os italianistas portugueses, o mestre incontestado e o poeta emérito. Em italianidades poético-culturais o seu prestígio só foi partilhado, e até certo ponto, pelo patriarcal João Rodrigues de Sá de Meneses, seu parente, que fora uma espécie de precursor delas, mais nos contactos culturais e na teoria do que na prática. O valor de Sá de Miranda como poeta é múltiplo, e não é aqui o lugar para enaltecê-lo [1]. Se a sua personalidade não veio a fascinar a posteridade, como também sucedeu a Boscán, é porque um e outro exibem uma máscara de severos e discretos letrados, desprovida do fascínio romântico que tanto tem prejudicado a compreensão da severidade e da discrição de poetas como Garcilaso e Camões, pólos do romanesco fantasioso: o grande senhor que morre prematuramente em glória, e o homem de poucas «qualidades», que morre no declínio e na desgraça. Não tem Boscán a complexidade e a riqueza de pensamento que estuam em Sá de Miranda, e, ao contrário deste, é muito mais literato que poeta. Ambos, porém, não vivem — na poesia — chorando-se de amores impossíveis, com profissional constância. E tudo isto, juntamente com o mito da supremacia espanhola na cultura portuguesa (quando todas as culturas hispânicas, diversas e divergentes, tinham um vasto e interpenetrado denominador comum, sobretudo numa época em que Portugal estava na vanguarda das nações), tem contribuído para ver-se o ponderado e responsável Miranda como um discípulo do Boscán, que era doze anos mais jovem do que ele [2].

Na obra de Sá de Miranda, conquanto ele haja escrito dos sonetos mais belos da língua portuguesa, esta forma não ocupa um lugar preponderante, pelo número. Mas, em muitos casos, e principalmente com um poeta que tão longamente ruminava a sua arte, a quantidade transmuta-se em qualidade, antes da concepção. A densidade expressiva dos sonetos mirandinos é disso eloquente, se bem que elíptica prova. São 29 apenas [3], distribuídos por quatro esquemas:

Esquemas	Número	Percentagem
cdc dcd	19	66
cde cde	7	24
cde dce	2	7
cde ced	1	3
	29	100

Miranda pratica, como vemos, três esquemas petrarquistas, e um que o não é, e que Garcilaso usa com igual eventualidade. As preferências nada têm de comum, porém, com Boscán ou Garcilaso, a não ser no importantíssimo facto de o seu comportamento ser análogo ao deste último poeta. O que será uma prova de como o seu petrarquismo é mais cultural que literato (como literato é o de Boscán), e de como, afinando pelo purismo petrarquista, a afinação se fazia mais em termos italianos que peninsulares. Sá de Miranda não foi buscar à Itália nada de que não fosse já consciente; mas respirou lá a mesma atmosfera de petrarquismo purista que, bem mais tarde, foi a de Garcilaso.

[1] Fizemo-lo no artigo «Reflexões sobre Sá de Miranda, ou a arte de ser moderno em Portugal», reunido no nosso volume de ensaios, já citado, *Da Poesia Portuguesa*, Lisboa, 1959.

[2] Este assunto já o discutimos no anteriormente citado *A Viagem de Itália*. Mas, nas ampliações que o artigo sofreu para inclusão em volume futuro, há algumas precisões que cremos da maior importância, e que é oportuno consignar aqui. Não sabemos quando terá Sá de Miranda começado a escrever versos «à italiana», mas será infantil supor que um poeta e homem de cultura tenha ido, com quarenta anos, à Itália aprender como lá se faziam sonetos, canções e poemas em *terza rima* (questão que também abordamos no nosso estudo «A sextina e a sextina de Bernardim Ribeiro», *Revista de Letras* n.º 4, Assis, S. Paulo, vol. IV, 1963). Admite-se que essa viagem de Sá de Miranda se terá efectuado entre 1521 e 1526, e que, no regresso, teria ele contactado em Espanha

com Boscán, e sido incentivado pelo exemplo deste. Mas que incentivos precisaria de colher na Espanha um homem que vivera anos na Itália e era parente de Vittoria Colonna (embora muito distante o parentesco, os Sás «Coloneses» não se esqueciam da coluna heráldica que lhes cabia, como é fácil de ver não só em referências de Sá de Miranda, como nas décimas heráldicas de João Rodrigues de Sá de Meneses, seu primo, que figuram no *Cancioneiro Geral* de Garcia de Resende)? Mas estas objecções possuem mais concretos argumentos que as apoiam. Boscán declara, na sua carta-dedicatória dos poemas, que as suas experiências «italianas» resultaram de uma conversa que, em Granada, teve com Andrea Navagero, o grande humanista que era, na corte de Carlos V, embaixador de Veneza (e que, com Castiglione, que era o embaixador papal, reparte a glória de ter sido, na Espanha, um dos exemplos vivos do «novo» humanismo italiano e católico, que se opunha à influência, até então avassaladora, do humanismo nórdico, representado por Erasmo, e mais evangélico e reformista, ainda que oposto à heresia). Podemos, porém, saber com certo rigor quando terá sido possível essa conversa granadina entre Boscán e Navagero, porque são conhecidos os passos hispânicos deste humanista, pois que ele os relatou nas suas memórias de viagem: *Il Viaggio fatto in Spagna dal*, etc., obra publicada postumamente em Veneza, 1563. Fino poeta latino, brilhante editor — edições entre 1513 e 1519 — de Vergílio, Lucrécio, Terêncio, Horácio, e sobretudo Ovídio (que editou criticamente, com as variantes dos diversos manuscritos), Navagero foi uma personalidade de alta cultura e de grande prestígio, perfeitamente em situação de dar conselhos a Boscán. Desembarcando em Barcelona, na Primavera de 1525, Navagero (1483-1529) seguiu para Toledo, onde, durante oito meses, acompanhou as negociações do Tratado de Madrid, de que dependia a libertação do rei Francisco I de França, feito prisioneiro na batalha de Pavia. O tratado foi finalmente assinado em Janeiro de 1526; e, então, Navagero viajou com a Corte de Carlos V para Granada. Foi nessa vilegiatura (que, para o embaixador, não se repetiu) no Palácio do Alhambra (cujos pátios e jardins Navagero descreve e louva) que as conversas com Boscán se terão desenvolvido. A Corte retornou do Sul, em Dezembro desse ano. Navagero saiu da Espanha em 30 de Maio de 1528, passando à França, e à Itália. Voltando a França, como embaixador veneziano junto de Francisco I, morreu em Blois, em Maio de 1529. Acerca da estada de Navagero em Espanha, ver Menéndez y Pelayo, no seu estudo sobre Boscán, já citado; e o artigo nominal da Enciclopedia Espasa dá algumas precisões concretas. Do que ficou dito, é evidente que, ao regressar Sá de Miranda da sua «viagem de Itália», só pode ter encontrado um Boscán ensaiando os primeiros passos «ao itálico modo», sob a condescendente vigilância de Navagero; e ele trazia, como se admite, cerca de cinco anos de convívios italianos. Admitindo-se, também, que Miranda precisaria de ir à Itália para ver como se faziam sonetos e canções, não encontrara lá, ou não vira e ouvira, pessoas mais importantes e célebres, para decidirem-no, do que o Navagero de que precisava Boscán? E quem era Boscán, em 1526, para influenciar um Sá Colonês, ou que se supunha tal?

[3] Tendo consultado a edição de Carolina Michaëlis das poesias de Sá de Miranda, Halle, 1885, levámos em conta as próprias reservas dela em estudos posteriores já citados neste estudo, e usámos a edição de Rodrigues Lapa, Clássicos Sá da Costa, Lisboa, 1942.

VIII
A PRIMEIRA GERAÇÃO DE «MIRANDINOS»

VIII

A PRIMEIRA GERAÇÃO
DE «MIRANDINOS»

O mestrado de Sá de Miranda teve seguidores conspícuos, na geração seguinte, nas pessoas do infante D. Luís e de D. João de Lencastre, o 1.º duque de Aveiro, mais novos vinte anos do que ele. Mas as obras destes poetas andam incertas e dispersas, e dificilmente podem, por enquanto, servir de base para uma amostragem séria de como terá principiado em Portugal a difusão do petrarquismo sonetista. É uma pesquisa de tanto maior importância quanto as confusões cronológicas têm chegado a colocar estes dois homens entre os poetas camonizantes que nem socialmente nem cronologicamente eles podiam ser, figuras eminentes da Casa Real, e mais velhos do que Camões uma vintena de anos.

Tivemos já oportunidade, neste estudo, de examinar um soneto que é atribuído ao duque, e que, por análise externa e interna, concluímos que será mais de outrem que de Camões. O esquema desse soneto era *cde cde*, o predilecto de Petrarca, de Garcilaso e de Mendoza, e que Miranda praticou em 2.º lugar, e Boscán em 3.º (mas no mesmo nível percentual de Petrarca). É apenas uma observação inconclusiva.

Quanto ao infante, filho do rei D. Manuel I, Faria e Sousa incluiu na sua edição, dizendo que os vira em nome dele, cinco sonetos que já referimos a propósito do caso do *Cancioneiro de D. Maria Henriques*. Um desses sonetos («*Mal que tempo em tempo vai crescendo*») tem a autoria do infante confirmada pelo Cancioneiro Fernandes Tomás, onde figura. Além destes cinco sonetos, outros correram em nome do infante, e também foram parar a Camões, como o célebre «*Horas breves de meu contentamento*», que está incluído nas *Flores do Lima*, de Bernardes, e cujo texto está inscrito, completo e com atribuição ao infante, no manuscrito do índice de Pedro Ribeiro [1]. Este soneto, de resto, e por estas circunstâncias, é da maior importância para o processo Diogo Bernardes. Não sabia este que ele não era seu? Ou será que, afinal, esta obra não foi organizada, para a impressão, tão à responsabilidade dele quanto se quer supor? Claro que não é impossível que o soneto, na confusão dos cancioneiros de mão, andasse em grupo com outros do infante, ou ditos dele, mesmo depois de impresso na obra de Bernardes. O esquema dele é *cdc dcd*. Vejamos os daqueles cinco, supondo-os hipoteticamente do infante, com quem, pelo carácter de meditativa vinculação moral e religiosa, coincidem, a crermos nos panegíricos dele que chegaram até nós [2].

«*Imagens vãs me imprime a Fantasia*»	— cde cde
«*Mal que tempo em tempo vás crescendo*»	— cdc dcd
«*De Babel sobre os rios nos sentamos*»	— cde ecd
«*Sobre os rios do Reino escuro, quando*»	— cdc dcd
«*Em Babilónia sobre os rios, quando*»	— cdc dcd

O esquema *cdc dcd*, como temos dito e veremos, é pouco bernardiniano, sendo porém o mais mirandino de todos. O esquema *cde ecd*, que aqui ocorre uma vez, não é petrarquiano, mas foi usado eventualmente por Garcilaso, por Andrade Caminha e por António Ferreira. Camões não o usa em nenhum soneto verdadeiro ou alheio do conjunto total de 1595-98. Cinco ou seis sonetos nada provam, mas as percentagens dos esquemas neles são:

Esquemas	Número	Percentagem
cdc dcd	4	66
cde cde	1	17
cde ecd	1	17

Não deixa de ser interessante que o primeiro esquema e a proporção respectiva coincidam com o que se passa em Sá de Miranda e que, se não há um dos esquemas petrarquianos deste, apareça todavia também, eventualmente, um esquema que, não petrarquiano, Garcilaso usou.

Os cinco sonetos, que Faria e Sousa diz que viu também como de D. Luís, estão num conjunto de dezasseis, na sua edição de 1685-89, todos morais e religiosos, ou até devotos, um dos quais, o 6.º da série (cujo primeiro é «*Imagens vãs, etc.*» e a autoria como de D. Luís, é confirmada pelo Cancioneiro de Madrid) é o n.º 102 da edição de 1598, deslocado para aqui nas condições que vimos. A propósito do soneto atribuído ao duque de Aveiro, também vimos que há semelhança estrutural entre ele e o soneto de perguntas e respostas existente neste conjunto, e dissemelhança com o único do mesmo tipo que é seguramente de Camões. Se o do conjunto de Faria pode ser suposto do infante, não será que isto aponta para uma afinidade de estilo (ou prática de uma estrutura específica) no duque e no infante, que pertencem à mesma geração, ao mesmo grupo social, e têm relações de igual tipo com Sá de Miranda? Sabemos já que, daqueles dezasseis sonetos, cinco dos últimos figuram no *Cancioneiro de D. Maria Henriques*. Mas não podia D. Francisco da Costa, para enriquecer o carácter devoto do seu cancioneiro, ter usado de sonetos do infante?

Vejamos o que sucederá às percentagens dos esquemas, se considerássemos, por hipótese, estes dezasseis sonetos, mais o «*Horas breves, etc.*», de um mesmo autor que fosse o infante D. Luís. Teremos:

Esquemas	Número	Percentagem
cdc dcd	11	65
cde cde	3	17
cde ecd	1	6
cde dce	1	6
cdd ccd	1	6
	17	100

Como vemos, e embora a amostragem seja escassa, dá-se a circunstância algo sensacional de os dois primeiros esquemas manterem as suas percentagens, diversificando-se o eventual terceiro na eventualidade de mais dois. Estes outros dois, um é petrarquiano e mirandino, e o outro, não sendo mirandino, é variação daquele esquema de Petrarca, que foi usado, como dissemos, por Andrade Caminha.

Se este conjunto de sonetos, *por hipótese*, representar a geração seguinte à de Miranda, e a que primeiro lhe colheu os frutos da renovação, ele mostra um comportamento muito afim de Miranda, como seria de esperar de homens que, com todos os meios de que dispunham, desejariam, do alto dos sólios em que pairavam, e por muito mérito próprio que tivessem (e o que pode supor-se do infante têm-no), desejariam, por condescendência principesca e por emulação de grandes senhores, seguir os exemplos métricos do mestre reconhecido. Isto independentemente de, pela idade e pela liberdade cultural de que dispunham, estarem por certo bem integrados na atmosfera afim da que Sá de Miranda conhecera.

De resto, há que ponderar o facto de que, com ou sem a inserção do soneto «camoniano», a sequência é extremamente coerente até ao nono soneto. Segundo Faria e Sousa, os seguintes tinham as dedicatórias devotas que os explicam: à Conceição, ao Nascimento de Cristo, a Cristo na Cruz, à Cruz, a S. João Baptista, a (?) (supomos que a S. João Evangelista, pelo contexto), a S. Francisco (de Assis). De certo modo, a coerência pode ser entendida como subsistindo até ao 13.º da série, conforme consideremos que a meditação se desenvolve num plano religioso-moral apenas, ou daí se prolonga para o plano devoto. Não parece que, além de serem também devotos, os dois últimos sonetos façam parte do conjunto, embora possam ser do mesmo autor. Quanto ao soneto «*Horas breves, etc.*», que viera nas *Flores do Lima*, de Bernardes, ele é bastante afim do 1.º da série de dezasseis (*«Imagens vãs, etc.»*), mas Faria e Sousa não o terá encontrado junto com eles, e sim na obra de Bernardes, cuja autoria menciona, ao incluí-lo com o n.º 80 na Segunda Centúria, ao lado de outro soneto de Bernardes (*«Os meus alegres venturosos dias»*), mas das *Rimas ao Bom Jesus* [3].

Em conclusão deste capítulo, o Cancioneiro dito de D. Maria Henriques é tratado na nota [4].

[1] O processo deste soneto e das glosas de que foi objecto é longo, e fê-lo em grande parte Carolina Michaëlis nas *Investigações sobre Sonetos e Sonetistas* e em artigos do *Círculo Camoniano*. O soneto foi impresso pela primeira vez, em tradução castelhana, nas *Flores de Poetas Ilustres* (1605), de Pedro de Espinoza, e, como diz C. M., nas *Investigações*, «os leitores deviam portanto atribuir o texto espanhol ao grande lusitano», ou seja a Camões, como de quem vinha. Mas acentua a mesma autora que ele já fora impresso em português nas *Flores do Lima*, anos antes, e que, em castelhano, nunca foi inserido em edição de Camões. Na verdade, foi-o em português por Álvares da Cunha, na Terceira Parte de 1668, e este editor deve tê-lo tirado dos manuscritos de Faria e Sousa, em cuja edição está no grupo de sonetos que adiante referimos no texto. Carolina Michaëlis, no seu estudo sobre o índice do P.e Pedro

OS SONETOS DE CAMÕES

Ribeiro diz: «acaba aqui — fl. 194 — o *Índice* (...). A metade de baixo da fl. 194 está em branco. No verso segue-se, isolado mas com a mesma letra e tinta, o dístico *Infante D. Luís, atribui-se-lhe este soneto* (...), e depois a formosa poesia, na mais perfeita das redacções, com a nota posterior, da mesma mão como as anteriores. Este soneto glosou em tantas oitavas quantos versos tem, excelentemente, Baltazar Estaço na sua *Poesia Vária*, a fl. 94». Daqui deduz C. M. que, como as poesias de Estaço só foram impressas em 1604, o dito soneto não faz parte do *índice*, onde não poderia ser incluído (quererá dizer que não faria parte do cancioneiro perdido, cuja data é 1577, uma vez que a anotação final foi feita em 1604 ou depois). Costa e Silva (*Ensaio*, tomo II, Lisboa, 1851, livro III, capítulo XI) informa-nos que o soneto vem na *Fénix Renascida*, tomo III, p. 252, Lisboa, 1718, em nome do infante D. Luís; e deve ser dele que Carolina Michaëlis tirou esta informação, que repete, pois que, no seu livro, há inadvertidamente (já que a sua erudição a não ignoraria) a *mesma gralha* que há em Costa e Silva: 1618 por 1718, para aquele tomo da *Fénix Renascida*... Isto leva C. M. a concluir que o soneto poderá ter sido inscrito onde ela descreve que foi, por um primeiro ou segundo possuidor que o conhecesse desta celebrada colectânea setecentista. Nas anotações ao Cancioneiro Fernandes Tomás, onde o soneto vem em nome de Bernardes, C. M. faz uma estranha afirmação (p. 81): «Este afamadíssimo e discutidíssimo soneto serve aqui de tema a uma glosa de Soropita em catorze oitavas. E esse primeiro editor das *Rimas* de Camões atribui-o não ao Poeta, mas sim ao autor das *Flores de Lima*». Aonde o atribuirá, perguntamos? No Cancioneiro Fernandes Tomás, segundo o índice por autores organizado por C. M., o soneto vem, com o número geral de ordem das composições, que é 63, entre os sonetos de Bernardes, e também como soneto dele naquela ordenação geral numerada. Parece, pois, que ele figurava, no Cancioneiro, entre um mote com glosa de Soropita (n.º 62) e a glosa de Soropita *(«Esperei e esperança é morte amarga»*, n.º 64) ao soneto em causa. Mas a rubrica da glosa, segundo C. M., é: «oitavas, que são glosa do soneto arriba — de Soropita». Daqui não pode deduzir-se que Soropita *atribuiu* o soneto a Diogo Bernardes, a menos que suponhamos, sem qualquer base, que foi Soropita quem presidiu à organização do Cancioneiro Fernandes Tomás (em que ele está aliás largamente representado). O compilador, ao organizá-lo — e com acentuada preferência pelas composições de Soropita—, pode pura e simplesmente ter juntado um soneto que era célebre por si e pelas glosas várias à glosa de Soropita, e lembrar-se dele nas *Flores do Lima*. Qual seria exactamente o texto que estava no Cancioneiro Fernandes Tomás? O inscrito no índice do perdido Cancioneiro Pedro Ribeiro? O impresso nas *Flores do Lima?* O impresso na Terceira Parte de 1668? Algo de mais próximo que qualquer destes textos da versão castelhana impressa por Pedro de Espinoza? Eis o que não nos é dito, e não temos meios de verificar. De resto, o soneto poderia ser em castelhano e ser do infante D. Luís — e ser de Diogo Bernardes a sua tradução mais tardia. O soneto vem efectivamente no tomo III da *Fénix Renascida*, numa série de sonetos vários, e tem por título (p. 252): «Do infante D. Luís — Soneto Moral». A p. 253 está, sob a indicação «Do mesmo senhor», o belíssimo soneto «*À rédea solta corre o pensamento*», de esquema rímico dos tercetos *cdc dcd*. É também um «soneto moral», e, pelo tom e o desenvolvimento, análogo ao grupo que constituímos. A ser do infante, elevaria para 67% a percentagem deste esquema no grupo provisório de sonetos. É de notar que não é só neste lugar citado da *Fénix Renascida* que o celebrado soneto aparece. Ele *figura também* no tomo v, pp. 272 e segs., mas anónimo, e como mote de uma glosa anónima em oitavas, e que não tivemos meio de verificar se é a de Soropita, se a de Estaço, ou outra. Vem aí, entre umas décimas de Bernardo Vieira Ravasco, o irmão do P.e António Vieira, e uma glosa de Manuel de Góis. Há, porém, variantes de um para outro texto do soneto na *Fénix*, sobretudo concentradas nos últimos quatro versos. E é interessantíssimo notar que, se a pessoa que inscreveu o soneto no índice do P.e Ribeiro o tirou da *Fénix Renascida*, segundo a hipótese de Carolina Michaëlis, *fundiu os dois textos...* Na verdade, os primeiros doze versos da lição transcrita por C. M. coincidem com os do tomo III, enquanto os dois últimos são do texto do tomo v. O texto da *Terceira Parte* de 1668, onde (p. 105) o soneto se imprimiu como de Camões, coincide com o do tomo v da *Fénix Renascida*, mas o último terceto é diverso (e das outras versões também). É, porém, assim, o mais próximo do texto que vem (soneto LXXV) nas *Flores do Lima*, de Diogo Bernardes. Faria e Sousa publicava o soneto (n.º 80 da Segunda Centúria) mencionando que fora impresso em nome de Bernardes. Entre este autor e o infante, parece-nos que é para o pai do Prior do Crato que o soneto mais se inclina, embora o Códice Riccardiano, que mencionámos na nota 10 do cap. III, o inclua (fls. 93 v. e 94) como «soneto Luís de Camões», numa redacção muito próxima da do Índice de Pedro Ribeiro, mas com os dois tercetos trocados entre si.

2 Dos sonetos atribuíveis ao infante D. Luís, diz Carolina Michaëlis, nas suas *Notas Vicentinas*, Lisboa, 1945, que «são belíssimos sonetos religiosos, em estilo camoniano, conforme expliquei em diversas *Investigações sobre Sonetos e Sonetistas*». E, noutro passo do mesmo volume, diz que o infante havia sido, em vida, «o predilecto da Nação», reflectindo assim o respeito e a veneração de que foi rodeado o pai do Prior do Crato, tal como relatam as dedicatórias que recebeu (de seu mestre Pedro Nunes, por exemplo), as poesias que lhe foram dedicadas (por exemplo, por Sá de Miranda), ou as referências biográficas (como as de Damião de Góis), o que tudo foi ressoando até ao tom quase de hagiológio de notícias como a da *História Genealógica da Casa Real*. Note-se que não nos parece lícito dizer-se, como C. M. diz, que os sonetos do infante D. Luís são *em estilo camoniano*. Mandam a cronologia e a justiça que se diga que Camões será quem, às suas horas, escreve em estilo do infante D. Luís... O infante morreu, com cinquenta anos, quando Camões tinha cerca de trinta. O Cancioneiro Luís Franco arquiva piedosamente (a fl. 291) «as palavras que o infante D. Luís disse à hora da sua morte, como em confissão», e que, desconhecidas hoje, merecem estudo especial.

3 Consideramos cronologicamente um primeiro grupo de «mirandinos» formado pelo duque de Aveiro (1501-1571) e pelo infante D. Luís (1505-1555). Eles pertencem ambos à segunda grande geração (usando-se este termo num sentido meramente cronológico, e de modo algum restrito a conceito de afinidades estritas) do século XVI: Garcia de Orta, João de Barros, Gaspar Correia, Castanheda, Francisco de Morais, André de Resende, Damião de Góis, Jerónimo Osório, etc. Este grupo, nascido entre 1495 e 1505, vem depois de Sá de Miranda, que se admite tenha nascido em 1481, e que é precedido, por sua vez, pelo grupo nascido por volta de 1470, e formado por Gil Vicente, Garcia de Resende e João Rodrigues de Sá de Meneses. Cerca de 1520,

OS SONETOS DE CAMÕES

nasce um outro grupo importante: Francisco de Sá de Meneses (provavelmente em 1516), Jorge Ferreira de Vasconcelos, Jorge de Montemor, D. Manuel de Portugal, Pedro de Andrade Caminha. Por volta de 1530 nascem: António Ferreira, Jerónimo Corte Real, Diogo Bernardes, Heitor Pinto, Amador Arrais, Tomé de Jesus. Camões situa-se no tempo (n. c. 1525) entre estes dois últimos grupos. É interessante notar que a maior parte dos poetas referidos nos mais amplos agrupamentos formados acima não só fazem parte de um mesmo grupo social, que é a alta aristocracia (pertencendo alguns à própria Casa Real), como, dentro desse grupo social, a uma mesma família, mesmo quando por vezes possam ser, entre si, parentes afastados (o que era de somenos importância para linhagens que nem por terem os aparentamentos perdidos na noite dos tempos não menos se consideravam «primas»). Nos nossos *Estudos de história e de cultura*, 1.ª série, em publicação em fascículos na revista *Ocidente*, de Lisboa, desde Fevereiro de 1963, tratamos mais amplamente (e mais minuciosamente para alguns núcleos familiares e personalidades) desses parentescos, dos quais é muito importante notar que Camões não faz parte. Assim, Sá de Miranda e João Rodrigues de Sá de Meneses são ambos bisnetos de dois filhos de João Rodrigues de Sá, o das Galés, figura célebre do tempo de D. João I (e que era o filho da Cecília Colonna, que transformou estes Sás em «Coloneses»). Francisco de Sá de Meneses é filho do «Velho» João Rodrigues de Sá de Meneses («Velho», porque viveu centenário, e para distingui-lo de um primo e homónimo, que foi o pai do outro Francisco de Sá de Meneses, o autor de *Malaca Conquistada*). Sobrinho do «Velho», por filho de uma sua irmã e de Jorge de Vasconcelos, poeta do *Cancioneiro Geral* e parente de Vasco da Gama, era Jorge Ferreira de Vasconcelos, cuja irmã foi a esposa de Jerónimo Corte Real. O duque de Aveiro era neto de D. João II, e, como tal, seu pai era primo segundo do infante D. Luís e do rei D. João III. D. Manuel de Portugal era filho de uma irmã da mãe do duque de Aveiro (e seu pai era bisneto do 1.º duque de Bragança, o bastardo de D. João I), e casou em segundas núpcias com uma irmã de Jerónimo Corte Real. António Ferreira era filho de um alto funcionário da Casa do Duque de Coimbra (que passou a ser a de seu filho, o 1.º duque de Aveiro), e cremo-lo parente de Jorge Ferreira de Vasconcelos. Jorge de Montemor era neto do cronista e alto funcionário Rui de Pina (cuja família é das celebradas por João Rodrigues de Sá de Meneses nas suas décimas heráldicas). André de Resende era parente de Garcia de Resende; mas sua mãe era uma Góis. São interminavéis as conexões familiares existentes entre estes e outros escritores e as personalidades em evidência, na política e nas armas, e também na aristocracia, no século XVI. Por exemplo, os irmãos Câmaras, tão controvertidos no reinado de D. Sebastião, são netos de um primo segundo de Sá de Miranda, e o filho de um irmão deles casou com uma filha do duque de Aveiro. Fr. Tomé de Jesus é irmão do cronista Francisco de Andrade e do teólogo Diogo de Paiva de Andrade, que eram parentes de Pedro de Andrade Caminha. E assim por diante. A intimidade destes homens todos não era apenas a que resultasse de camaradagem literária, ou de todos serem, directa ou indirectamente, servidores da Casa Real, à qual alguns pertenciam: era, também, a que resultava de, embora com gradações hierárquicas, constituírem um mesmo grupo social que era uma mesma família. O que não tem sido suficientemente esclarecido e posto em evidência, para uma indispensável sociologia da cultura portuguesa do século XVI.

⁴ O «cancioneiro» chamado de D. Maria Henriques foi publicado, com largo estudo, pelo P.ᵉ Domingos Maurício dos Santos, em Lisboa, 1956. A compilação foi preparada por D. Francisco da Costa (1533-1591), uma de cujas filhas, como possuidora do códice, veio a ter o seu nome ligado a ele. Francisco da Costa, cujo calvário em Marrocos, como embaixador para o resgate de cativos de Alcácer Kibir, e onde morreu, foi bem deslindado por aquele autor, era 2.º filho de D. Duarte da Costa, armeiro-mor (cargo da família) e ilustre 2.º governador do Brasil (1553-58), e, ao contrário do que é dito, pelo P.ᵉ Maurício, de *Maria* de Mendonça ou da Silva. A Beatriz, que seria um dos nomes prováveis da mãe de Francisco da Costa, é uma irmã dela que casou com um Francisco de Sousa (Alvito). Da semelhança dos nomes dos dois cunhados deve ter resultado a confusão nas genealogias citadas por aquele autor. Estas duas senhoras eram filhas de um Francisco de Mendonça, alcaide-mor de Mourão e capitão de Ormuz, e de Leonor de Almeida, a filha herdeira de D. Francisco de Almeida, o vice-rei da Índia. Viúva e com duas filhas, D. Leonor de Almeida casou outra vez, em 1511, com Rodrigo de Melo, conde de Tentugal e 1.º marquês de Ferreira, filho de D. Álvaro de Portugal (filho segundo do duque Fernando I de Bragança), de quem foi 1.ª mulher. Isto faz que a mãe de D. Francisco da Costa seja meia-irmã de Francisco de Melo, 2.º marquês de Ferreira, e de Filipa de Vilhena (mulher de Álvaro da Silva), 3.º conde de Portalegre), cujos filhos são primos direitos de D. Francisco da Costa. A ambiguidade de apelidos (Mendonça ou Silva) da mãe de D. Francisco nas genealogias explica-se facilmente: ela era Mendonça por seu pai, e Silva por sua mãe, já que a eminente e rica Leonor de Almeida, sendo filha de D. Francisco de Almeida, era neta de uma Silva (a mãe do vice-rei e esposa de Lopo de Almeida, 1.º conde de Abrantes). Veja-se a este respeito a *História Genealógica da Casa Real* (ed. mod., x, pp. 89 e seg. com as chamadas correlatas), cujas informações escaparam ao douto prefaciador do *Cancioneiro*. Também sobre a vida diplomática de D. Francisco da Costa a *H. G.* dá informações (*ib.*, III, pp. 376 e seg.).

O Cancioneiro, cuja compilação terá sido feita em Marrocos (ed. cit., p. cxv), contém 62 sonetos, *cinco* dos quais são os comuns a ele e à compilação camoniana de Faria e Sousa. É muitíssimo interessante para o estudo desses cinco sonetos, para o do «cancioneiro», e para o caso do infante D. Luís, aplicarmos à colecção de D. Francisco da Costa o mesmo método de investigação que vimos usando neste livro. Os 57 sonetos que não são comuns a Faria e Sousa editor têm os seguintes esquemas:

Esquemas	Número	Percentagem
cde cde	48	84
cdc dcd	9	16

Os cincos sonetos comuns a Faria e Sousa (*«Aponta a bela Aurora luz primeira», «Porque a terra no céu agasalhava», «Qu'estila a Árvore sacra? Um licor santo», «Aos homens um só homem...»* e *«Como louvarei eu serafim santo»* — por esta ordem em Faria e Sousa, que no Cancioneiro Maria

OS SONETOS DE CAMÕES

Henriques a ordem deles, em relação àquela, é 3-1-2-4-5, estando «*Porque a terra...*» e «*Qu'estila...*» seguidos) têm os seguintes esquemas de rima dos tercetos:

cdc dcd 2
cde cde 1
cdc ddc 1
cdd ccd 1

Um quadro geral dos esquemas no Cancioneiro Maria Henriques é, pois, o seguinte.

Esquemas	Número	Percentagem
cde cde	49	79,0
cdc dcd	11	18,0
cdd ccd	1	1,5
cdc ddc	1	1,5
	62	100,0

O facto de os sonetos não-comuns com Faria e Sousa serem exclusivamente daqueles dois esquemas, e com nítida predominância de *cde cde* sobre *cdc dcd*, coloca a colectânea de D. Francisco da Costa numa época camoniana ou mesmo pós-camoniana (veja-se o que sucede com Fr. Agostinho da Cruz, no que é dele ou ele terá arquivado a seu gosto, nota 17 do cap. IV deste livro; e com Estêvão Rodrigues de Castro, nota 9 do cap. III), e é de crer realmente que ele preparou a colecção em Marrocos, onde viveu de 1579 até à morte. A consideração dos mais 3 sonetos destes dois esquemas, que são os comuns com a compilação de Faria e Sousa, em nada altera praticamente uma proporção tão concludente. Mas os dois esquemas extravagantes dos 2 outros sonetos permitem-nos algumas observações importantes. Um desses esquemas *(cdd ccd)* é usado *eventualmente*, de entre todos os poetas examinados neste estudo, apenas por Petrarca, Bembo, Diego Hurtado de Mendoza e Andrade Caminha (vide capítulos respectivos e quadro geral do cap. XIV). O esquema era eventual em Petrarca, e usaram-no, pois, apenas os poetas do petrarquismo bembista e aquele que, em Portugal, com Diogo Bernardes, ainda prosseguiu com algumas dessas experimentações alheias a Camões. E esquemas desse tipo aparecem em Joana da Gama (vide nota respectiva, no cap. VI). Pelo que os esquemas dos sonetos «*Aponta a bela Aurora luz primeira*» *(cdc ddc)* e «*Como louvarei eu, serafim santo*» *(cdd ccd)* (a lição do Cancioneiro Maria Henriques é «*Como louvarei, seráfico santo*») não só são perfeitamente espúrios no conjunto de sonetos compilados por D. Francisco da Costa, como apontam *para uma época pré-camoniana*. Serão de D. Francisco? Ou, com toda a probabilidade, ele os inseriu por achá-los interessantes, e eles pertencem à época do infante D. Luís, a primeira metade do século xvi? Não nos parece que esteja demonstrada a autoria integral de D. Francisco da Costa para o Cancioneiro que ele compilou para consolar-se nas agruras de uma embaixada que mais era um exílio e uma situação de refém.

IX
OS ESQUEMAS
DE ANDRADE CAMINHA
E DE
ANTÓNIO FERREIRA

Já mencionámos a geração que, após a do infante D. Luís, é a dos fiéis admiradores de Sá de Miranda: Andrade Caminha, António Ferreira, Diogo Bernardes e outros poetas menores ou tidos por menores. Camões, ao sair da juventude, aparta-se de Portugal, e não há seguros indícios de que, mais intimamente ou muito exteriormente mesmo, tenha chegado a fazer parte do grupo, que a maioria deles formou, de altos funcionários ou de membros administrativos ou pedagógicos das grandes casas principescas ou senhoriais, às quais muitos pertencem. Bernardes é também um caso diferente, porque a sua obra exige comparação mais específica com a de Camões, tão confundidas que foram e ainda são ambas. Os poetas menores ou tidos por menores aguardam todos as edições, as reedições ou edições críticas que tão necessárias se fazem. Se não dedicamos capítulo especial a um excelente poeta como Fr. Agostinho da Cruz, ou uma personalidade tão interessante como Fernão Álvares do Oriente (que é, com André Falcão de Resende, o primeiro destes poetas da segunda metade do século XVI a citar Camões expressamente e com admiração na sua obra), é porque, independentemente da falta de edições críticas ou pelo menos «edições» (Fr. Agostinho terá, como suas, inúmeras composições de outros), eles são homens nascidos dez anos depois de Diogo Bernardes, e pela idade muito distantes já do grupo anterior a que não pode dizer-se que tenham pertencido [1]. Restam-nos, assim, Andrade Caminha (que se crê nascido em 1520 e que morreu, sem dúvida, em 1589) e António Ferreira (nascido em 1528 e morto em 1569), o último dos quais como que sucedeu a Sá de Miranda, no mestrado intelectual, no período que vai da morte de Miranda, em 1558, até que a peste o matasse. Neste período, Camões está ausente nas Índias.

A obra de Caminha foi impressa só em 1791, em Lisboa, à ordem da Academia das Ciências (hoje de Lisboa). Mas os manuscritos que serviram de base a esta edição não continham sonetos, mas éclogas, epístolas, odes, elegias, um epitalâmio e epitáfios. Só um soneto, à morte do príncipe D. João, estava perdido no meio desta massa de composições. Os organizadores, pesquisando em edições várias dos séculos XVI e XVII, reuniram a isto dez sonetos devotos ou laudatórios. Em 1898, saiu a edição de Halle, organizada por J. Priebsch, de inéditos de Caminha. O organizador utilizou dois códices: um, o de Londres, é um florilégio copiado ou mandado copiar por Caminha, para oferecê-lo à sua amada literaria, D. Francisca de Aragão; o outro, de Lisboa, é o copiador pessoal de Caminha, autógrafo, onde ele ia inscrevendo (e depois às vezes emendando) os poemas, e submetendo o manuscrito à revisão teológica e moral de Fr. Bartolomeu Ferreira, que, de quando em vez, e para tranquilidade da consciência do poeta, nos cadernos registava, para as partes e os acrescentos que lhe eram submetidos, os seus pareceres. Os sonetos de Caminha estão nestes dois códices, e Priebsch juntou-lhes um outro que em seu nome está no Cancioneiro Fernandes Tomás.

Na totalidade da edição de 1791 e da edição Priebsch, Caminha tem 129 sonetos compostos segundo *nove* esquemas dos tercetos. A distribuição é a seguinte:

Esquemas	Números	Percentagem
cde cde	38	29
cde dce	30	23
cde ced	25	19
cde dec	15	12
cdc dcd	11	9
cde edc	5	4
cde ecd	3	2
cde ede	1	1
cdd dcc	1	1
	129	100

Caminha apresenta nove esquemas diversos, seis esgotando as combinações de três rimas com base no primeiro terceto fixo *(cde)*, um, também de três rimas, que não tem correspondência em Petrarca ou outros destes quinhentistas portugueses e castelhanos que estudamos, e dois de duas rimas, que são petrarquianos.

OS SONETOS DE CAMÕES

Dos sete esquemas de Petrarca, Caminha só não usa um (que igualmente não é usado por Miranda, Mendoza, Garcilaso e Bernardes). Em compensação usa outros três: um, que todos usaram (duvidosamente Camões), outro que só ele, Mendoza, Garcilaso e Ferreira praticaram e pouco, e um terceiro, sem correspondência, que já referimos.

Ao compararmos a prática de Caminha com a de Ferreira, verificaremos que ambos usam, como Bernardes também, o maior número de esquemas petrarquianos, acrescentando-lhes, com excepção de Ferreira, o maior número de não-petrarquianos. Isto coloca os três, com Caminha à frente, numa posição muito diversa da que era a de Miranda e de Boscán, como ainda da de Mendoza e Garcilaso. E diversíssima da que será a assumida por Camões.

Nitidamente, no que a estas matérias importa, eles formam um grupo que amplia o petrarquismo formal em que Miranda e Boscán se haviam discretamente confinado, e mesmo aquele, mais aberto a outras experiências, que fora, com um petrarquismo aliás estrito, o de Garcilaso. Por outro lado, na ordem das preferências, Caminha e Ferreira, quase coincidentes, afastam-se das ordenações seguidas por Miranda, Boscán, Mendoza, Garcilaso, e o próprio Petrarca, a que Camões reverterá. Isto ainda mais os situa na posição de petrarquistas formais, igualmente distantes do exemplo dos pioneiros (que vimos o hipotético infante D. Luís seguir com fidelidade) e da reacção purista que Camões fará sua. E mostra que são homens da mesma época literária que aqueles precursores, de que se vão afastando na medida em que estão a par do petrarquismo difuso, e não da época seguinte, em que veremos Camões (e de certo modo Bernardes também) voltar, nos esquemas principais, às preferências de Petrarca.

Os «poemas lusitanos» de António Ferreira aguardaram, após a morte dele, durante trinta anos, a publicação. Foi Estêvão Lopes quem os publicou, tendo-os recebido organizados, ao que é de supor, do próprio filho do poeta, que em prefácio explica, com a sua extrema menoridade à morte do pai, o atraso da edição. Esta teve licença final em 30 de Agosto de 1597, e Miguel Leite Ferreira recebeu privilégio para as obras do seu ilustre progenitor, com data de 5 de Setembro do mesmo ano. O livro saiu em 1598, é de crer que em meados ou fins do ano, depois das *Flores do Lima*, de Bernardes. Tanto a reedição de Camões como a edição de Ferreira foram impressas na oficina de P. Crasbeeck; e, como concluímos que o livro de Camões teria saído em meados de 1598, é de crer que o de Ferreira só tenha saído depois, nos fins do ano. Não há dúvida de que a indústria poético-editorial estava sendo altamente rendosa para Estêvão Lopes: publica, praticamente ao mesmo tempo, Camões, Bernardes e Ferreira, usando duas tipografias diferentes (a de Crasbeeck e a de Manuel de Lyra). O impressor Lyra, por seu lado, obtinha, em 7 de Janeiro de 1595, o privilégio para publicar, por sua conta, as obras de Sá de Miranda, que devem ter saído nos fins desse ano, antes da edição de Camões que ele então imprimia para Estêvão Lopes, e que, como vimos, terá saído em princípios de 1596. Interessantíssimo estudo a fazer seria o do cotejo tipográfico destas edições todas, segundo os impressores que as realizaram; seria possível fixar, com relativa aproximação, a data de aparição das duas primeiras edições das *Rimas* de Camões.

Nos poemas impressos de Ferreira [2], há 102 sonetos segundo *oito* esquemas que se distribuem assim:

Esquemas	Número	Percentagem
cde cde	31	30
cde ced	26	25
cde dce	21	21
cde dec	13	13
cde dcd	5	5
cdc cdc	2	2
cde edc	2	2
cde ecd	2	2
	102	100

Dos oito esquemas que Ferreira usa, seis são petrarquianos, e é de notar que ele só não usou de Petrarca aquele esquema que praticamente ninguém usou. É, pois, ligeiramente mais petrarquista estrito, ele, do que Caminha, que tão seu afim é nas proporções e na ordem de preferência dos esquemas. Discípulo dilecto de Buchanan, em Coimbra, que lhe incutiu o intento de tentar a tragédia clássica (gosto que Buchanan, noutro exercício de cátedra, incutiu na França a Jodelle) [3], Ferreira é muito mais consciente culturalmente do que Caminha, poeta que se ficou mais nas trivialidades cortesãs e devotas. Aos esquemas petrarquianos Ferreira acrescenta dois: um que Garcilaso e os outros (duvidosamente Camões) praticaram e só Boscán não, e outro que é comum a Garcilaso, Mendoza e Ferreira. O quadro de situação, que havíamos acima traçado para ele e para Caminha, pode assim subtilizar-se um pouco mais. Com efeito, ambos os poetas recebem e aceitam as sugestões dos antecessores, funcionando estes como um conjunto luso-castelhano de «modernistas» prestigiosos, em que um dos componentes exemplifica aquilo que outro não faz.

---

[1] No entanto, nas notas, e para completar uma visão geral, ocupamo-nos desses poetas.

[2] Utilizámos, para a verificação, a' edição Marques Braga, da Colecção Clássicos Sá da Costa, Lisboa, 1939. Da personalidade e da obra de Ferreira ocupámo-nos largamente nos nossos *Estudos de História e de Cultura*, já citados, em vários capítulos que constituirão o mais completo e extenso estudo que o insigne autor da *Castro* terá merecido.

[3] Sobre a importância internacional de Buchanan, na eclosão «ocidental» da tragédia clássica, ver os nossos estudos citados na nota anterior. E, sobre o papel que desempenhou na cultura europeia e em especial na britânica, ver o que dizemos na nossa *História da Literatura Inglesa*, S. Paulo, 1963.

X
OS ESQUEMAS
DE DIOGO BERNARDES

Bernardes tem sonetos nas *Flores do Lima*, volume cujas vicissitudes já temos referido, e em *Várias Rimas ao Bom Jesus* [1]. Este último livro, cuja licença final é de 3 de Novembro de 1594, não terá sido publicado nesse ano de 94 que o rosto indica, mas em 1595. *O Lima*, que não contém sonetos, saiu em 1596, com licença final de 10 de Dezembro de 1594. *Flores do Lima* vimos já que terá sido publicado em fins de 97, princípios de 98. Em três anos escassos, que coincidem com as edições de Camões, de Ferreira e de Sá de Miranda, saiu toda a obra organizada (?) de Diogo Bernardes. Todos os outros tinham já morrido havia muito. Bernardes terá morrido nessa altura, e é importante para a questão Camões-Bernardes fixar quando, por causa da interferência que outras pessoas teriam tido na organização ou desorganização das *Flores*.

Uma notícia da sua morte dá-no-la em 30 de Agosto de 1596, o que parece entrar em contradição com a nomeação efectiva do seu sucessor interino no cargo de «servidor de toalha», feita em 4 de Setembro de 1605, com a declaração de que a interinidade durara onze anos. O documento desta nomeação não é claro quanto a se a interinidade já era exercida antes de Bernardes falecer, pois que declara que o cargo estava vago desde a morte deste, e que o interino, que havia onze anos servia em lugar dele, é efectivado. Se, porém, se deve entender que há correlação entre as duas coisas, Bernardes teria morrido bem antes de 4 de Setembro de 1595, já que não seria natural que, para um cargo que era, sobretudo com o rei em Madrid, meramente uma tença, fosse logo nomeado um interino. Por outro lado, no fim das *Flores do Lima* foi inserida uma elegia de Fr. Agostinho da

Cruz à morte de seu irmão. Um verso dela pode estar-nos dizendo que a morte de Bernardes esteve muito longe de ser súbita — «sabias que da morte estavas perto» —, se não quer dizer apenas que, na concepção religiosa do frade (que este dá o irmão como partilhando), Bernardes se sabia sempre perto da morte. De qualquer modo, a elegia, que é bom notar que está impressa na última folha do volume (embora as folhas não fossem necessariamente impressas por ordem), por certo não terá sido acrescentada depois de o volume ir à censura em fins de 1596.

Mas isto não nos parece caso pacífico. Tratava-se de um especialíssimo poema. E, com o livro já em preparação, poderiam os editores tê-lo solicitado a Fr. Agostinho (ou a publicação dele); ou terem pura e simplesmente apresentado, para a inclusão em condições especiais, à censura esse poema que circularia já entre os admiradores do falecido. O poema, ou foi expressamente pedido para a edição, ou Fr. Agostinho, do seu retiro da Arrábida, o mandara antes a amigos. No primeiro caso, terá sido escrito entre fins de 1596 e fins de 1597. No segundo, pode ter sido escrito antes de 1595, limite máximo que nos é dado pelas informações de que dispomos. Consideremos que, no entanto, tudo isto pode ser concordado. Diogo Bernardes, ainda em vida, poderia ter cedido o exercício do cargo a um sucessor eventual. Ou então a interinidade deste vinha sendo exercida, desde algum tempo depois de Bernardes ter morrido: são correntes os casos de imprecisões de data, nos documentos antigos, e não pode dizer-se que «onze anos» seja uma exactidão definida. De resto, quando a nomeação é feita em Setembro de 1605, o documento pode apenas estar registando que o nomeado estava no undécimo ano do exercício interino; e poderia ter iniciado a carreira em meados de 1595. Nestas condições, Bernardes teria morrido em fins de 1594, ou princípios de 1595. Ele, como se depreende daquele documento que nomeia o seu sucessor efectivo em «servidor de toalha», não deixara «filho nem filha» que pudessem reclamar a sucessão do cargo. Ou que pudessem cuidar, como o filho de Ferreira cuidou, das obras do pai. Se Bernardes as deixou organizadas, e pela proximidade das datas parece que terá deixado, não houve quem impedisse que elas fossem remexidas e quiçá saqueadas em favor de Camões. De qualquer modo, morto em fins de 1594 ou princípios de 1595, ele não viu impresso nenhum dos volumes das suas obras, e, no estado de espírito e de doença, que parece poder depreender-se da elegia de seu irmão, provavelmente só vinha pensando nas *Rimas ao Bom Jesus,* que primeiro saíram, de acordo com o que Fr. Agostinho diz: «Sabias que da morte andavas perto, / Perto também de Deus a desejavas, / Como d'antes me tinhas descoberto». A data de 30 de Agosto de 1596 pode até estar certa quanto ao dia e ao mês, mas estará errada quanto ao ano. E, se estiver certa quanto a dia e mês, também ela nos aponta para 1594, já que, como apontámos nós, o interino não seria nomeado quinze dias após a morte dele para um cargo de que não dependia o bom funcionamento de nenhum serviço público[2].

Em *Flores do Lima* há 146 sonetos e mais 52 nas *Rimas ao Bom Jesus.* A distribuição dos esquemas por eles, os totais e as percentagens respectivas são os seguintes:

Esquemas	Número		Total	Percentagens do total
	Flores do Lima	*Bom Jesus*		
cde cde	78	23	101	51
cde dce	47	20	67	34
cdc dcd	12	5	17	8,5
cde edc	5	3	8	4
cde ced	2	—	2	1
cde dec	1	—	1	0,5
cde cfe	1	—	1	0,5
cddc dcd	—	1	1	0,5
	146	52	198	100

Que a preferência pelos esquemas é característica de um poeta será visível da colação das duas colunas referentes aos volumes tomados de per si, se se considerar que, na primeira, há dispersão por sete esquemas, e na segunda só por cinco. Mas, para que não surjam dúvidas, eis, lado a lado, as percentagens dos quatro primeiros esquemas:

Esquemas	*Flores do Lima*	*Bom Jesus*
cde cde	53	44
cde dce	33	38
cdc dcd	8	10
cde edc	3	6
	97	98

No conjunto dos dois livros, vemos Bernardes usar destes quatro esquemas, todos petrarquianos, e, eventualmente, de mais três que o não são. Estes últimos são um que Caminha e Ferreira usaram com relativa largueza, e dois perfeitamento extravagantes (podendo acontecer que o penúltimo seja apenas, errado por gralha de palavra, o esquema mais comum). O uso que ele faz dos três primeiros esquemas petrarquianos é análogo, na ordem e nas proporções, ao que Garcilaso faz deles. Daqui podemos concluir que Bernardes se situa numa posição intermédia entre a do grupo Caminha-Ferreira, a que está ligado, e a de Camões, a que, pela idade, está mais ligado (que não por outras afinidades além das epocais que ambos partilham). O seu petrarquismo formal, nos sonetos, é, como estamos vendo, afim da tradição cortesã em que se integra, mas, ao mesmo tempo, manifesta uma tendência para, através de Garcilaso, reverter a Petrarca. Não era Bernardes, poeticamente, uma personalidade tão firme como Camões, a quem por vezes sobreleva em íntima doçura da expressão e em resignado sentimento. Tinha perto os modelos e os exemplos — isso lhe basta para o seu lirismo petrarquisticamente fluvial, em que a fluência rítmico-semântica atinge raras musicalidades, já de um outro tempo que Camões sintetiza.

[1] Para as verificações usámos os volumes da edição Marques Braga, Clássicos Sá da Costa, Lisboa, 1945-46.

[2] Nestas considerações refazemos, por nossa conta e com outra argumentação, o que observa Chorão (aliás Herculano) de Carvalho, no estudo citado.

XI
OS ESQUEMAS
DE CAMÕES
EM 1595-98

XI

OS ESQUEMAS
DE CAMÕES
EM 1595-98

Vimos que, excluídos do cânone de Camões os sonetos suspeitos e que, para mais, apresentavam esquemas rímicos que, sem eles, não haveria no grupo de 1595-98, os esquemas e as percentagens respectivas eram:

	Percentagem
cde cde	55
cdc dcd	29
cde dce	10
cdc cdc	6

e não esqueçamos que os sonetos suspeitos, de esquema extravagante em Camões, não estavam no núcleo inicial de 1595, mas entre os acrescentados em 1598, quando terá sido possível fazer-se mão baixa nos de Diogo Bernardes.

A ordem pela qual os quatro esquemas petrarquianos são usados é a de Petrarca, e os esquemas são apenas os quatro que Petrarca mais usa. Isso não acontece com nenhum dos poetas que estudamos.

O primeiro esquema é também primeiro para Garcilaso, Mendoza, Caminha, Ferreira e Bernardes, mas só este último se aproxima da preferência esmagadora que Camões lhe dá. O segundo esquema não o foi para mais ninguém (e é primeiro em Miranda e Boscán, segundo em Mendoza, terceiro em Garcilaso e Bernardes, quinto em Caminha e Ferreira). O terceiro foi segundo para todos, menos para Miranda e Mendoza, que o usaram à escala de Camões, e para Ferreira, que o usa em escala dupla. O quarto não foi usado por ninguém nos quatro primeiros lugares, a não ser por Boscán (a uma escala idêntica à de Camões) e por Ferreira (eventualissimamente e no 6.º lugar dos seus esquemas).

145

Por outro lado, *Camões, se pratica os esquemas segundo a ordenação preferencial de Petrarca, usa-os em proporções inteiramente diferentes.* Se os dois primeiros eram quase equivalentes em Petrarca (38 e 35% respectivamente), em Camões o primeiro sobreleva esmagadoramente o outro (55 e 29%).

Mas não só isto ocorre. Se, em Petrarca, os dois primeiros esquemas ocupavam 73% da produção sonetística, eles em Camões dominam juntos 84% do conjunto, enquanto aos dois restantes, que em Petrarca tinham por si 25%, Camões dá apenas 16%. E mais: em Petrarca os quatro esquemas somavam 98%, tendo os eventuais restantes 2%, enquanto no grupo autêntico de Camões eles preenchem a totalidade.

Camões, portanto, distingue-se, quanto aos esquemas de rimas dos tercetos, vigorosamente e nitidamente, de todos os outros. *E, se se aproxima de Petrarca como nenhum dos outros se aproxima nas preferências, fá-lo com inteira independência de proporções.*

A nossa pesquisa define-o como um poeta que, na atmosfera de purismo petrarquista quanto à forma, que assimilou como nenhum outro, se move com absoluta liberdade, circunscrevendo-se, menos experimentalmente que essencialmente, ao uso de um esquema predilecto, ou de dois, que lhe bastam para a meditação lírica. Neste particular só outro bem intelectual poeta se lhe equiparou: Sá de Miranda, cujos dois primeiros esquemas somam 86% do total. Como sempre, e demonstrámos isso para as suas canções [1], Camões está interessado na estruturação de uma ou duas formas externas ideais, em que os modelos iniciais são um mero ponto de partida para uma essencialidade rítmico-semântica do pensamento, que usa dos esquemas como um puro espírito usa da materialização necessária para «aparecer».

[1] Na obra citada, em que é feito o estudo geral das canções camonianas, e as dos outros poetas quinhentistas, e em especial daqueles que foram, como Petrarca, seus alegados modelos, e na verdade o não são senão do modo que vai dito no texto.

XII
OS ESQUEMAS DE ALDANA E DE HERRERA, E TAMBÉM DE CETINA

Tudo nos revela como Camões se situa peculiarmente, na literatura portuguesa (e também na europeia), como o alto cume em que uma nova época se define. A sua concentração expressiva, a sua exclusividade de esquemas, o carácter tão laico da sua poesia, e a sua terrível inquietação com o sentido último da vida e do pensamento (ou do pensamento como actividade), caracterizam-no como um expoente máximo da época que perdera o jogo do Renascimento. Homem de letras e de armas, longos anos ausente da Pátria, a sua vida — mesmo que não entremos em linha de conta com as hipotéticas desgraças — é muito diversa da destes poetas todos, homens de corte ou de solar. De todos, mas a um nível senhorial que não foi o seu, só Garcilaso lhe foi afim. Garcilaso, todavia, morreu jovem e querido, e o mesmo não aconteceu com a vida que Camões repartiu em pedaços pelo mundo. Além disso, Garcilaso morre em 1536, quando as tempestades se desencadeavam pela Europa, e o Renascimento italiano agonizava gloriosamente, ou se prolongava numa ilusória sobrevivência póstuma. O mundo de Camões é o da derrota dessas glórias que não têm mais que o espírito aflito do poeta como refúgio. Era a «apagada e vil tristeza»: não a que se atribui apenas ao Portugal da segunda metade do século xvi, mas a que seria a de todos os europeus que não houvessem sonhado, como ideal de vida, com apenas uma existência reticente de cortesão, ou com uma morte ostentosa de devoto.

Será, por isso, e a título de exemplo, ilustrativo observar o que faz com sonetos um poeta espanhol nado e criado na Itália (onde, apesar de tudo, a claridade subsistia em pequenas cortes), e que veio morrer em Alcácer Quibir, ao lado de D. Sebastião: Francisco de Aldana (1537-1578). É um notável poeta, dividido entre a licença italiana (que Camões não podia ter) e a severidade que Castela impunha à Europa (e que Camões terá conhecido no largo mundo em que a licença era outra), mas, pela educação e a cultura, um espanhol italianizado.

Aldana, em 44 sonetos [1], tem a seguinte distribuição de esquemas:

Esquemas	Número	Percentagem
cde cde	38	86
cde dce	4	9
cdc cdc *	2	5
	44	100

Como se vê, ele usa apenas três esquemas e petrarquianos. Esses esquemas são os três primeiros de Petrarca, invertida a ordem dos dois últimos. A restrição formal é ainda mais intensa que em Camões, e tão intensa que o primeiro esquema sozinho ocupa a mesma percentagem esmagadora que Camões dá aos seus dois primeiros.

Isto nos mostra como, por sobre os ares do mundo, Camões estava afinado com a *sua* época. E, lendo-se de Aldana as esplêndidas oitavas de «*Medoro y Angelica*», de uma carnalidade admirável, fica-se pensando no que teria feito Camões (em cuja obra há coincidência com a estrofe oitava desse poema de Aldana) se tivesse sido criado na corte de Cosme de Médicis, e se não soassem tão obsessivamente à sua volta os anátemas contra uma carne que ele conhecia tão bem. O que ele teve coragem de dizer (e não precisamos de alegar censuras externas, porque, havendo a externa, a interna e mental é bem pior) dá-nos, por comparação, a ideia do que ele faria. Mas o que importa é acentuar, mesmo com esta breve digressão erótica, como Camões afina, por sobre as fronteiras do «Império», com a sensibilidade de uma época que ele foi um dos primeiros a pressentir e a realizar magnificentemente.

Ao lado de Camões e de Aldana, o «divino» Herrera está em condições também muito interessantes para o nosso estudo. Um século mais jovem que Ariosto, mais moço uma década do que Camões, e praticamente da idade de Aldana,

---

* Ver *Reiteração de Cetina e Herrera*, in *A Estrutura de «Os Lusíadas»*, 3.ª parte, cap. I, 2.ª nota. (M. de S.).

OS SONETOS DE CAMÕES

Fernando de Herrera (1534-1597) teve, para a linguagem poética castelhana, uma importância análoga à de Camões. Chefe de fila da escola «sevilhana», não é para nós sequer do valor de Aldana. Mas teve e tem ainda um prestígio imenso; e viveu integrado na Espanha da segunda metade do século XVI, como nenhum dos outros dois.
Vejamos o que acontece com os sonetos dele. São ao todo 314, uma vasta produção que constitui ampla amostragem[2]. Eis a distribuição dos esquemas que ele usa:

Esquemas	Número	Percentagem
cde cde	297	94,5
cde ced	6	2
cdc dcd	5	1,6
cde dce	5	1,6
cdc cdc	1	0,3
	314	100,0

Herrera usa de cinco esquemas apenas, em mais de três centenas de sonetos. Mas, em grande quantidade, usa praticamente de um só, e a uma escala que não foi atingida por nenhum dos poetas que observamos: 94,5%, quando o máximo pertencia a Aldana, com 86%, seguido dos 66% de Sá de Miranda. Quatro dos esquemas são petrarquianos, sendo o outro usado por (veremos) Ariosto, e Miranda, Mendoza, Garcilaso, Caminha, Ferreira e Bernardes. A soma das percentagens dos esquemas petrarquianos dá uma obediência de 98%. O esquema que ele prefere é o primeiro de Petrarca, Caminha, Ferreira, com pouca diferença para o segundo esquema que preferem. É também o preferido de Mendoza (que o reparte *ex-aequo*, com outro), de Bernardes (que acentua a diferença), de Camões (para quem essa diferença é maior) e de Aldana (em que a diferença é enorme).
Portanto, salvo o que uma tão exclusiva diferença pode significar, e significará, de mecânica fixação em Herrera, este representa nitidamente um estádio intermédio entre Camões e Aldana, numa nova época, quanto ao restritivismo dos esquemas rímicos. Prefere um esquema esmagadoramente, esquema esse que é o preferido na segunda

metade do século XVI; restringe-se a poucos esquemas, na quase totalidade petrarquianos; e a sua obediência total aos esquemas de Petrarca iguala-se à de Camões. E notemos ainda como a preferência de esquema principal cresce nos poetas do fim do século.

Parece que os exemplos de Herrera e de Aldana, depois de quanto temos observado, são decisivamente concludentes como provas da legitimidade concreta e objectiva da nossa investigação. Mas teremos oportunidade de melhor confirmar, se necessário é, o que temos dito e mostrado.

Tomemos por agora ainda um outro exemplo. Este exemplo é Gutierre de Cetina, poeta mais jovem que Garcilaso e Mendoza, e cuja idade (incerta pelo pouco e impreciso que se sabe deste sevilhano) o coloca, no tempo, entre eles e Camões. A sua vida é, de resto, muito «camoniana». Poemas seus, no século XVI de que poucos anos terá vivido para lá da metade, só quatro sonetos foram publicados, nas anotações de Herrera a Garcilaso. Viveu na Itália, na Tunísia, na Flandres, como combatente das guerras de Carlos V. Regressando à Pátria, não a reconheceu, nem ela a ele. E emigrou para o México, onde terá morrido depois de 1554, esquecido e ignorado [3]. Cetina é um despaisado como Aldana, viveu na Itália como Garcilaso, é sevilhano como Herrera, e um *«soldat de fortune»* como Camões; e a sua vida assemelha-se mais à deste que às de quaisquer dos outros.

Nas poesias que dele se coligiram há 43 sonetos (que estão na já citada colecção de Adolfo de Castro). Três destes sonetos têm esquemas rímicos de tercetos, tão extravagantes, que é de supô-los erros de cópia. Na verdade, um poeta tão refinado, ainda que menor, como Cetina é, não teria inventado coisas tão estranhas como: *cde dcd*, *cde cdf*, *cde fde*, que são os esquemas rímicos daqueles três sonetos. Parece-nos que, em cada um deles, estará uma palavra final indevida. Mas, mesmo admitindo-os como válidos, constituem 7% do conjunto, e a distribuição de percentagens pelos outros esquemas será a seguinte:

Esquemas	Número	Percentagem
cde cde	23	53
cdc dcd	15	35
cde ced	2	5
outros	3	7
	43	100

OS SONETOS DE CAMÕES

A eventualidade absoluta dos esquemas irregulares só contribuirá para acentuar ainda mais a proporção dos dois primeiros esquemas, a que por certo pertencerão.

No entanto, notemos o seguinte: Cetina confina-se praticamente a três esquemas, dois dos quais são petrarquianos, sendo o não-petrarquiano precisamente o que veremos em evolução crescente desde Ariosto a Ferreira, com algumas flutuações ligeiras. Mas os dois primeiros esquemas apresentam uma ordem e uma proporção que aproximam Cetina de Camões, mais que de qualquer outro. Cetina, portanto, representa um estádio evolutivo imediatamente anterior a Camões: concentra-se em poucos esquemas, e com semelhante ordem para os dois primeiros, mas ainda usa de um esquema não-petrarquiano que foi importante para Caminha e Ferreira.

O que ele já significa terá clara e radical definição em Camões e Aldana. E as analogias entre Camões e Cetina, homens vivendo ambos fora da pátria, um pela Europa ítalo-hispanizada, e o outro pelo Oriente, melhor nos patenteiam a originalidade e a síntese epocal que Camões representa. As percentagens somadas dos dois esquemas petrarquianos que Cetina usa dão 88% (se é que, corrigidos os sonetos errados, não é 95%). Isto significa que, em obediência a Petrarca, ele afina pelo padrão da reversão purista, em que Herrera tem 98%, e Aldana e o Camões canónico 100%. Será preciso exemplificar mais?

---

[1] *Francisco de Aldana, Poesias*, prólogo, edición y notas de Elías L. Rivers, Clasicos Castellanos, Madrid, 1957.

[2] Servimo-nos das poesias completas incluídas em *Poetas Líricos de los siglos XVI y XVII*, colección ordenada por Adolfo de Castro, tomo I, Biblioteca de Autores Españoles, reed. de Madrid, 1950, já citado.

[3] Como possível correcção, veja-se Lucas de Torre, *Algumas notas para la biografia de Gutierre de Cetina, seguidas de varias composiciones suyas ineditas* (BRAE, 1924), Sep. Madrid, 1924.

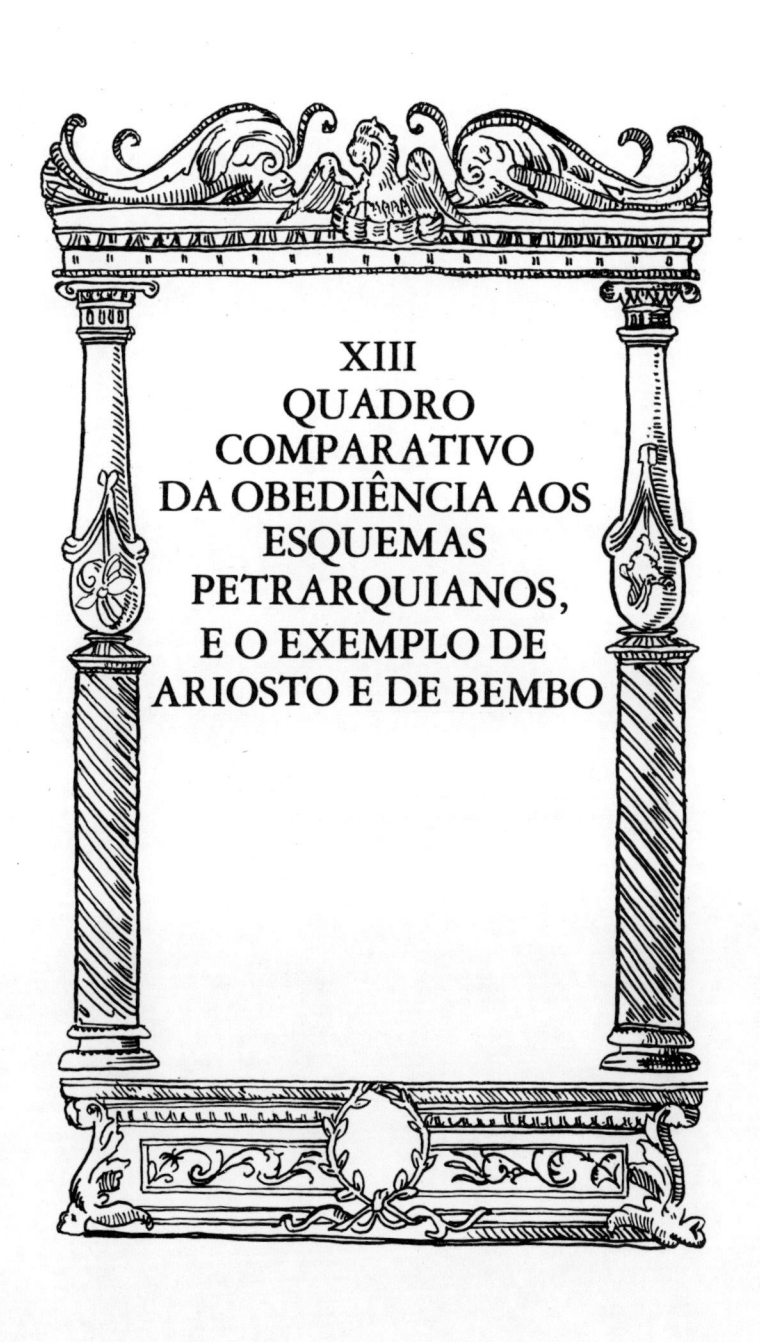

XIII
QUADRO COMPARATIVO DA OBEDIÊNCIA AOS ESQUEMAS PETRARQUIANOS, E O EXEMPLO DE ARIOSTO E DE BEMBO

Temos mostrado como os diversos poetas seguem mais ou menos de perto os esquemas petrarquianos. É tempo de reunir num quadro os elementos respectivos, de molde a que a comparação possa ser conjunta e evidente. Mas, entre Petrarca e o mais velho dos peninsulares, não inserimos ninguém. Nem o haveria, antes de Miranda e de Boscán, já que o caso do marquês de Santillana é isolado na Península Ibérica, antes de aqueles dois terem desencadeado o movimento com que a Europa absorveu a Itália. Será por isso interessantíssimo considerar os exemplos italianos que, mais prestigiosos, estão entre Petrarca, por um lado, e Miranda e Boscán, pelo outro. Cremos que tais exemplos serão, por excelência, o grande Ariosto e o ilustre Pietro Bembo, ambos os representantes mais destacados da renovação poética que se processa no primeiro terço do século XVI, sendo que o último, quanto à poesia lírica, pode dizer-se que chefiou a reacção purista.

Nas suas obras líricas [1], Ariosto (1474-1533) tem 41 sonetos. Destes, três, embora de esquema rímico de tercetos *cdc dcd*, têm estrambote. Os esquemas dos restantes 38 distribuem-se do seguinte modo:

Esquemas	Número	Percentagem
cdc dcd	20	52,5
cde cde	5	13
cde edc	4	10,5
cde ecd	2	5,3
cdc cdc	2	5,3
cde ced	2	5,3
ccd dee	1	2,7
cde dec	1	2,7
cde dce	1	2,7
	38	100

Se considerarmos que, num total dos esquemas, contávamos o soneto com estrambote, Ariosto pratica *dez*, seis dos quais são petrarquianos, num total de cerca de 87%, ainda que dois deles, como um dos não-petrarquianos [2], sejam de uso eventual. Não são muito mais usados os dois outros esquemas não comuns com Petrarca (além do soneto com estrambote), mas tem o interesse de anteciparem o uso que deles é feito por Garcilaso, Caminha e Ferreira, e de um deles por estes três poetas e também por Miranda, Mendoza e Bernardes. O estrambote não figura em nenhum dos poetas que estudamos, nem no grupo que canonicamente fixámos de sonetos de Camões. Na obediência aos quatro primeiros esquemas de Petrarca, a ordem de Ariosto é: 2 — 1 — 5 (lugar partilhado por mais dois esquemas) — 4 (lugar partilhado por mais dois esquemas).

Como vemos, Ariosto reitera o que vínhamos dizendo. A inversão da ordem de preferência de Petrarca, para os dois primeiros esquemas, com o equilíbrio petrarquiano rompido em favor do segundo, aparece nele, como depois em Sá de Miranda. Mas este não usa de esquemas não-petrarquianos, e tem uma obediência a Petrarca muito superior à de Ariosto, cuja percentagem é igualada por Garcilaso e rondada de perto por Boscán.

Consideremos agora o caso de Pietro Bembo (1470-1547). Nos poemas inseridos em *Gli Asolani*, obra publicada em 1505, não há sonetos. Há-os, e muitos, nas suas *Rime*. Estas apareceram primeiro em 1530, reeditadas em 1535; e, em 1548, tiveram uma edição póstuma mais acrescentada, com uma parte nova, intitulada «Rime di Messer Pietro Bembo in morte di messer Carlo suo fratello e di molte altre persone», que começa precisamente com a esplendorosa canção «*Alma cortese, che dal mondo errante*». A este novo grupo segue-se um breve punhado de rimas *rifiutate*. É evidente a intenção dos editores em, com rimas *in morte*, e até com *rifiutate*, transformarem as *Rime* de 1530-35 num eco do *Canzoniere* de Petrarca, conforme observa o moderno editor de Bembo [3].

Ao todo, e contando os três que há no último daqueles grupos, a obra lírica de Bembo inclui 150 sonetos. A distribuição deles por esquemas é a seguinte:

Esquemas	Número	Percentagem
cdc dcd	56	37
cde cde	27	18
cde dce	23	15,3
cde dec	17	11,3
cde ced	13	9
cdc cdc	8	5,3
cde ede	3	2
cdc ecd	2	1,3
cdc dcc	1	0,7
	150	100,0

Como Ariosto, se lhe descontarmos o soneto com estrambote, Bembo apresenta 9 esquemas, seis dos quais são petrarquianos (também como com Ariosto sucedia), numa obediência de 87,6 % (87 % em Ariosto), e três não (como em Ariosto também). Destes três, dois são comuns com Ariosto, e um terceiro não. Este último, diverso nos dois poetas, é eventual em ambos.

Sob este aspecto, o comportamento dos dois poetas é singularmente análogo. Mas há curiosas diferenças, se atentarmos na ordem preferencial e nas percentagens dos esquemas principalmente usados. Na obediência aos quatro esquemas preferenciais de Petrarca, Bembo está mais próximo deste do que Ariosto. Com efeito, a sua ordem é: 2 — 1 — 3 — 6, em que vemos, como em Ariosto não, os três primeiros esquemas de Petrarca terem os três primeiros lugares, ainda que permutados na sua ordem petrarquiana. Mas, e isto parece-nos do maior interesse, a ordem preferencial de Bembo *é exactamente a que aparece em Sá de Miranda e no grupo de sonetos hipoteticamente atribuídos ao infante D. Luís*. Tal indício, aliado ao facto de Miranda ter a mesma preferência dominadora que Ariosto pelo segundo esquema de Petrarca, confirmar-nos-á como Sá de Miranda realmente afinava pela atmosfera poética da Itália no primeiro quartel do século XVI. Boscán, por seu lado, não coincide com a ordem preferencial de Bembo (ainda que, por outra ordem, os seus três esquemas principais sejam os três primeiros de

Petrarca), mas está mais próximo dele do que Miranda, no nível percentual da preferência atribuída ao esquema mais usado. Por certo, estas observações também confirmam, em relação à Itália, o que dissemos dele: é um «aluno» aplicado, que mais absorve a letra do que o espírito, esse espírito que, no dizer do marquês de Santillana, um século antes, em plena eclosão do Primeiro Renascimento hispânico, não deveria faltar, e não faltava, aos espanhóis [4].

Agora, no quadro seguinte, colocaremos os quatro esquemas que Petrarca mais usou, com as percentagens e o respectivo número de ordem na preferência que cada poeta lhes atribui. As somas representam a percentagem global de uso destes quatro esquemas petrarquianos que é feito pelos diversos poetas.

Os poetas estão inscritos cronologicamente, com excepção de Camões, que figura depois de Bernardes, quando deveria ficar entre Caminha e Ferreira. A razão desta alteração reside na distinção periodológica a que a investigação nos conduziu, e aliás é, em valor absoluto, mínima. Nesta ordem de ideias, não será necessário explicar a razão de Bembo vir depois de Ariosto, que é mais novo quatro anos do que ele: Bembo pesou mais do que Ariosto na doutrinação lírica, conheceu maior difusão desta parte da sua obra, e sobreviveu-lhe, poética e socialmente prestigioso, bastantes anos. Depois de Garcilaso, inserimos, a título de mera hipótese, os valores que encontrámos para o grupo de sonetos atribuíveis ao infante D. Luís. E, entre este e Caminha, intercalamos Cetina e Mendoza. A idade de Cetina é incerta (ainda que suponível ele da geração de Garcilaso e de Mendoza); e Mendoza é nascido no mesmo ano que Garcilaso, a quem sobreviveu largo tempo. Parece, pois, que em nada se força a ordenação ao colocá-los todos por esta ordem que estabelecemos, tanto mais que a análise nos definiu uma posição relativa deles, que a esta ordem corresponde. E não levamos o quadro até Herrera e Aldana, porque eles, mais novos do que Camões, apenas nos serviram para confirmar a evolução que até Camões se desenha.

Examinámos já como a ordem das preferências e as proporções respectivas dos diversos esquemas nos ajudam a definir a natureza do petrarquismo formal praticado pelos vários poetas. Esta natureza é enormemente evidenciada também pelas somas do quadro acima, que nos dão, como dissemos, em globalidade, ainda que não na proporção,

OS SONETOS DE CAMÕES

Esquemas	Petrarca	Ariosto	Bembo	Miranda	Boscán	Garcilaso	Luís	Cetina	Mendoza	Caminha	Ferreira	Bernardes	Camões
cde cde	38 1	13	2 18	2 24	2 20	3 45	1 17	2 53	1 30	1 29	1 30	1 51	1 55 1
cdc dcd	35 2	52,5	1 37	1 66	1 48	1 11	3 65	1 35	2 23	2 9	5 5	5 8,5	3 29 2
cde dce	22 3	2,7	5 15,3	3 7	3 25	2 32	2 6	—	— 8	3 23	2 21	3 34	2 10 3
cdc cdc	3 4	5,3	4 5,3	6 —	— 7	4	1 —	—	—	—	2 —	— 6	— 6 4
Somas....	98	73,5	75,6	97	100	88	88	88	61	61	58	93,5	100

161

a obediência a Petrarca, e não apenas ao difundido petrarquismo, no que se refere aos esquemas rímicos.

Com efeito, resulta nítido, da percentagem de esquemas petrarquianos principais, na obra sonetística dos poetas que fomos estudando, como a obediência global a esses esquemas variou ao longo do tempo, e com este, nas tão várias personalidades. Após Petrarca, vemos difundir-se o petrarquismo e, com este, o ensaiarem-se esquemas diferentes, o que resulta na diminuição da obediência global. A obediência volta ao nível de Petrarca, muito mais com os iniciadores hispânicos do petrarquismo formal do que com o próprio Pietro Bembo, que, no entanto, apresenta uma obediência ligeiramente mais elevada que Ariosto (e numa produção sonetística quatro vezes mais ampla): é o caso de Sá de Miranda e dos seus seguidores imediatos, como também o de Boscán, Garcilaso e Cetina. No decorrer do século XVI, a difusão do petrarquismo torna a dar-se, com o consequente declínio da restrição esquemática; e tudo se passa, na Península Ibérica, em relação aos iniciadores do movimento, como na Itália se passara no século XV e princípios do XVI, em relação a Petrarca. A restrição esquemática, nos poetas em que, noutra atmosfera cultural, se reacende depois o purismo, atinge extremos elevadíssimos que quase não atingira antes, do mesmo passo, e, sobretudo, com acentuada fixação num esquema dominante (e também a uma escala não anteriormente igualada). É curiosíssimo, a este propósito, notar como um Mendoza é simultaneamente mais afim da obediência petrarquista de Ariosto e de Bembo, e da dos poetas cortesãos da segunda metade do século XVI, que Mendoza ainda longamente viveu.

Em Petrarca, os quatro esquemas principais que destacamos são 98% da sua produção sonetística; três deles são 97% em Miranda; os mesmos quatro são 100% em Boscán e em Camões; os mesmos três de Miranda são 93,5% em Bernardes, 88% em Garcilaso e no «infante D. Luís», e 61% em Mendoza e Caminha, enquanto só dois deles são 88% em Cetina.

Não poderia, através de números, ficar mais concretizado e claro o que temos dito. E, se se objectar que os três sonetos suspeitos, que retirámos da edição camoniana de 1598 pelas anómalas características de esquema rímico, talvez alterassem um pouco a obediência global, basta considerar que um deles é de esquema petrarquiano, e só aquela soma dos quatro esquemas dominantes passaria a 97%, coincidindo mais ainda com os 98% do próprio Petrarca. Ironicamente, o purismo de Camões é tal que até a apocrifia o reitera [5].

OS SONETOS DE CAMÕES

[1] Ludovico Ariosto, *Opera Minori*, a cura di Cesare Segre, Nápoles, s. d. («La Letteratura Italiana — storia e testi», vol. 20, dir. Mattioli, Pancrazi, Schiaffini). Os 41 sonetos estão a par de 27 capítulos, 57 epístolas, 12 madrigais, 5 canções, 2 éclogas, etc., além da poesia latina e os «cantos» em oitavas.

[2] O esquema rímico de tercetos *cc dd ee*, que vemos em Ariosto, é precisamente com o esquema petrarquiano *cdd dcc*, o que se terá transformado no esquema do soneto inglês de Surrey: *cdcd ee*, e de Wyatt: *cddc ee* — por certo através da combinação com o esquema *cdc dcc* que aparece em um soneto de Pietro Bembo, que andava impresso nas suas *Rime*, pelo menos desde a 2.ª edição, de 1535.

[3] Utilizámos a monumental edição: Pietro Bembo, *Prose e Rime*, a cura di Carlo Dionosotti, Classici Italiani UTET, col. diretta da Mario Fubini, vol. 26, Turim, 1960. O organizador, nos seus comentários, aponta a extravagância do último dos esquemas de Bembo, sem notar-lhe a importância para a génese do soneto inglês. E é interessante notar que, ainda segundo as informações de Dionosotti, a parte *in morte*, ou pelo menos a canção esplêndida (e de muita importância camoniana, quanto a nós), é tardia, «ulterior a 1543». O irmão de Bembo morrera em 1503, e próximo desta data será só o soneto que, na colectânea, se segue imediatamente à grande canção. Quanto aos esquemas rímicos dos sonetos, o organizador acentua que, nos quartetos, e segundo a restrição já classicizada, há apenas duas rimas (*abba abba*), mas que, para os tercetos, o próprio Bembo alude algures à faculdade que um poeta pode exercer de usar duas ou três rimas nos tercetos, conforme entender (nota 8 da p. 153 da introdução crítica). Isto poderá significar — e pelo exame da prática de Bembo vemos que significa — que a obediência a Petrarca, em que ele, para o essencial, foi tão estrito, se, por um lado, se confina a uma liberdade de usar, como Petrarca fizera, duas ou três rimas no tercetos, não excluía a possibilidade teorética e prática de usá-las em combinações não-petrarquianas. No entanto, estas outras combinações não constituem, como será fácil de observar, mais de 12% dos 150 sonetos de Bembo.

[4] Dizia o marquês de Santillana: «Si se carece de las formas, poseamos al menos las materias» — no que, segundo Menéndez y Pelayo, reflectia o espírito do Primeiro Renascimento hispânico, «período de traducciones y adaptaciones, en que se procuraba *coger el seso real según comun estilo de intérpretes*» (*Poetas de la Corte de Don Juan II*, seleccion y prologo de E. Sanchez Reys, 2.ª edição, Col. Austral, Buenos Aires, 1946, p. 19, obra formada com extractos da *História de la Poesía Castellana en la Edad Media*).

[5] Será interessante (apesar das reservas que as edições merecem) reconsiderar como Fr. Agostinho da Cruz se comportará em face destas observações. Separaremos, todavia, no quadro, os valores referentes à edição de 1771 e ao total da edição Mendes dos Remédios.

Esquemas	1771	Total
cde cde	65 1	41 2
cdc dcd	27 2	54 1
cde dce	— —	1 3
cdc cdc	— —	— —
Totais . . .	92	96

Fr. Agostinho da Cruz, ou seja, Agostinho Bernardes Pimenta, como seria natural pela sua idade, aparece-nos mais «camoniano» do que seu irmão Diogo Bernardes — ou porque, mais novo dez anos que o irmão e quinze que Camões, tem ainda trinta anos quando começará a difundir-se o prestígio de Camões, ou porque se integra na época de reversão purista representada inicialmente por Camões, enquanto Bernardes continuava imerso no seu grupo familiar e cortesão. Mas é muito curioso notar que o nível de obediência de Fr. Agostinho a Petrarca se situa entre o de Bernardes e o de Camões, como se, mais jovem, ele se dividisse entre o poeta ilustre que era seu irmão e o grande poeta do seu tempo.

XIV
QUADRO GERAL DOS ESQUEMAS E DOS POETAS

Para que também esquema a esquema possam bem ser vistas as analogias e as dissemelhanças da prática de cada poeta, ao longo do tempo, reunamos num único quadro os esquemas e respectivas percentagens de todos eles. Pelas mesmas razões alegadas para a organização do quadro anterior, não incluímos Herrera e Aldana; e porque era simples hipótese comparativa, não inserimos também o hipotético infante D. Luís. A coluna referente a Camões contém os sonetos suspeitos de esquema extravagante em relação ao cânone camoniano. O simples exame do quadro será elucidativo acerca da sorte deles. Mas far--lhe-emos alguns comentários.

Os traços horizontais que fecham as colunas significam, como é óbvio, que os esquemas ulteriores não são praticados por esse poeta. O breve traço significa que aquele esquema não é usado pelo poeta. No caso de Camões, o traço interrompido, mas ocupando toda a coluna, refere-se à edição de 1595-98, *com* os três sonetos duvidosos pela crítica externa e pela análise da forma externa ou mesmo da interna. O mesmo se diria de Bernardes com um esquema anormal que pode ser erro. Na última linha estão inscritos, por poeta, os números de esquemas. É óbvio que os dois valores 4 e 6, em Camões, são o total de esquemas sem ou com os dois esquemas extravagantes.

Observemos agora as várias linhas. Antes de mais, verificamos que comuns a todos os poetas inscritos há três esquemas, que são os três primeiros de Petrarca. Mas o modo como são mais usados por eles varia grupalmente. Isto tornar-se-á muito mais visível, se destacarmos os dois primeiros esquemas, que, em Petrarca, são 73% do seu conjunto, ou praticamente ³/₄ dos sonetos todos.

Esquemas	Petrarca	Ariosto	Bembo	Miranda	Boscán	Cetina	Mendoza	Garcilaso	Caminha	Ferreira	Bernardes	Camões
cde cde	38	13	18	24	20	53	30	45	29	30	51	54
cdc dcd	35	52,7	37	66	48	35	23	11	9	5	8,5	28
cde dce	22	2,7	15,3	7	25	—	8	32	23	21	34	9
cdc cdc	3	5,3	5,3	—	7	—	—	—	—	2	—	6
cde dec	0,25	2,7	11,3	—	—	5	3	8	12	13	0,5	1
cde edc	0,25	10,5	—	—	1	—	30	—	4	2	4	—
cdd dcc	1,50	—	0,7	—	—	—	3	—	1	—	—	—
ou cdd ccd												
cde ced	—	5,3	9	3	—	—	3	2	19	25	1	2
cde ecd	—	5,3	1,3	—	—	—	—	—	2	2	—	...
ccd dee	—	2,7	—	—	—	—	—	—	—	—	—	—
cdc ede	—	—	2	—	—	—	—	—	1	—	—	—
cddc dcd	—	—	—	—	—	—	—	—	—	—	0,5	—
(?) cde cfe	—	—	—	—	—	—	—	—	—	—	0,5	—
Número de esquemas	7	9	9	4	4	3	7	6	9	8	8	4
	—	—	—	—	—	—	—	—	—	—	7	6

Com efeito, as somas das percentagens dos dois primeiros esquemas de Petrarca, em todos os poetas do quadro geral, são:

	Percentagem
Petrarca	73
Ariosto	65,5
Miranda	90
Boscán	68
Cetina	88
Bembo	55
Mendoza	53
Garcilaso	56
Caminha	38
Ferreira	35
Bernardes	59,5
Camões	82

Estes valores, por ordem crescente, ficam assim dispostos:

	Percentagem
Ferreira	35
Caminha	38
Mendoza	53
Bembo	55
Garcilaso	56
Bernardes	59,5
Ariosto	65,5
Boscán	68
Petrarca	73
Camões	82
Cetina	88
Miranda	90

Nesta ordenação crescente separamos três grupos. A razão é meramente de análise estatística: as divergências entre os doze valores, tomados dois a dois na sucessão, têm uma média geral que se cifra em 5; e, sendo assim, destacam-se três grupos em que as diferenças são inferiores a essa média. Por outro lado, registemos que a média geral dos onze números inscritos na lista é 64%. Que concluirmos?

Os poetas cujos valores estão mais próximos da média geral são Ariosto e Diogo Bernardes, representantes de um petrarquismo generalizado, e testemunhas de uma iminente mutação de tendências: o primeiro, antes do triunfo do purismo bembista, e o segundo antes do purismo camoniano e da subsequente dissolução renascentista. E o grupo em que ambos aparecem, e em que está o próprio Petrarca, é representativo do petrarquismo que derivou de Petrarca. Camões e Miranda (como de certo modo Cetina também) representam, por sua vez, o início de movimentos em que a restrição esquemática foi de regra. Boscán, muito significativamente, aparece entre Ariosto e o próprio Petrarca, enquanto Garcilaso está no grupo médio, junto de Mendoza. Caminha e Ferreira constituem grupo à parte.

Reparemos, voltando ao quadro geral, que a disseminação de esquemas não-petrarquianos se dá entre Petrarca e Miranda (com Boscán e Cetina), e entre Boscán e Camões (ainda que lhe contemos os sonetos duvidosos). E reparemos, também, em como essa disseminação é acompanhada por um uso mais corrente e intenso dos esquemas mais eventuais de Petrarca. O mesmo é francamente observável com o número de esquemas que cada poeta usa, petrarquianos ou não.

Neste contexto, note-se como os sonetos duvidosos de Camões em 1595-98 são incompatíveis com a lógica orgânica do quadro, no qual dir-se-ia que os traços cheios que cerram cada coluna desenham uma curva simbólica das disseminações e das regressões puristas do petrarquismo. O que mais confirma a justeza do cânone que fixámos, e pelo qual agora reveremos os acrescentos propostos, pelos editores do século XVII (antes de 1668), ao conjunto de sonetos tidos como de Camões.

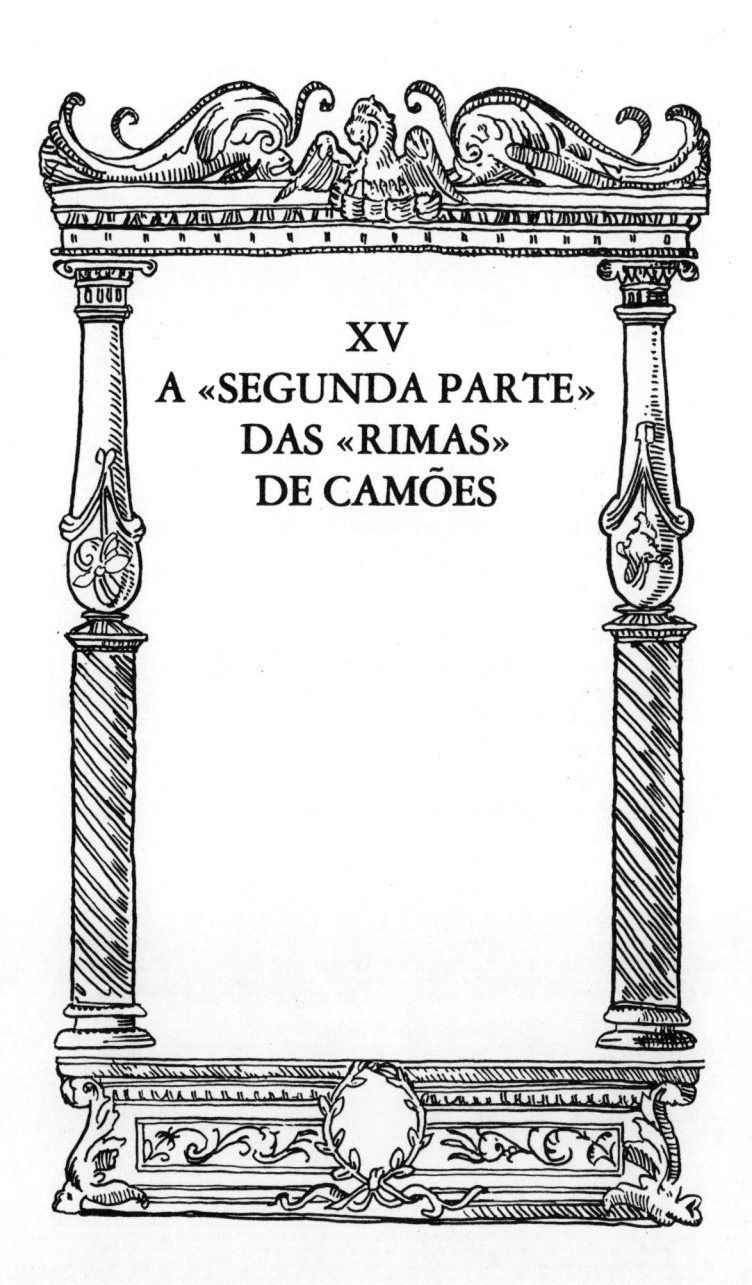

XV
A «SEGUNDA PARTE» DAS «RIMAS» DE CAMÕES

Em 20 (?) de Janeiro de 1615, o censor Fr. Vicente Pereira [1] deu parecer favorável à impressão da Segunda Parte das *Rimas* de Camões, desde que «mudado e riscado o que em seus lugares de minha letra aponto» — declaração que não tem sido tomada na devida consideração no processo da escolha das lições dos poemas de Camões revelados no século xvii—, e a licença final veio dias depois, em 12 de Fevereiro. Mas o livro só podia correr depois de, já impresso, ser cotejado com o original censurado. Era então fixada a taxa, e foi-o em 19 de Março de 1616, data que Domingos Fernandes, o livreiro-editor, apõe à sua carta-dedicatória a D. Rodrigo da Cunha, «bispo de Portalegre, do Conselho de Sua Majestade». Aí se desculpa de continuar a vender como de Camões as oitavas da «Criação do Homem», que D. Rodrigo, ao que o Fernandes expressamente declara, lhe dissera «não serem seus». Tem-se insistido muito na leviandade de Domingos Fernandes, e é este facto um dos que têm sido alegados. Mas, por certo, maior leviandade seria não ter dito nada, quando, na verdade, ele já tinha as oitavas impressas à parte, e licenciadas desde 1605.

No que a sonetos respeita — e só dos sonetos estamos tratando —, melhor saberemos do relativo descuido do Fernandes, quando, depois de esclarecido canonicamente o que ele publicava, cotejarmos o resultado com as conclusões a que chegámos quanto a Estêvão Lopes.

O livro, que era bastante magro, parecia trazer 36 sonetos novos. São, na verdade 32, porque há um salto de numeração entre o 21 e o 23, dois estão repetidos dos acrescentos de 1598, e outro aparece em duas versões quase iguais. Já na reimpressão de 1607 da edição de 1598 (ou reimpressões), Domingos Fernandes anunciava que estava coligindo inéditos. Em 1614, voltou a reimprimir a Primeira Parte sem os ditos cujos. E a Segunda Parte terá acabado por sair em Abril ou Maio de 1616, já que só depois da taxa é que a primeira folha foi impressa e o livro encadernado para venda.

A lista de primeiros versos dos sonetos «novos» é a seguinte:

1 — *(de suas perdições)* —*Cantando estava um dia bem seguro*
2 — *Eu cantei já, e agora vou chorando*
3 — *Doces águas, e claras do Mondego*
4 — *Por sua Ninfa Céfalo deixava*
5 — *Sentindo-se tomada a bela esposa*
6 — *Senhor João Lopes, o meu baixo estado*
7 — *O Céu, a terra, o vento sossegado*
8 — *Erros meus, má fortuna, amor ardente*
9 — *Cá nesta Babilónia, donde mana*
10 — *Correm turvas as águas deste Rio*
11 — *Vós outros, que buscais repouso certo*
12 — *Depois que viu Cibele o corpo Humano*
13 — *Ilustre, e digno ramo dos Meneses* (é o n.º 6 de 1598, com variantes)
14 — *Na desesperação já repousava*
15 — *Senhora minha se a fortuna imiga*
16 — *Árvore, cujo pomo belo, e brando*
17 — *Por cima destas águas forte, e firme*
18 — *O filho de Latona esclarecido*
19 — *Presença bela, angélica figura*
20 — *Diversos dões reparte o Céu benino*
21 — *Tal mostra dá de si vossa figura*
22 — ....
23 — *A mor(te) que da vida o nó desata*
24 — *Ornou mui raro esforço ao grande Atlante*
25 — *Coitado que em algum tempo choro, e rio*
26 — *Se grão glória me vem de olhar-te*

27 — *Julga-me a gente toda por perdido*
28 — *Sempre a razão perdida foi d'amor*
29 — *Delgadas águas claras do Mondego* (é o n.º 3 desta série, com raras variantes)
30 — *O raio de ouro fino se estendia* (o n.º 99 da edição de 1598, com variantes)
31 — *Que modo tão subtil da natureza*
32 — *Seguia aquele fogo que o guiava*
33 — (*à Conceição da Virgem nossa Senhora*) — *Para se namorar do que criou*
34 — (*à Encarnação do Verbo Eterno*) — *Dece do Céu imenso Deus benino*
35 — (*a Cristo nosso Senhor no Presépio*) — *Dos Céus à terra dece a mor beleza*
36 — (*à Paixão de Cristo nosso Senhor, dialogismo*) — *Porque a tamanhas penas se oferece.*

Porque não estamos discutindo problemas de fixação textual, a menos que necessário, e sim as questões de autoria, temos portanto que os sonetos são 32, descontadas as duplicações provenientes da Primeira Parte das *Rimas* ou ocorrentes nesta mesma edição. Pode aliás supor-se que, tendo encontrado esses textos com variantes, Domingos Fernandes se aproveitou da circunstância para engordar um volume escasso. Mas, nos papéis que terá compulsado, não haveria, com variantes, mais nenhum da centena de sonetos de 1598, a não ser estes dois que ele republicava como novos? O que parece também provável é que, por uma razão ou outra, ele terá tido à mão um cancioneiro organizado *após* a publicação da edição de 1598, onde alguém coleccionou dispersos que encontrou em nome de Camões e que não figuravam na edição, e também aqueles dois dessa edição (e o aqui em duplicado), por ter achado neles variantes mais extensas que as que acaso teria notado em cópias de outros. Na carta-dedicatória ao bispo, que é ao mesmo tempo um acto de gratidão, por tê-lo livrado das garras da Inquisição (ao que se sabe e ele implicitamente diz), e de cautela por isso mesmo, Domingos Fernandes apenas fala «desta ocasião de andar juntando estas rimas, e V. S.ª me fez mercê de haver a maior parte certificado serem do Autor, outras me deram várias pessoas». Depreende-se que D. Rodrigo, folheando o original que lhe ia ser dedicado, se manifestou acerca do conhecimento que tinha de alguns daqueles inéditos («a maioria»), e foi omisso quanto a outros que não conhecia como de Camões ou de outrem. Veremos se a investigação do conjunto nos esclarece o caso. Mas atentemos, desde já, no que tem de suspeita a aparição, em fecho da série, de quatro sonetos devotos, o que, em 32 sonetos tidos como de Camões, dá a este uma muito anormal devoção de 12,5%... Até parece que o Fernandes pretende atestar com a devoção de «Camões» (devoção que ele imprime a soneto por página, com destaque) a sua fidelidade à religião estabelecida, e aliviar a suspeição com que a censura leria um Camões coligido por ele, que precisava do livro para ganhar a vida. E pelo menos dois destes sonetos devotos são suspeitos quanto à autoria, enquanto sobre os outros já impendeu o desagrado dos críticos.

Vejamos, antes de mais, se os 32 sonetos, em conjunto, oferecem características de esquema rímico afins do cânone estabelecido. Nos quartetos, todos obedecem ao esquema *abba abba*. E quanto aos tercetos? Nestes, há *sete* esquemas, quatro dos quais petrarquianos e camonianos. Dos outros três, um é dos duvidosos e eventuais de Camões, e dois não existem em nenhum dos poetas que estudamos. O resumo é:

Esquemas	Número	Percentagens
cde cde	13	41
cde dce	8	25
cdc dcd	5	15,5
cdc cdc	2	6,25
cdc ddc	2	6,26
cde ced	1	3
cdc ded	1	3
	32	100

Este quadro de percentagens não tem correspondência no cânone que ficou estabelecido para Camões, como uma simples comparação mostrará. E é interessantíssimo notar que *quatro dos sonetos duvidosos deste grupo são precisamente estes quatro de anormal esquema*, o que adiante teremos ocasião de ver melhor.

Assim sendo, e embora alguns dos outros duvidosos possuam esquemas «canónicos», observemos o que sucederia às percentagens, se suprimíssemos do quadro aqueles quatro sonetos.

Esquemas	Número	Percentagem
cde cde	13	47
cde dce	8	28
cdc dcd	5	18
cdc cdc	2	7
	28	100

A ordem de grandeza da primeira percentagem, com a supressão, aproximou-se mais da canónica (55%). Os dois esquemas seguintes estão trocados, em relação ao cânone: há excesso de *cde dce* (que é, nesse cânone, 10%), em detrimento sobretudo de *cdc dcd* (que era 29%). O último esquema aproxima-se do valor canonico: está em quarto lugar também (e o valor era 6%).

Examinemos agora os sonetos suspeitos, conforme, mais ou menos cronologicamente, a suspeição apareceu.

Faria e Sousa, que na sua edição incluiu, na Segunda Centúria, todos os 32 sonetos desta Segunda Parte de 1616, terá sido o primeiro a chamar as atenções para a atribuição duvidosa de dois deles, um dos quais o n.º 33, que tinha sido publicado, em 1588, no volume de versos às Relíquias colocadas na Igreja de S. Roque, como de André Falcão de Resende, com profundas variantes que ele dá. E informa que o compilador do volume fora um tal Manuel de Campos [2]. Não é verdade que o soneto figura no Cancioneiro Fernandes Tomás, atribuído a Soropita, e que Carolina Michaëlis tenha duvidado dessa autoria [3]. Figura, sim, no índice do P.e Pedro Ribeiro, atribuído a Camões, o que, na edição deste índice, aquela senhora não comenta, apenas anotando que nele figuram três sonetos de 1616 (o que implica contar este). No Cancioneiro da Biblioteca da Academia de História de Madrid, o soneto vem em nome de Camões, como os n.os 34 e 36 da edição de 1616. No volume organizado por António Lourenço Caminha, em 1791 [4], está como de Francisco Galvão. Carolina Michaëlis [5], desconhecendo a atribuição do Cancioneiro de Madrid,

177

achava mais provável a autoria de Falcão de Resende.
As atribuições de A. L. Caminha são algo duvidosas.
O soneto, cujo esquema de rimas é canónico *(cdc cdc)*,
vem todavia no grupo de sonetos de 1616, que parece inserido à força para salvaguardar os costados de Domingos
Fernandes. Se não considerarmos seguro de autoria o facto
da inclusão na edição de 1616, o soneto tem duas atribuição a Camões (Ribeiro e Madrid), contra uma a Falcão
de Resende (e a obra foi impressa em vida deste poeta,
que foi admirador de Camões) e outra a Francisco Galvão.
O livro de homenagem às relíquias foi publicado *antes* das
edições de 1595 e de 1598, que Falcão de Resende terá
conhecido (pelo menos a primeira, já que terá morrido
durante 1598). Falcão de Resende, nascido em 1527, é
homem da geração de Camões. Francisco Galvão é quase
quarenta anos mais novo do que eles. Nenhum dos outros
sonetos devotos de 1616 figura no índice de Pedro Ribeiro.
É certo que este soneto figura, junto com outro deles
(o n.º 36), a fl. 201 v.º do Cancioneiro de Luís Franco,
seguidos do soneto a D. João III, de outro de 1598 (*«Esforço
grande, igual ao pensamento»*), e do canto I de *Os Lusíadas*, mas
precedidos de composições não camonianas [6]. Nada disto
nos parece suficientemente conclusivo para que retiremos
a 'Falcão de Resende uma autoria (que teria aliás de ser
verificada para todos os poemas do grupo) que, a não
ser dele, pode também ser incerta. Alegar-se, além disto,
que o soneto é fraco, e nada acrescenta a Camões, não
é argumento, até porque muitas composições «autênticas»
também nada lhe acrescentam. O esquema *cdc cdc* aparece
noutro soneto de 1616, o n.º 17, que é um soneto erótico.
Que são os 6 sonetos de igual esquema em 1595-98? Este
esquema petrarquiano, que Ariosto, Bembo e Boscán usam,
não é usado por Garcilaso, nem por nenhum dos outros
quinhentistas que examinamos, salvo eventualmente Ferreira
e Herrera. Camões tem 3 sonetos deste esquema em 1595,
e mais três em 1598. Um destes últimos, que tem também
atribuição a Bernardes, considerámo-lo camoniano. Todos
eles são meditações amatórias, pungentes ou galantes,
nenhum, porém, com o grau de conceptismo vocabular que
caracteriza este suspeito. Portanto, até novos dados, o soneto
será de outrem, e pode ser que seja de Falcão de Resende [7],
que o publicou em seu nome (cf. nota 2 deste capítulo).

    O outro soneto que Faria e Sousa dá com outra autoria
é o n.º 11. As circunstâncias em que tal faz são, porém,

muito curiosas. Ao comentar o soneto n.º 64 de 1598
(«*Que vençais no Oriente, etc.*»), que diz ter visto em nome
de Simão da Veiga, apresenta, como resposta de D. Luís
de Ataíde, este soneto n.º 11 de 1616. Mas incluiu-o, sem
referência especial, como 96 da Segunda Centúria, antes
daquele que estudámos atrás e ele mesmo denuncia como
de Falcão de Resende. Tivemos razões para considerar
não de Camões esse atribuído ao Veiga. Ora o que terá
acontecido a Faria e Sousa foi que ele encontrou por certo
os dois sonetos vinculados, e tal como anotou no comentário. Mas, quando na Segunda Centúria tratou de incluir
os sonetos de 1616, esqueceu-se de que aquele já lhe aparecera noutras circunstâncias.

Vejamos como Faria e Sousa inseriu nessa sua Centúria
todos os sonetos da Segunda Parte de Domingos Fernandes:

Números de Fernandes	Números de Faria e Sousa
3	33
6	34
23	35
16	36
18	37
19	38
17	39
21	40
14	41
20	42
15	43
31	44
26	48
28	49
25	50
27	51
2	67
1	72
7	73
4	83
5	84
32	85
24	89
12	90
8	93
9	94
10	95
11	96

33	97
34	98
35	99
36	100 (da Segunda Centúria)

É fácil verificar que da colectânea de Fernandes faltam quatro números: 13, 22, 29 e 30. O 22 era o salto de numeração. O 13 e o 30, Faria e Sousa tinha-os na Primeira Centúria, tirados da edição de 1598, e são as repetições de Fernandes. O n.º 29 é duplicação, com variantes, do n.º 3 de Fernandes, cuja lição Faria preferiu. Por outro lado, e salvo uma ou outra excepção, os sonetos de 1616 foram inseridos em grupos, o que é particularmente patente para os últimos oito desta Centúria de Faria e Sousa. E o n.º 11 entrou atrelado aos 8, 9 e 10 que haviam sido separados com ele. Aliás, a estes quatro Faria presta pouca atenção, ou melhor, concentra-a no n.º 8, de que os outros ficam caudatários modestos. Devemos, ao que parece, concluir então que o n.º 11 escapou no embrulho da Segunda Centúria, e que a indicação dada no comentário da Primeira terá melhores fundamentos, já que Faria e Sousa não se lembraria de pôr este soneto vinculado, em nota, ao outro, se estivesse na intenção de incluí-lo sem observações mais adiante. A indicação dada — resposta de D. Luís de Ataíde ao soneto laudatório — foi por certo encontrada por Faria, nas condições que ele diz. Só que, mais tarde, o soneto escapou por distracção que Faria não teve para as duplicações de 1616. O soneto pode realmente, e basta lê-los lado a lado, ser resposta ao outro. Não lhe responde pelos mesmos consoantes, nem com o mesmo esquema rímico de tercetos — o que seria exigir muito de um herói e vice-rei (ou do poeta a quem ele encomendou a resposta). Mas há entre as rimas dos tercetos de um e de outro certa analogia:

Que vençais...	*Vós outros...*
imigo	castigo
segundo	somente
seja	mundo
mundo	perigo
amigo	evidente
inveja	profundo

No primeiro, as três rimas do esquema são em: *igo, undo, eja*. No segundo, essas três rimas são, como vemos: *igo, ente, undo*.

Pelo grande quadro geral dos esquemas, sabemos que o esquema *cde cde* é muito comum, e pelas observações que fizemos em Herrera e Aldana sabemos que ele é esmagadoramente preferido no fim do terceiro quartel do século XVI, quando o soneto terá sido escrito, aceitemos, na dúvida, que por «D. Luís de Ataíde», em resposta à homenagem de um Simão (Rodrigues?) da Veiga.

Um outro soneto que não pode nem deve continuar num cânone camoniano é o n.º 26 que figura no volume de 1616, não numa versão inferior, mas numa versão estropiada [8]. Faria e Sousa diz que o encontrou mais belo e perfeito em vários manuscritos, e dá-o muito embelezado. Mas não era difícil que o encontrasse, celebrado soneto que foi e atribuído a ou glosado por todo o mundo. Em versão escorreita é belíssimo, e não passará de tradução excelente de um soneto castelhano que corria anónimo quando Camões era criança. Não refaremos aqui a discussão acerca dele, incerto como é e provavelmente de segunda mão [9].

Mais três sonetos, embora não tão clamorosamente, estão em 1616 que serão *incertos:* o 3 (que é também 29), o 25 e o 36. Tratemos primeiro do que já na edição está em duplicado.

Este soneto aparece no índice do P.ᵉ Pedro Ribeiro, em nome de Diogo Bernardes, com o primeiro verso assim: «*Claras e doces águas do Mondego*», mais próximo do da primeira versão de 1616 (o n.º 3) e da leitura de Faria e Sousa, que é «*Doces e claras águas, etc.*», do que da segunda versão (n.º 29). É com o verso da primeira versão que o soneto começa no Cancioneiro Luís Franco, a fl. 120, mas com muitas variantes em relação a esse texto de 1616, e quase no fim de uma série de sonetos que não são de Camões. A fl. 121, sob o título «Sonetos diversos», começa uma longa série, quase toda maciçamente camoniana. Carolina Michaëlis, em nota a Storck (p. 116) diz que «ao duque de Aveiro o atribuía um manuscrito consultado por Faria e Sousa». Este, ao comentar o soneto em causa (que é o 33 da Segunda Centúria, como vimos), parece-nos que nada diz a tal respeito. Será que o diz noutro lugar que nos escapou? O esquema rímico, igual em todas as versões, é *cdc dcd*, menos bernardiniano que camoniano. Que decidir? Pura e simplesmente, como já tem sido feito, que o soneto anda há mais de três séculos nas obras de Camões e, sendo um dos mais belos, continua lá muito bem? Todas as investigações e pesquisas mostram que os poemas de Camões são todos dele até se descobrir que o não serão. E Diogo Bernardes — e talvez que também o misterioso (neste caso) duque — escreveu sonetos admiráveis. Que o soneto se refira ao Mondego, durante muito tempo grande argumento camoniano, nada prova, até porque se acabou reconhecendo que Bernardes não falou só no Lima, mas do Mondego igualmente. As alusões a «terra nova e estranha» ou ao «mar remoto», também já alegadas como correspondendo aos destinos índicos de Camões, resultam de uma grande vontade de o soneto ser de Camões. Porque, na verdade, se o poeta se dirige às águas do Mondego, dizendo «de vós me aparto», qualquer outra terra, mesmo a poucas léguas, seria, para o lembrado da «comprida e pérfida esperança», uma «terra nova e estranha», e «mar remoto», citado a par do vento (velhíssimo tópico), não significará que, entre as águas do Mondego e o poeta, se interpôs a imensidão oceânica, mas muito simplesmente que o mar (por definição ilimitado e imenso) é vasto e a ele lança o poeta as queixas. Camões usa «remoto», nesta exacta acepção, em *Os Lusíadas* (I, 52): «... o mar remoto navegamos»... sem que, nas falas dos portugueses em Moçambique, isso signifique mais que a imensidão da navegação já feita, visto que se referem ao já navegado e que, até ao cabo da Boa Esperança, nada tinha do «ignoto» que rima com «remoto» na mente dos críticos. O facto de o sintagma «mar remoto» ocorrer em *Os Lusíadas* não pode tomar-se como um indício da autoria camoniana do soneto. Toda a adjectivação deste é tópica: «doces águas e claras», «doce repouso», «comprida e pérfida esperança», «longo tempo», «memória longa», «ligeiro pensamento». Por outro lado, a métrica tem hesitações que não parecem flutuações do tipo que Camões pratica, e mais efeitos de ondulação rítmica bernardiniana [10]. Cremos que, com ou sem duque de Aveiro, o soneto não é necessariamente de Camões, apesar da reserva com que o índice de Ribeiro deve ser considerado. No Cancioneiro Luís Franco este soneto é o 30.º do conjunto de 32, que mencionámos. Este conjunto está anotado marginalmente, cada um dos sonetos com uma letra ou nome abreviado. Tais sinais são: Mir, M, Cam, B, C e BM. Mas estas anotações são de um possuidor do manuscrito ou de alguém que o compulsou. Carolina Michaëlis, nas suas *Investigações sobre sonetos, etc.*, ocupou-se destas anotações, apenas mencionando-as, a propósito de um soneto do grupo, que Juromenha extraiu para a sua edição, e que ela encontrara anónimo no Cancioneiro de Paris. E limita-se a computar onze Mir ou M, que lê Miranda, quinze Cam ou C, que lê Camões, quatro B, de que não dá leitura, e dois BM, «poeta para mim desconhecido». Estas leituras são hipotéticas, e não são acompanhadas de verificação das autorias. *Cam* poderá ser Caminha, e é a indicação à margem do soneto de que tratamos agora. De Caminha serão alguns dos sonetos assim marcados. Juromenha tirou para a sua edição todos os que estão assinalados Cam ou C, menos um de que não terá gostado, este que estamos estudando, e um que já viera em Faria e Sousa. Mas este último é um dos atribuídos ao infante D. Luís. Um dos escolhidos será de Francisco Galvão. E autoria camoniana confirmada só um de todos os sonetos a teve, e no Cancioneiro Fernandes Tomás. Parece-nos que o Cancioneiro Luís Franco não ajuda a dirimir a hesitação entre Bernardes e Camões. É o seu esquema de tercetos — *cde dce* — é mais de Bernardes que de Camões.

Cuidemos agora do soneto n.º 25. Mas nada temos a acrescentar ao que, em nota do capítulo IV deste estudo, havia sido oportuno dizer dele. Será uma tradução precária de um original castelhano conhecido, e como tal não importa ao cânone camoniano. Não porque uma tradução não deva figurar nas obras completas de um poeta, mas porque só merece a inclusão, se for boa. Neste caso, nem é boa, nem é certo que seja de Camões[11].

O terceiro soneto incerto é o n.º 36. Tem-no sido sobretudo por ser considerado inferior, ao que parece, e não porque haja outra atribuição conhecida. Vem em nome de Camões, no Cancioneiro de Madrid, como também o soneto que será de Falcão de Resende. Se não concordamos que a pobreza do soneto seja razão para excluí-lo, também não nos parece que a atribuição desse cancioneiro seja razão para que volte ao cânone de onde a edição de 1932 o retirou. No caso de Falcão de Resende, aquele cancioneiro parece falhar. E há razões de forma externa para crermos que, neste caso, também falha, quiçá por simples cópia da edição de 1616. É que tanto este soneto como o n.º 34, que também o Cancioneiro de Madrid dá a Camões, têm um esquema extravagante de rimas dos tercetos. O caso não escapou a Faria e Sousa, ao comen-

tá-los. Ele mesmo chama a atenção para o facto, dizendo
que o esquema é anormal em Camões, e raro, mas foi usado
por Petrarca. Não foi. E não o foi também por nenhum
dos poetas que examinamos. O esquema é *cdc ddc;* e Petrarca
usou *cdd dcc*, como eventualmente Andrade Caminha.
Camões, mesmo aceitando-se no cânone de 1595-98 os
sonetos de esquema anormal dessas edições (e só a de 1598
os propõe), não é dado a tais fantasias de esquema rímico.
Mais natural seria que um Caminha variasse o esquema
petrarquiano que usou. E o carácter devoto dos dois sonetos coaduna-se muito bem com esse aspecto da sua produção
sonetística. De Camões é que nem um nem outro deve
ser. Ambos estão em Luís Franco. O n.º 34 (numa versão
que cremos ter a censura emendado em 1616: «*Desce dos
altos céus deus uno e trino*») está a fl. 44 v.º, entre a sequência
de obras de Camões, que vai ininterrupta, e mais ou menos
insuspeita, até fl. 54 v.º, quando aparece o nome de Jerónimo Corte Real. Mas o grupo de 18 sonetos, que está
aí entre a écloga de Almeno e Agrário, e uma versão da
canção «*Manda-me amor, etc.*», logo seguida por «*Vão as
serenas águas*», contém um ou outro soneto duvidoso. O n.º 36
está a fl. 201 v.º, entre o grupo de sonetos que precede o
Canto I de *Os Lusíadas*, mas a seguir a um extenso grupo
miscelânico de poemas, em que figurará proeminentemente
Diego Hurtado de Mendoza. Mas, nesse grupo, o n.º 38
é precedido pelo suspeitíssimo 33. Parece-nos que Luís
Franco não nos levanta as suspeições que sobre estes sonetos incidem. É de notar ainda, quanto ao n.º 34, que ele é
em perguntas e respostas (nove, rigidamente em um ou
dois versos cada, como os sonetos que examinámos no capítulo sobre a edição de 1598, concluindo que essa rigidez
não era camoniana).

A suspeição que o esquema lança decisivamente sobre
aqueles dois sonetos não podemos lançá-la sobre o n.º 35,
que faz parte do mesmo grupo. O seu esquema é *cdc dcd*.
Não há atribuição a outro que não Camões, embora o
Cancioneiro de Madrid, solícito com os companheiros
de grupo, o omita, como faz o Cancioneiro Luís Franco.
No entanto, a companhia suspeita na edição de 1616 e a
identidade de tom entre os componentes do grupo não
encarecem muito a posição camoniana dele. Caminha
não usou largamente daquele esquema, mas, na verdade,
não usou largamente de nenhum, já que o seu máximo,

nos nove que praticou, é apenas 29%. É uma hipótese tentadora, que deixa o soneto duvidoso, mas — em que nos custe — camoniano.

Temos, seguidamente, quatro sonetos que o P.e Pedro Ribeiro atribui a Diogo Bernardes: os n.os 1, 7, 10 e 27. Nenhum deles está impresso nas obras dele.

Vejamos primeiro o caso do n.º 1. Ele não figura no Cancioneiro Luís Franco, e é conspícua a sua ausência em toda a parte. Contra o P.e Ribeiro, tem só a própria presença em 1616. E não é impossível supormos que, surripiado a Bernardes por Estêvão Lopes, já tivesse ficado de reserva para uma Segunda Parte que levou quase vinte anos a sair, por vicissitudes várias, entre as quais se conta a prisão de Domingos Fernandes. O seu esquema é *cde ced*, que só tem de comum, em Camões, os dois sonetos de 1598 igualmente pertença provável de Diogo Bernardes. Este usou eventualmente o esquema, mas usou. Camões só o usa em sonetos de Bernardes... Não será demasiada coincidência? Cremos que este soneto n.º 1 não deve ser de Camões, e terá de ficar suspenso entre ele e o cantor do Lima.

Não temos idênticas razões de esquema rímico para os outros três que o P.e Ribeiro atribui a Bernardes. O 7 e o 29 têm esquema *cde cde;* é *cde dce* o do n.º 10. Este segundo esquema é três vezes mais bernardiniano que camoniano, mas não é eventual em Camões. Os três sonetos devem, sombreados de suspeita, ficar no cânone estabelecido. Nenhum deles figura no manuscrito de Luís Franco.

Os sonetos n.os 23 e 24 têm sofrido alguns balanços da sorte. Ambos foram omitidos na edição de 1932. O primeiro, que a Terceira Parte de 1668 republicou corrigido (é o 27.º do terceiro grupo de sonetos dessa nova porção de «inéditos»), foi reintegrado por Costa Pimpão, em 1944, com a alegação justa de que não tem autoria disputada. O segundo não o foi, e também Cidade, em 1946, o não salvou, apesar de não ter igualmente autoria duvidosa por dados externos. No entanto, quanto a este n.º 24, Pimpão chamou a atenção *(ed. cit.,* p. xvii) para o facto de não ter «estrutura camoniana, como se vê dos tercetos», só um dos quais transcreve. Com efeito, é difícil aceitar-se como de Camões a pentamembração de que são feitos os versos do último terceto. Já Faria e Sousa, no seu comentário a este soneto (que ele conjectura dedicado a D. João de Castro), havia notado a anomalia, e citava exemplos análogos do italiano Luigi Groto (1541-1585) e de Francisco de Aldana. É certo que aponta também Vergílio, mas a citação daqueles dois nomes, já tardios em relação a Camões, parece que reitera a apocrifia do soneto, visto que a plurimembração vai ser corrente na Época Barroca. Pentamembração eventual, e em verso isolado, ocorre em António Ferreira, e mesmo em Camões [12]. Mas nunca em versos seguidos, construídos paralelamente na correspondência pentamêmbrica, como neste terceto em causa:

> *Mais orna, honra, coroa, aspira, exalta,*
> *Que Atlante, Homero, Orfeu, César, e Alcides,*
> *Esforço, Engenho, Amor, Ventura, e Fama.*

Esta pentamembração tripla não é um fecho ocasional do soneto, como ocasional é a plurimembração que se verifica em contemporâneos de Camões, em versos isolados. Todo o soneto é estruturado em função dela, pela enumeração sucessiva das personalidades citadas no 13.º verso e das qualidades a que correspondem os verbos do 12.º e os substantivos abstractos do 14.º Tudo isto confirma a intuição suspeitosa que Pimpão teve. Por certo o soneto é muito duvidosamente camoniano, e deve ficar no rol dos esquecidos, não, é claro, por ser mau (que é), mas por não ter estrutura que se lhe compare nos sonetos laudatórios de Camões, que sejam canónicos, nem em outros dele.

Examinámos assim catorze sonetos de 1616, que sofreram vicissitudes autorais, ou nos parece que devam sofrê-las. Dos restantes, apenas dois têm autoria confirmada, e no índice de Ribeiro: são os n.ºs 18 e 28, o segundo dos quais figura em Luís Franco num conjunto bastante camoniano, entre um de 1598 e outro de 1595 (ambos confirmados por Ribeiro). Mas sobre todos esses não impenderam dúvidas, e os seus esquemas rímicos de tercetos não são anormais.

Em resumo, a situação da Segunda Parte de 1616 [13] é a seguinte:

Sonetos duvidosos mas camonianos ...   4   (7, 10, 27, 35)
Dados a Camões pela pesquisa (?) $\frac{1}{5}$ (23)
Retirados a Camões pela pesquisa...   4   (11, 33, 34, 36)

Sonetos incertos............................ $\frac{5}{9}$ (1, 3 ou 29, 24, 25, 26)

Isto significa que, verdadeiramente insuspeitos, há, nos 32 sonetos de 1616, *dezoito* (62,5%). Se a este número acrescentarmos os cinco que não temos remédio senão manter em Camões, teremos 23, o que dá uma percentagem de apócrifos de 31%.

Esta percentagem, de apócrifos, nos 43 sonetos acrescentados em 1598 era de 14%, como é fácil de verificar. Em vinte anos a apocrifia duplicou. Mas duplicara também de 1595 para 1598, visto que essa percentagem é 8% em 1595:

1595	8%	(em 64)
1598	14%	(em 43)
1616	31%	(em 32)

Este pequeno quadro é do maior interesse. Por ele vemos que *a apocrifia tende efectivamente a aumentar com o tempo, e que a probabilidade de ela ocorrer é tanto maior quanto menor é a amostragem* [14].

Trabalhando na segunda e na terceira década do século XVII, Faria e Sousa aumentou em 150% os sonetos de 1595-98. Pelo tempo, é natural que a sua percentagem de apócrifos (já que os métodos não foram muito diferentes dos dos outros coleccionadores e editores) seja superior a 50%, e na verdade orçará pelos 60%. Na proporção da amostragem de 1595 deveria ser 20% (já que a sua amostragem é 2,5 vezes superior). Mas, entretanto, haviam decorrido cerca de quarenta anos. De modo que, pelas leis que estamos verificando, proporcionalmente é maior que o dele o descuido de Estêvão Lopes em 1598, pois que, em três anos apenas, deveria ter errado em 4,5%, ou quando muito, na mesma escala que em 1595, já que trabalhava nas mesmas condições.

---

[1] No exemplar que examinámos e mandámos fotografar não é claramente legível o dia do mês.

[2] Na *Bibliografia das Obras Impressas em Portugal no século XVI*, Lisboa, 1926, já citada, a obra é sucintamente descrita sob o n.º 981.

Porque supomos que tal colectânea não foi nunca devidamente estudada (e até parece que há ou tem havido quem suponha que o livro é mais ou menos todo de André Falcão de Resende), ocupemo-nos dela com algum pormenor. O título do volume compilado por Manuel de Campos é: *Relação do solene recebimento que se fez em Lisboa às santas relíquias que se levaram à Igreja de S. Roque da Companhia de Jesus, aos 25 de Janeiro de 1588* — pelo licenciado Manuel de Campos — impresso em Lisboa por António Ribeiro, 1588. O prefácio do compilador é datado de 3 de Junho deste ano, e do mesmo mês (dia ilegível no exemplar que ultimamente compulsámos, o da Newberry Library de Chicago) a licença final para publicação. Do prefácio, do teor do volume, e dos monogramas da Companhia de Jesus, no rosto e na última página, resulta evidente que a obra se destinava a eternizar por escrito uma colossal festa que havia sido, por sua vez, uma vasta promoção de prestígio da Companhia de Jesus. O caso era o seguinte: João de Borja, conde de Ficalho em Portugal, filho de S. Francisco de Borja (geral dos Jesuítas de 1565 até à morte em Roma em 1572, e canonizado em 1671, mas tendo morrido em grande cheiro de santidade), e marido de Francisca de Aragão (a dama a quem Camões dirigiu uma carta de poética galantaria, que remetia três glosas ao mote «*Mas porém a que cuidados*»), coleccionara, quando embaixador de Filipe II no Império germânico, numerosas relíquias dos mais diversos santos, que os protestantes alemães haviam desacatado e «expulsado» das instituições que as abrigavam. E foi decidido que esse êxodo de amostras sortidas se encaminhasse a uma Terra Prometida, onde pudessem descansar em paz e respeito: evidentemente nenhum oásis de segurança maior poderia existir na Europa do que a Igreja de S. Roque, dos Jesuítas, em Lisboa... Assim o aceitou pensar o Cardeal-Arquiduque Alberto de Áustria, regente de Portugal em nome de Filipe II (regeu-o desde o juramento em Lisboa, em Fevereiro de 1583, um dia antes de Filipe II regressar a Espanha — o rei viera para Portugal em Dezembro de 1580 — e até deixar o governo em Agosto de 1593), que pessoalmente oficializou e prestigiou a imensa festa. O que esta foi, com procissão, arcos triunfais com poesias latinas e vernáculas, sermões, etc., e concurso literário, eis o que diversos artigos coligidos no volume largamente e minuciosamente documentam. Poderia mesmo dizer-se que o que se reuniu em Lisboa, na ocasião, foi um congresso internacional de santos, representados por suas relíquias, já que os santos de Portugal ou aportuguesados «vieram» todos a Lisboa, para receber os colegas. No prefácio, Manuel de Campos declara que Sua Alteza mandara fazer o livro, e que os padres de S. Roque coligiram toda a colaboração, deixando a ele (numa modéstia que é também lavar de mãos) apenas «a forma da obra». As descrições das festas e dos doze andores de relíquias exiladas, etc., ocupam mais de metade do volume. Depois, são coligidas as poesias premiadas no concurso e as mais que se receberam, diz Campos, principalmente de Lisboa, e das Universidades de Coimbra e de Évora (estas devem ter contribuído sobretudo com a massa incrível de epigramas latinos e anónimos que constituem parte esmagadora da colaboração poética). O ganhador do prémio de poesia latina foi António de Ataíde, com menção honrosa para Luís Franco (Correia). Os ganhadores em *vulgar* foram o próprio Manuel de Campos (com um madrigal erradamente chamado *canção*), o mesmo António de Ataíde (com um soneto em português), e Diogo Bernardes (com um soneto castelhano, «*El cielo con la tierra concertado*»). Aquele

OS SONETOS DE CAMÕES

António de Ataíde (veja-se Barbosa Machado, e também a ed. Manupella, anteriormente citada, p. 218) é nada menos que pseudónimo de Estêvão Rodrigues de Castro. Após estes textos, a fls. 105, começa o florilégio em que grupos de poemas em vulgar (português, espanhol, italiano) alternam com poesias latinas anónimas (menos a que encerra o volume e é de Manuel de Sousa Coutinho, o futuro Fr. Luís de Sousa). Pode dizer-se que, do ponto de vista da colaboração em vulgar, o florilégio é dominado por Pedro de Andrade Caminha, Manuel de Campos, e André Falcão de Resende, que os três têm cerca de metade das composições não-latinas, 16 das quais são anónimas (num total de 55 poemas). Depois deles há os nomes ilustres de Diogo Bernardes (com quatro sonetos, um português, um italiano, dois castelhanos), Fernão Rodrigues Lobo Soropita (um soneto), Luís Franco (um soneto), Simão Machado (um soneto), seguidos (cada um com um soneto) por desconhecidos como Gaspar Freire, António da Costa, António de Crasto, Paulo da Vide *(sic)* e dois italianos, Virgílio Rosetti e Mauricio Crastini. A estrutura da colectânea, e as referências nas descrições, mostram que, do ponto de vista literário, se a promoção foi dos padres de S. Roque, a realização foi sobretudo de Manuel de Campos e de André Falcão de Resende (autor de vários poemas dos arcos triunfais), com o mais que arranjaram de alguns amigos e apaniguados. O soneto que nos importa vem, em nome de Falcão de Resende, a fls. 136 (e não na fl. 299, como descuidadamente tem sido repetido desde o lapso de Faria e Sousa, ou gralha de impressão da sua obra — aliás o volume tem só 192 folhas...); e, para apreciar-se quanta funda divergência de forma (não dos conceitos estruturais) há entre o texto impresso em 1588 e o que, na *Segunda Parte* de 1616, foi atribuído a Camões, adiante os transcrevemos (modernizando apenas a ortografia):

1588

Ó quanto aprouve, ó quanto contentou
Maria única Fénix virgem pura
Ao fazedor de tudo a tua feitura,
Pois pera si te fez e reservou!

    Em seu conceito eterno te gerou
    Primeiro que a primeira criatura
    Tua incorrupta e perpétua fermosura
    Antes que o tempo em si nos fabricou.

Diviníssima Fénix que voaste
Tão alto em tuas humanas qualidades,
Que toda a criatura atrás deixaste.

    Mãe de Deus, filha, e esposa a ser chegaste,
    E a ter só uma tais três dignidades
    Com que a três em um só tanto agradaste.

1616

Para se namorar do que criou,
Te fez Deus Santa Fénix Virgem pura:
Vede, que tal seria esta feitura,
Que a fez, quem para si só a guardou!

No seu santo conceito te formou
Primeiro, que a primeira criatura:
Para que única fosse a compostura,
Que de tão longo tempo se estudou.

Não sei se direi nisto, quanto baste,
Para exprimir as santas calidades,
Que quis criar em ti, quem tu criaste.

És Filha, Mãe, e Esposa. E se alcançaste
Uma só, três tão altas dignidades,
Foi, porqu'a três, e de um só, tanto agradaste.

Porque o Cancioneiro de Luís Franco dá o texto (com algumas variantes) muito mais próximo do de 1616 que do de 1588, poderia dizer-se que os sonetos não são o mesmo em duas versões paralelas, mas dois sonetos *ao mesmo tema pelos mesmos consoantes*. Nada indica, na secção do volume sobre as relíquias em que o soneto de Falcão de Resende aparece (um longo florilégio de poemas a Cristo, a Nossa Senhora, a vários santos, sem conexão directa com as relíquias, e nitidamente inserido para ampliar a quantidade de poesia devota em línguas vernáculas), que o soneto não tenha sido escrito, nessas condições por, mais de um autor, muitos anos antes: Falcão de Resende (cujo soneto, com algumas imperfeições, é muito melhor), e quiçá Camões, a quem o soneto é, em versão próxima da de 1616, atribuído no Cancioneiro da Academia de História de Madrid. Quanto ao livro sobre as relíquias, cuidaremos dele, numa série de estudos especiais sobre cancioneiros e florilégios camonianos. Mas, do ponto de vista da análise dos esquemas rímicos, que é o do presente volume nosso, é interessante notar que, dos 55 poemas em vulgar inseridos no livro, 39 são sonetos (70%), o que mostra, como, ao fim do século XVI, o soneto era a forma por excelência da celebração devota (como se pode observar também, no Cancioneiro dito de D. Maria Henriques) em poesia lírica. 49% desses sonetos são de esquema *cde cde*. Um quadro geral é o seguinte:

Esquemas	Número	Percentagem
cde cde	19	49
cde dce	7	18
cdc dcd	6	15,5
cdc ede	3	7,5
cdc cdc	2	5
cde ced	1	2,5
cde edc	1	2,5
	39	100

Comparando este quadro com o geral para os vários poetas especialmente estudados, que se apresentou no cap. XIV, verifica-se que os três primeiros esquemas, mais o quinto, são canonicamente

OS SONETOS DE CAMÕES

camonianos, e que, apenas com a diferença de ordem entre o 2.º e o 3.º, correspondem ao uso que Camões fez deles. O 4.º esquema *(cdc ede)*, que aparece em só 3 sonetos, todos anónimos, vimo-lo usado por Bembo e por Caminha. É possível que, anónimos, estes sonetos pertençam a Manuel de Campos (que publica dois deles após um seu). Os dois últimos e eventualíssimos esquemas do conjunto vimos que, em tempo de Camões, eram usados por António Ferreira, Andrade Caminha e Bernardes — e precisamente o soneto deste florilégio, com esquema *cde ced*, é de Caminha. O de esquema *cde edc* é de Gaspar Freire. De Manuel de Campos, o pouco que se sabe é Barbosa Machado quem o diz: natural de Lisboa, licenciado em Coimbra, capelão de Fernão Martins Mascarenhas quando bispo do Algarve, e cónego desta Sé. Barbosa Machado, com saborosa malícia, caracteriza este autor e a *Relação* que ele organizou, dizendo que a escreveu «por ser muito afecto aos jesuítas». Não só. Porque se virmos a Universidade de Coimbra a desfazer-se em poemas celebrando as relíquias, é bom saber-se que o reitor dela em 1588 era aquele mesmo Fernão Martins Mascarenhas, que o vinha sendo desde 1586, e que, em 1594, ascendeu a bispo do Algarve, levando como capelão para Faro o Manuel de Campos, que se teria licenciado sob a sua égide. O Mascarenhas, em 1616, ascendeu ao poderosíssimo cargo de inquisidor-geral (e veio a morrer com oitenta anos em 1628 — cf. *História Genealógica da Casa Real Portuguesa*, ed. mod., tomo xii — parte i, p. 230). De modo que o Campos, sobre não ser poeta de mérito, sabia singrar prebendado entre a Inquisição, os jesuítas e o governo constituído, já que o Mascarenhas era também membro do Conselho de Estado.

[3] É lapso de C. de Carvalho a pp. 66-67 do seu estudo, pois que ele mesmo trata da questão, noutros termos, a pp. 60-62.

[4] O volume de António Lourenço Caminha, como outras publicações que ele fez, está requerendo cuidadosa revisão à luz dos vários manuscritos que se conhecem. Caótico e descuidado, não menos possui textos autênticos de poetas que podem ser outros. O soneto em questão figura a p. 96 do tomo i, único publicado.

[5] Por exemplo, na *Revista da Sociedade de Instrução do Porto*, vol. ii, porque, em *ZRPh*, vol. 5, 1881, não exclui expressamente a possibilidade de autoria de Galvão.

[6] No Cancioneiro de Luís Franco, depois de uma excelente *Glosa de «Recuerde el alma dormida» sobre la India de Portugal*, em castelhano, vem uma versão de 92 (98), o 102 (98), uma versão de 99 (98), este dado como recíproco de 53 (95), que vem a seguir. Está então o soneto em causa, mas como «soneto a Nossa Senhora», e não à «Conceição da Virgem». Segue-se o soneto à Paixão (e Luís Franco confirma que ele é «dialogismo»...), e depois o soneto à sepultura de D. João III — 55 (95) — e o 88 (98), com indicação de ser à sepultura de D. Henrique de Meneses, governador da Índia.

[7] O cômputo estatístico, diga-se de passagem, dos sonetos publicados de André Falcão de Resende não beneficia este. Na malograda e descuidada edição coimbrã das suas «poesias», que ficou em 480 páginas impressas, lá pelos idos de 1881, há 73 sonetos, só um dos quais, se, como parece, é vítima de erros de cópia (como com outro esquema acontece), terá esquema *cdc cdc*. Embora Falcão de Resende esteja fora

do âmbito do nosso estudo, o seu envolvimento nas questões da autoria camoniana torna interessante o seu quadro de esquemas, que é o seguinte:

Esquemas	Número	Percentagem
cdc dcd	36	49
cde cde	31	42
cde dce	3	4,5
cde ced	1	1,5
cde edc	1	1,5
cdc cdc	1	1,5
	73	100

Note-se que os dois primeiros esquemas constituem 91% do conjunto, e que os três últimos — entre os quais se conta o possivelmente idêntico ao do controvertido soneto camoniano — são perfeitamente eventuais. E, para uma colocação epocal pós-camoniana deste poeta, observe-se a analogia de principais preferências e suas percentagens, com o que se passa, como vimos em nota ao capítulo IV, com Fr. Agostinho da Cruz. Todavia, nem um nem outro dos dois poetas obedece às preferências camonianas.

Mais camoniana seria a *Sílvia de Lisardo*, atribuída a Fr. Bernardo de Brito, em que os 44 sonetos que contém são 79,5% de *cde cde*, e o resto *cdc dcd*. Ou a *Lusitânia Transformada*, de Fernão Álvares do Oriente, em que 65% dos 23 sonetos inseridos são *cde cde*, seguidos de só mais dois esquemas *(cde dce* — 26%; *cdc dcd* — 9%), camonianos os três.

[8] Não sabemos onde Hernâni Cidade viu que nesta Segunda Parte de 1616 vem, deste soneto, «uma variante em outros tercetos» (pp. 345-46 da *ed. cit.*, Lisboa, 1946).

[9] Acrescente-se uma curiosa circunstância: este soneto não figura, como aliás sucede também com o n.º 31, no índice da própria edição de 1616. No Cancioneiro de Évora está anónimo (como quase tudo), a fl. 30 v.º, e em castelhano. Nas obras de Perestrelo e de Francisco Galvão, coligidas por A. Lourenço Caminha, vem atribuído àquele primeiro (p. 85 do tomo I).

[10] Se cotejarmos o texto do n.º 29 com o do n.º 3, verificaremos que sete dos versos são exactamente comuns. Os outros sete apresentam variantes, a maioria delas mínimas e que não chegam, a não ser no 1.º verso, a alterar o sistema de acentuações. Consideraremos, portanto, para análise rítmica mais profunda, apenas o texto do n.º 3 e o 1.º verso do n.º 29. Adiante se apresenta o texto, com a correspondente transcrição rítmica:

> *Doces águas, e claras do Mondego,*
> *Doce repouso de minha lembrança,*
> *Onde a comprida, e pérfida esperança,*

OS SONETOS DE CAMÕES

Longo tempo, após si me trouxe cego.
De vós me aparto, mas porém não nego,
Que inda a memória longa, que me alcança,
Me não deixa de vós fazer mudança,
Mas quanto mais me alongo mais me achego.
Bem pudera fortuna este instrumento
D'alma, levar por terra nova, e estranha,
Oferecida ao mar remoto, e vento.
Mas alma, que de cá vos acompanha,
Nas asas do ligeiro pensamento,
Para vós, águas voa, e em vós se banha.

Nesta transcrição apenas actualizamos a ortografia sem alterá-la quando contém indicação de leitura (é o caso de «D'alma» que, na edição de 1616, está escrito «Dalma»); e respeitamos integralmente a pontuação, visto que pode haver conexão entre ela e a leitura ritmicamente correcta do texto, tal como ele se nos propõe.

Se apenas nos ativéssemos a uma classificação dos versos em heróicos e sáficos, teríamos:

1.º verso: heróico, com acento secundário na 3.ª sílaba.
2.º verso: de arte maior (1-4-7-10).
3.º verso: heróico, com acentos secundários nas 1.ª e 4.ª sílabas.
4.º verso: heróico, com acentos secundários nas 3.ª e 8.ª sílabas.
5.º verso: sáfico, com acento secundário na 2.ª sílaba.
6.º verso: heróico, com acento secundário nas 1.ª e 4.ª sílabas.
7.º verso: heróico, com acentos secundários nas 3.ª e 8.ª sílabas.
8.º verso: simultaneamente heróico e sáfico, e com ainda um acento na 2.ª sílaba.
9.º verso: heróico, com acento secundário na 3.ª sílaba.
10.º verso: simultaneamente heróico e sáfico, e com ainda um acento na 1.ª sílaba.
11.º verso: simultaneamente heróico e sáfico.
12.º verso: heróico, com acento secundário na 2.ª sílaba.
13.º verso: heróico, com acento secundário na 2.ª sílaba.
14.º verso: simultaneamente heróico e sáfico, e com ainda um acento na 3.ª sílaba.

1.º verso de n.º 29: heróico, com acentos secundários nas 2.ª e 4.ª sílabas.

Se, porém, transcrevermos ritmicamente esta confusão de acentos, segundo os princípios que propusemos e experimentámos em *A Sextina e a Sextina de Bernardim Ribeiro*, já citado, e em *Uma Canção de Camões*, teremos:

```
1:   — —/  — —/  —(—)  —/
2:   /—   —/   — —/   —/
3:   /—   —/   —/   —(—)  —/
4:   — —/  — —/  —/   —/
5:   —/   —/   —(—)  —/
6:   /—   —/   —/   —(—)  —/
7:   — —/  — —/  —/   —/
8:   —/   —/   —/   —/
9:   — —/  — —/  —(—)  —/
10:  /—   —/   —/   —/   —/
11:  —(—)  —/   —/   —/   —/
```

193

```
12:     —/  —(—)  —/  —(—)  —/
13:     —/  —/  —/  —/  —/
14:     —  —/  (/)—/  —/  —/
1(29):  —/  —/  —/  —/  —/
```

Sem subtilizarmos excessivamente, poderemos classificar quatro tipos de verso:

Tipo *A:* 2 anapestos e 2 jambos ...... vs 1, 4, 7, 9, 14 5
Tipo *B:* troqueu-jambo, 2 anapestos... vs 2 1
Tipo *C:* troqueu, 4 jambos .... vs 3, 6 10 3
Tipo *D:* 5 jambos (pentâmetro jâmbico) vs 5, 8, 11, 12, 13, 1 (29) 5

Em análise rítmica que fizemos do soneto «*Alma minha gentil*...» que é indubitavelmente autêntico (e de que são para este efeito insignificantes as pequenas variantes que dele se conhecem), o resultado final é o seguinte (se, para fins de analogia, reduzirmos, no mesmo grau de agora, a subtilização analítica):

```
Tipo A ..............................................  2
Tipo D ..............................................  8
c, a, 2j ............................................  3
3j, t, j ............................................  1
                                                     ──
                                                     14
```

É óbvio que, por haver intrínseca identidade, num grande poeta, entre o movimento rítmico e o sentido, as proporções e os tipos não teriam de ser equivalentes em dois sonetos de diferente espírito semântico. Mas é de notar que são 10 os versos que, nos dois textos, e embora em proporções diversas, têm correspondência. Apontar-nos-á isto para uma autoria camoniana do soneto n.º 3 de 1616 (que na versão n.º 29 tem mesmo mais um verso de tipo D)? É o que vamos observar com uma amostragem mais ampla de decassílabos por nós estudados rìtmico-semanticamente: os da canção «*Manda-me amor*...».

Usamos o texto de 1595 da canção. As estrofes dela são seis, não contando o *commiato*, e formadas por 12 versos decassílabos e 3 de seis sílabas. Temos pois uma amostragem de 72 versos semelhantes aos do soneto que estamos investigando. Num quadro resumido, o tipo de versos da canção é:

Tipos	_	_	Estrofes	_	_	_	Soma
	1	2	3	4	5	6	
2d, 2j	1	—	—	—	—	—	1
2a, 2j	3	3	3	4	3	3	19
5j	5	7	7	5	8	8	40
1t, 4j	2	1	1	3	1	1	9
3j, 1t, 1j	1	1	—	—	—	—	2
1a, 3j	—	—	1	—	—	—	1
	12	12	12	12	12	12	72

OS SONETOS DE CAMÕES

A título de curiosidade, porque não vem inteiramente a propósito neste nosso estudo, note-se que, em cada estrofe (embora a ordem de distribuição não seja idêntica), Camões mantém o nível de cada um dos tipos de verso (o que é, a muitos respeitos, uma característica dele, ao que verificámos).

Há três tipos de verso em comum com o soneto suspeito e com o soneto «*Alma minha gentil*...»:

	Suspeito	«*Alma, etc.*»
Tipo A	19	19
Tipo C	9	—
Tipo D	40	40
3j, 1t, 4j	—	2
Somas	68	61

O nível de identidade rítmica é semelhante, em valor absoluto, para os dois sonetos em relação à canção. Mas sê-lo-á nas proporções?

A razão A/D (tipos comuns às três composições) é, nelas, a seguinte:

Canção: 19/40.................................... 0,47
«*Alma*» 2/8 0,25
Suspeito: 5/5 1,00

À primeira vista, poderá parecer que a proporção existente entre o valor do soneto «*Alma minha*» e o da canção é a mesma que entre o desta e o do soneto suspeito. Mas, na verdade, é a amostragem que importa para comparação; e, em amostragem, nós temos 86 versos de Camões, a 72 dos quais corresponde o valor 0,47, correspondendo 0,25 aos outros 14. A média ponderada dos dois valores é 0,43 — menos de metade do que se observa no soneto suspeito.

Claro que, para podermos ser mais conclusivos, necessária seria uma aferição em face de amostragens exaustivas da produção camoniana indubitável (feita aliás depois de rigorosamente estabelecidos os textos por critérios idênticos, e de igual grau de respeito pelas lições primeiras, mesmo com os seus passos duvidosos — o que está longe de existir, apesar de trabalhos extremamente meritórios como o inventário de Santos Mota, para *Os Lusíadas*, em *Biblos*, 1928 e segs., ou «Algumas reflexões sobre a métrica», de Gonçalves Guimarães, em apêndice à sua edição diplomática da epopeia, Coimbra, 1919, ou o artigo de Rebelo Gonçalves, «Métrica de *Os Lusíadas*», na *Miscelânea de Estudos em Honra do Prof. Hernâni Cidade*, Lisboa, 1957). Mas parece que, no ponto em que esta nossa análise do soneto suspeito se detém, a investigação não favorece a sua autoria camoniana.

Foi propositadamente que, ao tratar dos versos, não falámos em decassílabos provençais, ibéricos ou italianos. Para uma investigação rigorosa, quanto possível em nível rítmico-semântico (e em que os sintagmas nos ajudam a intuir a leitura rítmica mais adequada), a preocupação com métricas mecânicas e «exteriores» ao texto (não queremos dizer «externas» *do* texto, mas «exteriores» a ele) só poderá prejudicar-nos uma análise mais profunda.

[11] É de notar que Faria e Sousa, no seu comentário a este soneto, pusera em relevo os jogos verbais que o estruturam, lembrando, a propósito, o italiano Groto, poeta epocalmente posterior a Camões. Acerca de Groto, fizemos alguns comentários no nosso livro *Uma Canção de Camões*, concluindo pela quase impossibilidade de Camões o ter conhecido, a menos que em publicação antológica, ou por cópia manuscrita, e mesmo assim já no fim da vida. Se analogia há entre Groto e Camões, ela provirá de fonte comum que desconhecemos.

[12] Cf. José Ares Montes, *Góngora y la poesia portuguesa del siglo XVII*, Madrid, 1956, que os cita, e diz: «La obra de Camoens no añade nada nuevo a los ejemplos citados; continua la moderación en el uso de los plurimembres», depois de ter apontado exemplos de Miranda e Ferreira (este com uma heptamembração). Tetramembrado é o 1.º verso do soneto 102 de 1598, que não nos parece de Camões. Pentamêmbrico é o penúltimo verso do Canto IV de *Os Lusíadas*.

[13] Note-se como os sonetos suspeitos de certo modo formam grupos de contiguidade, o que não abona muito em relação a alguns dos que tivemos de salvar do limbo. Na verdade, assim é. Eis a sequência:

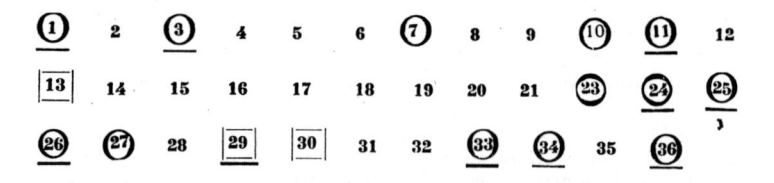

Ⓛ 2 Ⓛ 4 5 6 Ⓛ 8 9 Ⓛ Ⓛ 12

|13| 14 15 16 17 18 19 20 21 Ⓛ Ⓛ Ⓛ

Ⓛ Ⓛ 28 |29| |30| 31 32 Ⓛ Ⓛ 35 Ⓛ

Os sonetos dentro de um quadrado são os repetidos, com variantes, sendo o 13 e o 30, respectivamente, o 6 e o 99 de 1598, e o 29 o n.º 3 desta mesma lista. O número cortado (22) não existe: é o salto de numeração, já apontado. Dentro de um círculo estão os sonetos duvidosos, independentemente, pela pesquisa, termos aceitado, ou não, alguns como de Camões. De todos os sonetos «inéditos» desta edição, o índice de Pedro Ribeiro confirma apenas três: o 18 e o 28, que não tivemos dúvidas que os marcassem, e o 33, que a pesquisa não permite que se considere senão de *autor incerto*. Basta olhar-se a sequência, tal como vai assinalada em suas peculiaridades, para ver-se que *a série, depois do 22 em falta, é toda maciçamente suspeita*. Sublinhados estão os sonetos que a nossa investigação não permite que se considerem como de Camões. Mas esta investigação e o conjunto observado como o observámos não ilibam completamente os 23, 27 e 35, que fomos levados a aceitar, do mesmo passo que parecem prejudicar o 28, o 31 e o 32 desta edição, bem como o 30, que é o 99 de 1598, os quais, por outras razões, não seriam suspeitos. Destes quatro, só o 28 e o repetido de 1598 figuram em Luís Franco. Mas como? O 28 está a fl. 131, entre um soneto autêntico de 1598 e outro, nas mesmas condições, de 1595. O repetido de 1598, que figura numa zona suspeita dessa edição, faz parte do grupo de

OS SONETOS DE CAMÕES

sonetos de Camões (?) entalados, em Luís Franco, entre poemas de
D. Manuel de Portugal e o Canto I de *Os Lusíadas*. Se o 28 é mesmo de
Camões, ele surgiu por acaso a Domingos Fernandes, entre uma massa
de sonetos duvidosamente dele.

[14] É o que é estritamente confirmado pelas três edições, se examinadas não apenas na proporção de sonetos suspeitos ou alheios, mas no total dos seus «inéditos» nessas condições, segundo é fácil de observar no quadro seguinte:

Edições	Espécies	Totais	Número de poemas suspeitos ou alheios	Percentagem de suspeitos ou alheios
1595	Sonetos	64	8	10
	Canções	10	—	
	Sextina	1	—	
	Odes	5	—	
	Elegias	4	—	
	Oitavas	3	—	
	Éclogas	8	—	
	Redondilhas	82	10	
		177	18	
1598 (composições novas em relação a 1595)	Sonetos	43	13	20
	Odes	5	—	
	Elegias	11	—	
	Redondilhas	17	—	
		66	13	
1616	Sonetos	32	14	35
	Canções	2	1	
	Odes	2	—	
	Elegias	3	2	
	Oitavas	1	1	
	Redondilhas	17	2	
		57	20	

Por este quadro se vê que a percentagem de apocrifia geral (para o cálculo da qual não entramos com os numerosos sonetos que são suspeitos por razões de localização nas edições, por exemplo), em cada uma das três edições (e a de 1598 teria um grau mais elevado, se contássemos não apenas os acréscimos em relação a 1595, mas também os apócrifos *que ficaram* desta edição), acompanha a que verificámos para os sonetos tomados de per si.

XVI
O SONETO
DE 1663

XVI

O SONETO

DE 1665

GUIADOS provavelmente por um lapso de Carolina Michaëlis (em *ZRPh*, vol. 5, 1881, p. 108), muitos estudiosos têm dito que na edição de 1666, revista por João Franco Barreto, apareceu um soneto «inédito» de Camões. Outros sabem que não é assim, porque o soneto já viera na edição de 1663, organizada por António Crasbeeck de Melo, seu impressor. Uma e outra eram só da Primeira e da Segunda Partes. A Terceira Parte, com rosto próprio e impressão separada, organizada por Álvares da Cunha, e publicada em 1668, é que anda junta (o editor era o mesmo); e estudiosos terão sido induzidos em erro pelo frontispício da edição de 1666, que anuncia: «Primeira, Segunda e Terceira Parte (das *Rimas*), nesta nova impressão emendadas e acrescentadas pelo licenciado João Franco Barreto». Isto não se repete no frontispício da Terceira Parte de de 1668, e o soneto que é o único acrescento às duas partes já anteriormente em impressão estava na edição de 1663, onde figura a p. 54, com o n.º 106 (e, portanto, acrescentado aos 105 que corriam desde 1598).

Faria e Sousa, que morreu em 1649, não conheceu estas edições, e não parece que tenha encontrado o soneto nos papéis que compulsou. Álvares da Cunha repetiu-o, na sua Terceira Parte, dando-lhe o n.º 44 dos primeiros 45 sonetos que constituem a sua colecção [1]. Deste volume de 1668 é que declaradamente Juromenha o retirou. A edição de 1932, estritamente sugestionada por Faria e Sousa (que, defunto à data de publicação de um soneto que não conheceu, é alheio ao caso), esqueceu-o. A edição de Costa Pimpão restaurou-o no cânone, dando-o como originário da edição de 1663.

Este soneto, de esquema rímico de tercetos *cde cde*, será de Camões. O índice do P.e Ribeiro, que o não inclui em Camões, inclui em Bernardes este primeiro verso: «*Doces lembranças minhas do passado*», que Carolina Michaëlis identifica com um 1.º verso de 1668. Mas neste volume, como em Faria e Sousa, há apenas de semelhante o 1.º verso do soneto que começa «*Lembranças, que lembrais meu bem passado*», que é outro e está, em Álvares da Cunha, antes do soneto que nos interessa agora. Parece-nos que se trata de confusão entre dois sonetos diferentes, ambos atribuídos a Camões; e só confundidos os 1.ºs versos é que teremos analogia exacta com o soneto dado a Bernardes por Ribeiro. Em nenhuma forma semelhante há um 1.º verso nos sonetos impressos de Bernardes. Faria e Sousa inseriu, na sua incompleta Terceira Centúria, e indicando que o viu em nome de Martim de Crasto, um soneto que começa «*Lembranças de meu bem, doces lembranças*», que figura no Cancioneiro Fernandes Tomás em nome de Estêvão Rodrigues de Castro, e que será de autor incerto. Mas Carolina Michaëlis, que se ocupa deste soneto, no estudo sobre aquele cancioneiro e nas *Investigações* não comenta (nem publica o texto) um soneto que o Cancioneiro Fernandes Tomás atribui a Estêvão Rodrigues de Castro, e que começa «*Doce despojo do meu bem passado*». Este 1.º verso é, de todos, o mais semelhante ao da edição de 1663 (e de 1668): «*Doce contentamento já passado*». Na falta do texto do Cancioneiro Fernandes Tomás, estranhamente inacessível aos estudiosos, não podemos pronunciar-nos [2]. Mas Teófilo Braga [3], anotando um confuso índice deste Cancioneiro, diz que o soneto de Rodrigues de Castro foi atribuído a Camões na edição de 1668, quando tal verso não existe nesta edição, e ele mesmo sabia que o soneto confundível já saíra pelo menos em 1666 (que é a edição em que o dá como aparecido). Não sabemos se a aceitação recente do soneto resulta de conferência com o texto atribuído a Rodrigues de Castro, eliminando a dúvida, ou se é apenas efeito de Carolina Michaëlis se não ter ocupado mais do caso, porque os organizadores de edições têm sido muito discretos neste ponto [4]. No Cancioneiro Luís Franco parece-nos que o soneto não figura. Rodrigues e Vieira, ao omiti-lo, não faziam comentário algum: era um puro desvanecer-se o poema. Queremos crer que a restauração autoral deste belo soneto se deverá a razões concretas de crítica textual. E, provisoriamente, aceitamo-lo como de Camões.

OS SONETOS DE CAMÕES

¹ Álvares da Cunha, no seu volume de 1668, reúne, no princípio, estes 45 sonetos de que falámos. E, no fim, depois de outras espécies poéticas, tem oito sonetos não numerados, após os quais está impressa a palavra «FINIS». Depois de tudo isto, estão, e novamente numerados de 1 em diante, mais 43 sonetos. Não se diga que isto é uma beleza de arrumação e cuidado. Já o *Dicionário Bibliográfico* (tomo XIV, p. 77) notara e descrevera estas incongruências, chamando a atenção para o facto de as 22 páginas em que figuram aqueles últimos 43 sonetos não estarem numeradas, quando o volume as tem numeradas até aí (108 páginas). Costa Pimpão retomou a questão, a partir de Inocêncio, no seu já citado estudo da *Brotéria*, para fazer o processo das coincidências entre Álvares da Cunha e Faria e Sousa. Mas isto mesmo, quer-nos parecer, o desviou de um estudo total da edição Cunha, e de analisar a outra incongruência que é o 2.º grupo (não numerado) de sonetos. A discussão da Terceira Parte sai, todavia, do âmbito do nosso estudo.

² A ed. Manupella inclui-o nas obras de Rodrigues de Castro, extraindo-o do Cancioneiro Fernandes Tomás, embora nos pareça que o soneto é *incerto* de autoria, já que Faria e Sousa, ao incluí-lo na sua edição como de Camões, não tinha qualquer interesse, senão o da honestidade, em dizer que o vira em nome de Martim de Castro.

³ Em *Camões e o Sentimento Nacional*, Porto, 1891, trinta anos antes da publicação em volume do estudo de Carolina Michaëlis sobre aquele Cancioneiro.

⁴ Queremos referir-nos às edições de Pimpão (1944), Cidade (1946), Salgado Júnior (1963). Parece que Carvalho, art. cit., também se não ocupa da questão.

XVII
AS AQUISIÇÕES
DE 1616 E 1663

Havíamos feito um quadro provisório dos sonetos «autênticos» de 1616, na base da mera exclusão pelo esquema rímico dos tercetos. Podemos agora refazê-lo segundo as investigações realizadas, para depois o cotejarmos com o cânone de 1595-98. Efectuado esse cotejo, reuniremos num único quadro de percentagens esse cânone e as aquisições de 1616 e de 1663.

O resumo da situação dos acrescentos de 1616, que não temos motivos para recusar, ou que temos de tolerar por falta de elementos definidos, é:

Esquemas	Número	Percentagem
cde cde	10	43,5
cde dce	7	30,5
cdc dcd	5	22
cdc cdc	1	4
	23	100

As percentagens não são muito favoráveis em relação ao cânone, comparadas com as do quadro provisório, porque as dúvidas de autoria incidiam em alguns sonetos de esquema canónico. Vejamos o que se passa integrando estes 23 sonetos, mais o de 1663, num cômputo geral:

Esquemas	1595	1598	1616	1663	Total	Percentagem do total
cde cde	37	15	10	1	63	53
cdc dcd	11	17	5	—	33	28
cde dce	7	2	7	—	16	13
cdc cdc	3	3	1	—	7	6
	58	37	23	1	119	100

Façamos também a comparação das percentagens nos diversos grupos:

Esquemas	1595	1598	1616	Percentagem do total
cde cde	64	41	43,5	53
cdc dcd	19	46	22	28
cde dce	12	5	35,5	13
cdc cdc	5	8	4	6

Estabeleçamos um quadro das percentagens cumulativas, isto é, das percentagens de 1595, das de 1595-98 e das que resultam do acrescento proveniente de 1616 com o soneto de 1663:

Esquemas	1595	1595-98	Cânone mais 1616-63
cde cde	64	55	53
cdc dcd	19	29	28
cde dce	12	10	13
cdc cdc	5	6	6

Observemos agora estes três sucessivos quadros.

O primeiro mostra-nos que, reportando-nos aos sonetos que consideramos autênticos (ou aceitáveis), o número de sonetos duplicou desde a primeira edição das *Rimas* até 1663, às vésperas de aparecer a edição Álvares da Cunha. Esta duplicação foi sendo feita à custa de aquisições cada vez mais reduzidas: na verdade, no total de 119, à edição

OS SONETOS DE CAMÕES

de 1595 cabem 49 % dos sonetos, aos acrescentos de 1598 cabem 31 %, e à Segunda Parte de 1616 cabem 19%. Que as proporções entre os esquemas variaram é o que nos evidencia o segundo dos quadros. Os acrescentos de 1598 trouxeram um peso de esquema *cdc dcd* sem correspondência em 1595, e o mesmo sucedeu, em 1616, com o esquema *cde dce*. Isto faz mesmo crer em predilecções de esquema nos cancioneiros compulsados pelos organizadores, quando não terá sido uma fixação predileccional deles o que também participou das selecções feitas. É curioso, no entanto, reparar em que as *percentagens totais são, de todas, as mais relativamente próximas das de 1595*.

Para vermos a que ponto assim é, façamos um quadro das diferenças absolutas para 1595.

	1598	1616	Total
	23	25,5	11
	27	3	9
	7	17,5	1
	3	1	1
Médias	15	12	5,5

As médias das diferenças absolutas entre as percentagens de 1595 e as das edições de 1598 e de 1616, e o total, mostram que: apesar de tudo, *quem está mais afastada de 1595 é a edição acrescentada de 1598*, o que concorda com as observações objectivas que deduzimos da disseminação de apócrifos; a parte devida a 1616 (incluindo nela o soneto de 1663) é que se aproxima, mais que a edição de 1598, da de 1595, com todas as suspeições que Domingos Fernandes nos mereça; e o total dos sonetos que consideramos autênticos, até 1663 inclusive, se não consegue refazer a proporção inicial (em 1595) dos dois primeiros esquemas rímicos, é todavia, dos conjuntos cumulativos, o globalmente mais próximo do cânone que primeiro foi organizado com os sonetos «autênticos» de 1595.

Isto, de certo modo, aponta para o carácter canónico deste conjunto, salvo algumas hesitações marginais, organizável com os sonetos publicados ainda no século XVI e nos princípios do século XVII, antes de surgirem as complicações autorais (e de lição) de Álvares da Cunha e Faria e Sousa. É o que nitidamente fica correlativamente patenteado pelas percentagens cumulativas apresentadas no terceiro dos quadros atrás inscritos.

Portanto, para investigação dos acrescentos de editores ulteriores a estes cânones cumulativos e globais, parece que tais cânones constituirão base objectiva para comparações grupais e para avaliação de sonetos duvidosos, independentemente do auxílio decisivo que lhes é trazido pela evolução do soneto quinhentista, que deixámos estabelecida.

XVIII
CÔMPUTO GERAL E COMPARATIVO DOS SONETOS (ATÉ 1663) CONSIDERADOS DE CAMÕES

A edição de 1595 publicava 65 sonetos, dois dos quais declaradamente não de Camões. Mantivemos dela 58. A reimpressão de 1598 acrescentava 43, dos quais mantivemos 37. A Segunda Parte de 1616 publicava, como de Camões, mais 32, dos quais conservámos 23. E aceitámos o soneto trazido pela edição de 1663. Temos, portanto (e contando aqueles dois declarados não de Camões, logo na própria edição de 1595, porque persistiram nas edições):

1595.....................	65...................	58...................	11%
1598.....................	43...................	37...................	14%
1616.....................	32...................	23...................	28%
1663.....................	1...................	1	
	141	119	16%

Isto corresponde, como se vê, a uma redução de 16 % da totalidade proposta como de Camões até cerca de oitenta anos após a sua morte, e desde uns quinze que ele morrera, sendo a percentagem de redução, por edição, os valores indicados na última coluna.

Vejamos, independentemente das incoincidências de alguns sonetos, como reagiram os organizadores de edições, neste século, a estes sonetos todos:

Rodrigues e Lopes Vieira	(1932)............	123
Costa Pimpão.................	(1944)............	128
Hernâni Cidade	(1946)............	127 (mais um que lhe escapara por lapso na primeira impressão).
Salgado Júnior................	(1963)............	130

Pode parecer à primeira vista que a exigência crítica foi maior em José Maria Rodrigues e Afonso Lopes Vieira do que nos imediatos seguidores. Não é essa porém a verdade. Eles suprimiram, por razões desconhecidas, ou por acharem de pouco interesse, este ou aquele soneto, e não por ponderação das razões que fizeram os seguidores reintegrar alguns. O último dos editores também não voltou a meditar as questões de autoria. Como ele próprio afirma, limitou-se a incorporar aquilo que os seus antecessores (aqueles e mais o Agostinho de Campos que antologizara Camões — os sonetos em 1927 — antes da edição Rodrigues-Vieira, e que terá sido o primeiro «editor» a levar em conta as pesquisas expurgatórias) alguma vez consideraram de Camões, ou, por diversas razões, não deixaram de inserir. É por este critério (se se pode chamar assim ao somatório de critérios diversos) que ele apenas reduz de 8 % a totalidade dos sonetos propostos até 1663.

A nossa exigência crítica, vindo após eles todos, terá sido um pouco maior. Para tal, coordenámos coerentemente os elementos da erudição, utilizámos outros cuja divulgação é ulterior à edição de Pimpão, revimo-los todos à luz dos textos como originalmente impressos (levando em conta a própria organização interna das edições e dos cancioneiros manuscritos) e aplicámos uma técnica pessoal de pesquisa formal e estatística, que permite maior precisão e objectividade das observações. Foi assim que repudiámos tudo aquilo que, de boa e científica mente, não pode, em verdade, continuar a ser dado como de Camões. E cremos que, a este respeito, deveríamos até ter sido mais drásticos, repudiando também aqueles sonetos que, suspeitos, tiveram alguma defesa.

No quadro geral dos poetas, havíamos colocado as percentagens *camonianas* de 1595-98, considerando, para comparação, a inclusão dos apócrifos por esquema rímico. Vejamos como fica a situação de Camões, se, nesse quadro, as perçentagens forem as do conjunto que, até 1663, deduzimos canónico. As alterações percentuais são mínimas de 1595-98 para 1663, como já vimos. De modo que tudo o que então havíamos dito permanece válido, no confronto com os restantes poetas, e reitera, em perfeita reciprocidade, as exclusões que fizemos, baseados nos dados da erudição e na análise da forma externa e (quando necessário) da forma interna dos sonetos.

O conjunto canónico que estabelecemos, e objectivamente caracterizámos na sua evolução, constitui, ao que supomos, uma base concreta para a aferição das edições

OS SONETOS DE CAMÕES

ulteriores a 1663, em que os entusiasmos e as dedicações culminaram numa confusão incrível que exige exame sereno, a partir de um cânone fixado, e não por exames compartimentados e apaixonados das aportações das edições sucessivas. O caso de Faria e Sousa, por exemplo, é bem sintomático. Acusam-no de ter insanamente aumentado o número dos sonetos. Mas a verdade é que ele não misturou uns e outros: salvo uma ou outra excepção, a sua Primeira Centúria são os primeiros cem sonetos de 1598, e os de 1616 estão na Segunda. E não só não misturou como, na maior parte dos casos, sempre disse em nome de quem vira o soneto que incluía. O caso de Juromenha é bem pior, no seu afã de usar dos manuscritos que forrageou. Mas quanto se lhe não deve em pesquisas positivas? O de Teófilo Braga, trabalhador gigantesco, cuja obra necessita de tremendas correcções, mas não foi ainda substituída por monumento equivalente, é curiosíssimo: se não fora a coincidência de ele trabalhar ao mesmo tempo que Storck, teria Carolina Michaëlis despertado, como despertou, para as pesquisas que fez, enaltecendo o compatriota de origem, mesmo criticando-o, e denegrindo Braga, mesmo quando lhe rendia preito?

Nas condições actuais — e não nos julgamos isentos de lapsos que acaso tenhamos apontado a outros que nos precederam —, procurámos proceder a uma revisão crítica, e também à recolocação da problemática camoniana em termos objectivos de investigação literária. Ainda se aguardam, para maior segurança, verdadeiras edições críticas (ou simplesmente diplomáticas) dos numerosos cancioneiros que mais importam à pesquisa e ao conhecimento de uma época tão decisivamente importante para a cultura portuguesa como é o século XVI e as primeiras décadas do século XVII (no que é mais atinente à obra que, de momento, mais nos ocupa: a de Camões). Serão necessários índices críticos, ao menos, do Cancioneiro Luís Franco e dos de Florença, Madrid, Oxford, Coimbra, Escurial, Lisboa, Évora, etc., que tentaremos a seu tempo fazer. Não se pode ficar eternamente dependente do que disse e investigou, com outros métodos, outros interesses e outros gostos, a erudição oitocentista. Do estudo de Camões depende toda ou quase toda a poesia portuguesa do século XVI, e esse estudo depende também, e reciprocamente, da investigação sistemática dos poetas do século XVI. Os quinhentistas (e para não falarmos de nomes conspícuos como Garcilaso, Miranda, Montemor, Mendoza, etc.) foram, com às vezes precárias e acidentais razões, confundidos com ele alguma vez: Bernardes, Quevedo Castelbranco, Falcão de Resende, Fr. Bernardo de Brito, Baltazar Estaço, o infante D. Luís, o duque de Aveiro, Rodrigues de Castro, Soropita, Leitão de Andrade, Diogo da Silva, Francisco Galvão, Manuel de Portugal, Francisco de Andrade, Pereira Brandão, Afonso de Portugal, Álvares do Oriente, Fr. Paulo da Cruz, etc. E faltam as reedições críticas destes homens, ou a compilação criteriosa das obras dispersas e confundidas. Se os confundiram com Camões, para sabermos a que ponto é verídica a asserção de muitos o terem seguido, necessário é que as obras deles — de cada um o mínimo seguramente compilável ou determinável nas confusas edições que às vezes tiveram — estejam organizadas e preparadas para a pesquisa que se baseia em levantamentos exaustivos, e não em impressões ocasionais. E também porque não há obras de ninguém que, confundidas com as de outros, resistam, numa época, ao peso das analogias que as aproximam, delindo, na nossa impressão, as diferenças que as destacariam, se um mínimo de separação não for estabelecido. E o que vale para tal situação é igualmente válido para o Camões autêntico e o Camões apócrifo.

O que importa numa edição de Camões — só dos sonetos, ou da obra lírica, como estamos a preparar — é estabelecer, com clareza meridiana, e dando ao público todos os elementos de juízo, aquilo que, na medida do possível, não temos qualquer motivo concreto para duvidar que seja de Camões e aquilo que não será de Camões ou (por motivos concretos, e não apenas impressionísticos) pouco parece dele. Estes últimos poemas, devidamente anotados para aviso aos incautos, podem permanecer num conjunto canónico, e como tal os computamos. Os outros não. Mas também não parece justo que o público leitor e interessado seja, como tem sido, pura e simplesmente privado do conhecimento desses, que precisamente não terá acessíveis. Também nisto são necessárias nuanças. Os que indubitavelmente, e sem apelo possível, não são de Camões, e ainda por cima sejam inferiores, podem desaparecer da circulação. Mas muitos outros são sonetos muito belos, e os seus autores mais prováveis — vítimas da idolatria camoniana — não terão outro modo de desfrutar da honra insigne de poderem ter sido confundidos com Camões. Textos dessa ordem devem figurar em apêndice, enquanto não houver as edições que eles merecem. E o facto de um soneto ser anónimo ou

OS SONETOS DE CAMÕES

de autoria variamente incerta não impede que ele possa situar-se num nível de alta categoria. No mundo sempre houve mais anónimos que génios; e pode haver, porque também sempre houve, alguns génios ocasionais anónimos, do mesmo passo que não é obrigatoriamente genial tudo o que os génios assinam.

Por certo que estes 119 sonetos de Camões, que como tal consideramos, constituem um dos mais geniais conjuntos da história literária universal — e é possível conceder que as edições ulteriores a 1663 os acrescentam substancialmente (com a sua radical desconfiança em relação a elas, Costa Pimpão aproveitou cerca de 40 mais). Cremos que, e não em tudo, só os 154 sonetos de Shakespeare estarão em condições de rivalizar com eles. Mas os sonetos do «great Will» (que, mais novo que Camões uns quarenta anos, terá quiçá escrito um primeiro verso quando este morria), que se sabe serem conhecidos desde 1598, foram impressos em 1609, e terão sido escritos antes do esplêndido surto das grandes tragédias estreadas entre 1604 e precisamente 1609, ano que marca o início da última fase da carreira do dramaturgo. A tremenda experiência humana de Shakespeare ia passar àquelas tragédias. Mas os sonetos de Camões provavelmente cobrem a sua vida, da juventude à morte; e atingem alguns uma pungência que Shakespeare pôs só na boca das suas personagens. Em elegância e encarecimento galante, uns e outros se equivalem, nas duas sequências. Mas os sonetos de Camões, na sua maioria, reflectem dramàtica e epigramaticamente a tragédia de uma única personagem, e excepcional, a cuja observação e análise obsessivamente se dedicou: ele mesmo.

XIX
LISTA, POR EDIÇÕES, DOS SONETOS RETIRADOS PELA PESQUISA EFECTUADA

A DIANTE apresentamos, para elucidação resumida, e para facilitar a consulta deste estudo, a lista dos sonetos que, para estabelecimento do cânone, retirámos às edições estudadas, ou sejam as que vão da primeira até às de Álvares da Cunha e de Faria e Sousa exclusive. Os sonetos vão por edições, com o número que têm nelas, e cada qual com a anotação do motivo principal que levou à sua exclusão. Abstemo-nos de apresentar também, por desnecessária, a lista completa dos 119 sonetos admitidos: ela afinal resulta, por aplicação das exclusões, das listas que publicámos, rigorosamente transcritas e conferidas, das edições de 1595, 1598 e 1616. No entanto, uma outra lista interessa, e apresentamo-la igualmente: a dos sonetos por quaisquer razões duvidosos, mas admitidos, por estas razões não serem inteiramente conclusivas. É de notar que, pelas novas observações, o número destes duvidosos é superior ao que corresponde à lista: mas ativemo-nos aos que foram duvidosos não só para nós como também, e antes, para outrem.

Sonetos excluídos:

1595:

    8 — *Todo animal da calma repousava* — incerto.
   19 — *Espanta crescer tanto o crocodilo* — **Quevedo Castelbranco.**
   50 — *Depois de tantos dias mal gastados* — Bernardes.
   61 — *Que vençais no Oriente tantos reis* — Veiga.
   62 — *Eu me aparto de vós, Ninfas do Tejo* — Bernardes.
   64 — *Fermosura do céu a nós descida* — Francisco de Andrade.

1598:

    4 — *Depois que quis Amor qu'eu só passasse*—Bernardes.
   71 — *Já a saudosa Aurora destoucava* — Bernardes.
   76 — *Quem fosse acompanhando juntamente*—Bernardes.
   83 — *Que levas, cruel morte? Um claro dia* — incerto.
   90 — *A perfeição, a graça, o doce jeito* — incerto.
   95 — *Aquela que de pura castidade* — Bernardes.

1616:

       1 — *Cantando estava um dia bem seguro* — Bernardes?
3 ou 29 — *Doces e claras águas do Mondego* — incerto.
     11 — *Vós outros, que buscais repouso certo* — Luís de Ataíde?
     24 — *Ornou mui raro esforço ao grande Atlante* — não camoniano.
     25 — *Coitado que em algum tempo choro e rio* — incerto.
     26 — *Se grã glória me vem de olhar-te* — incerto.
     33 — *Para se namorar do que criou* — incerto.
     34 — *Dece do Céu imenso Deus benigno* — incerto.
     36 — *Porque a tamanhas penas se oferece* — incerto.

A este total de 21 há a acrescentar, para a correcção aritmética, o soneto dedicado «ao autor» (n.º 58), inserido na numeração de 1595, e que Faria e Sousa supõe de João Lopes Leitão.

Sonetos duvidosos, mas admitidos:

1595:

   20 — *Se quando vos perdi minha esperança* — Bernardes?
   30 — *Um mover d'olhos brando e piedoso* — Rodrigues de Castro.
   53 — *Mudam-se os tempos, mudam-se as vontades* — Bernardes?
   65 — *Pois meus olhos não cansam de chorar* — Bernardes?

1598:

    3 — *Com grandes esperanças já cantei* — Bernardes?
    5 — *Em prisões baixas fui um tempo atado* — suspeito.
    7 — *No tempo que d'Amor viver soía* — Bernardes?

72 — *Quando de minhas mágoas, a comprida* — Bernardes?
79 — *Bem sei Amor que é certo o que receio* — Bernardes?
87 — *Conversação doméstica afeiçoa* — Soropita?
102 — *Verdade, amor, razão, merecimento* — Infante D. Luís?

1616:

7 — *O Céu, a terra, o vento sossegado* — Bernardes?
10 — *Correm turvas as águas deste Rio* — Bernardes?
23 — *A mor(te) que da vida o nó desata* — ?
27 — *Julga-me a gente toda por perdido* — Bernardes?
35 — *Dos Céus à terra dece a mor beleza* — suspeito.

Se, do total de sonetos «indiscutíveis» e «suspeitos admitidos», deduzíssemos estes últimos 16 (e, como das nossas observações se depreende, e do que há pouco acentuámos, poderíamos, para um cânone absolutamente garantido, deduzir não só estes, como alguns dos que não chegámos a incluir nestas listas de expurgo ou perdão, mas sobre os quais impende, que mais não seja, o constituírem grupos editoriais com outros grandemente suspeitos), o número dos sonetos canónicos, até 1663, desceria para 105 — ou seja, para o número que, durante muito tempo, representou os sonetos na chamada Primeira Parte das *Rimas*. Seria para Camões — segundo as nossas investigações [1] — um valor altamente simbólico, mas apenas aqui nos surgiria por coincidência.

No capítulo anterior comparámos, para o conjunto canónico que fixámos, o nível de exclusões atingido pelos diversos editores modernos de Camões. Será interessante, num quadro em que figurem todos os sonetos das nossas duas listas atrás apresentadas, observar como cada qual reagiu a esses 37 sonetos. Neste quadro os sonetos estão por edições em que primeiro apareceram, com os números de ordem das listas editoriais que organizámos, e sem separação — é claro — entre a classificação de admitido ou excluído, a que os submetemos. A classificação aparece nas diversas colunas, indicando-se com um *A* a admissão e com um traço a exclusão, conforme cada editor ou estudioso praticou. As edições estão indicadas do seguinte modo: RV (edição de 1932, organizada por J. M. Rodrigues e Afonso Lopes Vieira); CP (Costa Pimpão); HC (Hernâni Cidade); SJ (Salgado Júnior); JS (o presente estudo). As colunas correspondentes

	RV	CP	HC	SJ	JS
1595					
8	A	A	A	A	—
19	—	—	—	—	—
20	—	—	—	—	A
30	A	A	A	A	A
50	—	—	—	—	—
53	A	A	A	A	A
61	A	A	A	A	—
62	—	—	—	—	—
64	—	—	—	—	—
65	A	A	A	A	A
1598					
3	A	A	A	A	A
4	A	A	A	A	—
5	A	A	A	A	A
7	A	A	A	A	A
71	A	A	A	A	—
72	A	A	A	A	A
76	A	A	A	A	—
79	A	A	A	A	A
83	A	A	A	A	—
87	A	A	A	A	A
90	—	—	—	—	—
95	A	A	A	A	—
102	—	A	A	A	A
1616					
1	A	A	A	A	—
3 ou 29	A	A	A	A	—
7	A	A	A	A	A
10	—	A	A	A	A
11	A	A	A	A	—
23	—	A	—	A	A
24	—	—	—	—	—
25	A	A	A	A	—
26	A	—	A	A	—
27	A	A	A	A	A
33	—	—	—	—	—
34	—	—	—	—	—
35	—	—	A	A	A
36	—	—	—	—	—
	23	25	27	27	16

a estas notações estão, é claro, numa ordem que é a cronológica. Estão assinalados em tipo negro os números dos sonetos que, para nós, são «duvidosos admitidos».

Observando este quadro, poderemos notar o seguinte. A nossa investigação permitiu contribuir para a confirmação de admissões ou de exclusões que todos faziam, ajudou a admitir ou excluir, mais confirmadamente, alguns sonetos cuja situação oscilou nas edições modernas e levou-nos, em princípio, a admitir sonetos que todos excluíam, e também a excluir outros que todos admitiam. Por edições, e no total, eis numericamente a representação disto:

1595:

Admissões gerais confirmadas	13
Admissão do que todos excluíam	1
Exclusões gerais confirmadas	4
Exclusão do que todos admitiam	2

1598:

Admissões gerais confirmadas	7
Admissão do que todos excluíam	—
Exclusões gerais confirmadas	1
Exclusão do que todos admitiam	5

1616:

Admissões gerais confirmadas	2
Admissão do que todos excluíam	—
Oscilantes admitidos	3
Exclusões gerais confirmadas	4
Exclusão do que todos admitiam	4
Oscilantes excluídos	1

Total:

Admissões gerais confirmadas	12
Admissões do que todos excluíam	1
Oscilantes admitidos	3
Exclusões gerais confirmadas	9
Exclusão do que todos admitiam	11

Este resumo numérico mostra que, nas três edições visadas, e que fornecem, ao estudioso contemporâneo sem acesso às edições príncipes, o corpo principal da lírica de Camões, a nossa investigação terá contribuído para a revisão de algumas posições tradicionais (o que sucede com uma dúzia de sonetos) e para esclarecer alguns casos duvidosos (quatro sonetos), além de contribuir, também, para um mais seguro critério de admissão ou exclusão de uma vintena de composições duvidosas.

É de notar que, de um modo geral, não houve oscilações nas admissões e exclusões, praticadas pelos editores modernos, em relação às edições de 1595 e 1598 (para as quais divergimos em oito sonetos). Tais oscilações, patenteando talvez uma excessiva confiança na edição de 1598, ou alguma insegurança quanto aos dados eruditos que demasiado dependem de raras obras impressas ou de muitos cancioneiros manuscritos (umas e outros incompletamente estudados e revistos, quando o foram), começam precisamente com a Segunda Parte de 1616. E, embora não esteja isso no âmbito deste estudo, ampliam-se muito em face das edições subsequentes. É isto mais uma prova de que o cânone mínimo, que estabelecemos, e em que incluímos os sonetos aproveitáveis de 1616 (mais o de 1663), também por esse lado poderá auxiliar a solução de muitas questões de autoria quanto a obras ulteriormente atribuídas a Camões. Como vimos, não há razão para que, desse cânone inicial, seja afastada a aportação autoral feita em 1616, quando os cálculos nos mostraram que Estêvão Lopes, ao rever a edição de 1598, não nos deve merecer maior confiança que Domingos Fernandes, ao anunciar repetidamente o magro volume de 1616. E não seria, de resto, em escassos dezoito anos que se modificaria decisivamente, nos cancioneiros existentes, a situação de inéditos ou apócrifos de Camões. Já é diverso o que poderia acontecer em mais meio século, e em plena época literária que, barrocamente, e apesar de todo o seu respeito pelas grandes figuras de Quinhentos, não menos as olhava do alto do seu refinamento cultista, da sua experiência conceptista e da sua segurança prosódica.

---

[1] Nos nossos estudos sobre «A Estrutura de Os Lusíadas» publicados na *Revista do Livro*, Rio de Janeiro.

XX
CONSIDERAÇÕES FINAIS

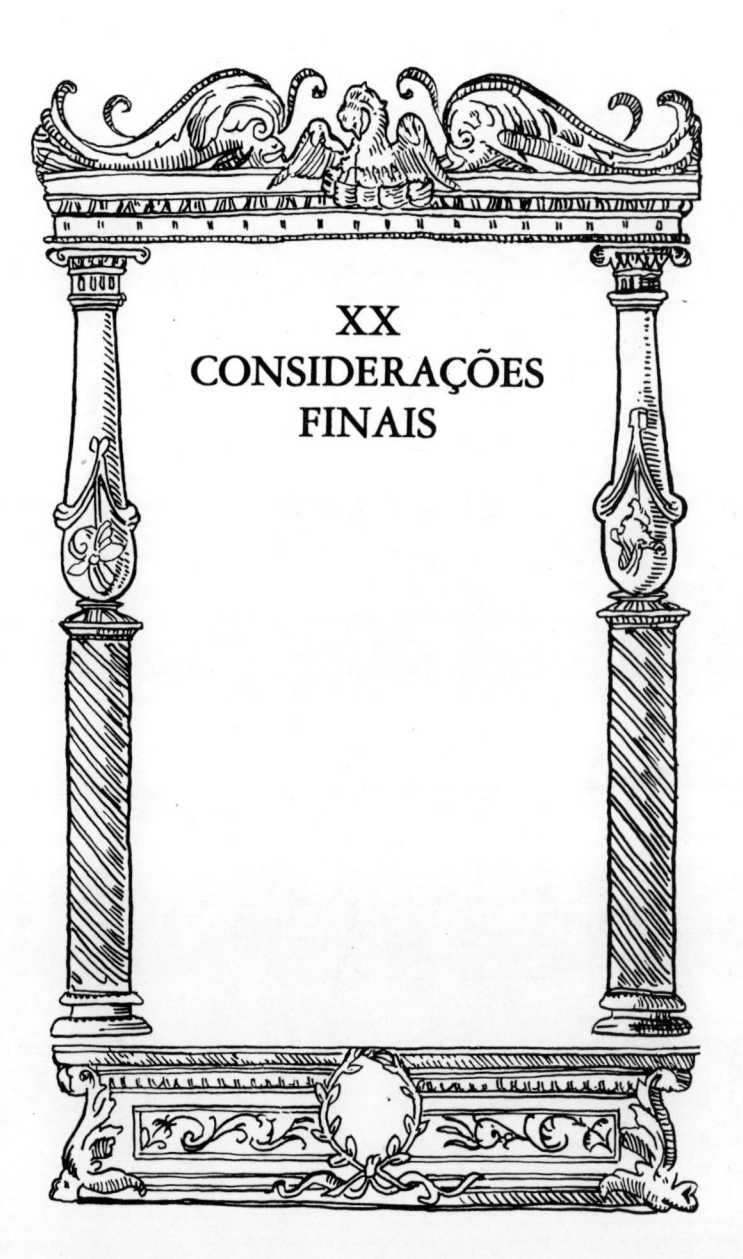

XX

CONSIDERAÇÕES
FINAIS

Um cânone objectivo não se estabelece apenas, em termos actuais, pela conferência dos dados eruditos, pela evolução de um tipo ou tipos de géneros, pela análise da conformidade de uma obra com essa evolução e por ulteriores análises para os casos duvidosos. Tudo isso é preliminar. E terá de ser complementado por inventários vocabulares, rítmicos, rímicos, lógico-sintácticos, etc., que nos dêem uma ideia concreta das características definidoras de tal cânone. Por outro lado, as definições que estas características oferecem possuem apenas uma natureza absoluta. Para que valham relativamente, e permitam a configuração objectiva de um autor em relação a outros, necessário é que a estes outros se aplique, na medida do possível, uma pesquisa idêntica, em todos os níveis da investigação e do entendimento de uma personalidade de escritor. Antigamente — e isto ainda subsiste em filologia e em investigação literária—, à ciência bastava *uma ocorrência* para que um fenómeno ou uma característica fosse uma «abonação», e se transformasse em «prova». A ciência moderna não confirma, em caso algum (ou só em níveis muito simplistas), esta visão dos factos. As ocorrências, porque são ocorrências, só significam — isto é, só adquirem uma *qualidade* específica — depois de terem atingido certo nível de *quantidade*. O mecanicismo filosófico e científico não mais é válido em nenhum ramo da ciência, e necessariamente que também não na ciência da literatura, se esta pretender ultrapassar o mero diletantismo e o simples impressionismo. Porque é isto mesmo o que separa as épocas: a persistência em uma ciência que não passe a um nível superior de complexidade técnica transforma-a num impressionismo de diletantes. E o que era ciência deixa de o ser. É para essa transmutação dos estudos literários, e neste caso particular que nos ocupou, camonianos, que temos desejo de contribuir. Temem muitos que áridos exames e numéricos cálculos façam esquecer que a arte literária é para fruir-se como uma flor ou um perfume. Mas os progressos da biologia botânica ou a química dos perfumes não terão impedido nenhum dos seus técnicos de serem sensíveis à beleza daquelas ou ao agradável destes. E será que, em estudos literários, todos os que se ocupam de textos são, mesmo impressionisticamente, sensíveis às belezas profundas e reais do que manuseiam, ou apenas repetem uma admiração convencional que lhes foi transmitida? E, se o não são, não será preferível, de um ponto de vista cultural, ou só didáctico, que tenham coisas concretas e objectivas a ensinar, em vez de considerandos que na maior parte dos casos não significam nada, nem têm qualquer base científica que os garanta? Dir-se-á que as análises estilísticas ou afins, e os cômputos estatísticos, nada adiantam para um conhecimento mais profundo da obra de arte literária. Mas não é assim. A sensibilidade educa-se pelo convívio com os textos belos; mas a compreensão justa dos belos textos não se adquire, hoje, e em termos de exigência científica, sem o conhecimento concreto do que os estrutura e os singulariza. Depois, é preciso distinguir entre três actividades conexas com a literatura, e que podem coincidir ou não entre si: o conhecimento científico, as necessidades didácticas e o simples e individual prazer da leitura ou da audição. A profissionalização cada vez mais vasta do ensino das línguas e literaturas obriga a que a preparação dos técnicos se processe em nível de objectividade científica, uma vez que todos os professores deste mundo não podem ser, nem é preciso que sejam todos, grandes críticos. E a crítica literária não pode, reciprocamente, continuar entregue à irresponsabilidade de gostos pessoais que podem ser, e muitas vezes são, altamente duvidosos e subjectivos. As necessidades didácticas de educação de massas cada vez mais numerosas postulam que o ensino das línguas e das literaturas seja uma aquisição de consciência, em nível expressional: e isto não poderá conseguir-se, se não se generalizarem métodos de análise que, quanto possível, não dependam de inteligências que podem faltar (e que, noutros tempos, admitamos que sobravam... para as necessidades). E o prazer da literatura só vale, como todos os prazeres que se prezam, na medida em que seja lucidamente conhecedor do seu objecto. Claro que, quando amamos alguém, não será pela sua fisiologia (embora, pela anatomia, o seja muitas vezes...): mas sem dúvida que o será pela sua personalidade, que é uma superstrutura de numerosas características psicofisiológicas. Além disso, o amor não é exactamente o mesmo que o prazer. Se este é momentâneo, e não busca o conhecimento (o que não é inteiramente a verdade, visto que os indivíduos dados ao prazer erótico sabem muito bem, por experiência, os «tipos» humanos que preferem), o amor se caracteriza pelo anseio contraditório de prazer e de conhecimento do objecto. E como poderá a literatura ser amada, em nível de conhecimento, se não queremos saber o que e de que se constitui? Porque uma obra de arte é bela em si (na sua adequação rítmico-semântica e lógico-estrutural), é bela entre as do seu tempo (perspectiva historico-cultural) e é bela para nós (situação psicossocial). Estas três belezas não podem ser confundidas para uma apreciação justa. E, para tal, haverá alguma pesquisa que, conduzida com efectividade técnica, não contribua?

A nossa investigação, procurando estabelecer um cânone para os sonetos de Camões, em si mesmos e no seu tempo, é apenas uma investigação de princípio. Cremos, porém, que as observações que tomamos a iniciativa metodológica de fazer só podem ser alteradas pela aplicação mais desenvolvida, extensa e profunda, dos inquéritos que fizemos. Mais poetas, mais poemas, mais níveis de análise. E, sendo assim, que mais não seja nisto, teremos trabalhado pela amplificação e difusão de técnicas objectivas de pesquisa e de avaliação de resultados. Por outro lado, Camões — o maior escritor da língua portuguesa, e cremos que um dos maiores poetas do Mundo — tem sofrido de um terrível mal: parece tão estudado que os estudiosos confiam demasiado em si mesmos ou uns nos outros... E, nisto de textos duvidosos, não há, antes de mais, como confiar neles, pois que um texto, por duvidoso que seja, sempre o será menos que a opinião de cada um. Foi por isto que tivemos o cuidado de reverter às edições originais, para estudá-las *em si* e não apenas na eventualidade de um ou outro soneto tomado isoladamente. Poderá dizer-se que se trata de pontos mesquinhos — mas em ciência e em crítica, pensamos que tudo deve ser mesquinho e mínimo... menos, na medida do possível, o crítico.

A nossa pesquisa desenvolveu-se em fases sucessivas, e em observações de contraprova recíproca, como manda a metodologia científica. Por isso, muitas conclusões foram ficando pelo caminho, como marcos miliários dele, enquanto o caminho fica aberto à ampliação das investigações. Para terminar, recapitulemos resumidamente.

Após uma breve introdução metodológica e a indicação dos fitos e limites da nossa pesquisa, considerámos as edições da obra lírica de Camões, até, inclusive, a de 1663. Nesta consideração preliminar tivemos ocasião de pôr em relevo alguns pontos interessantes, como as licenças de que as edições foram objecto, e procurámos, para as edições de 1595 e de 1598, estabelecer os períodos de realização gráfica e publicação. Do mesmo passo, chamámos a atenção para aspectos concretos que a pesquisa revelou na edição de 1598, e que desmentem a confiança que ela tem merecido. Passámos então a estudar a edição de 1595, discutindo os casos dos vários sonetos duvidosos dela, e estabelecemos, com base nos esquemas rímicos, um primeiro cânone formal da forma externa dos sonetos de Camões. Repetimos esta pesquisa para a edição de 1598, do mesmo modo discutindo, com base nos dados eruditos e na investigação dos esquemas, os sonetos duvidosos que nessa edição foram acrescentados. O estabelecimento do cânone rímico e percentual dos sonetos de 1595-98 mostra que *a característica canónica, mais saliente, do conjunto dos sonetos autênticos é a de rimarem segundo quatro esquemas petrarquianos, em que o primeiro esquema de Petrarca domina em mais de metade o conjunto*. Para desenvolvimento da investigação, estudámos os esquemas de Petrarca; e seguidamente os de Boscán, Garcilaso de la Vega e Diego Hurtado de Mendoza, e outros, cotejando-os pelos resultados obtidos com Petrarca. Estudámos, depois, os esquemas de Sá de Miranda, cuja prioridade no italianismo quinhentista peninsular defendemos; e, usando o grupo de sonetos que foram atribuídos ao infante D. Luís, verificámos a identidade de comportamento entre eles e Miranda. Repetimos o estudo para Andrade Caminha e António Ferreira, e depois para Diogo Bernardes, além de outros quinhentistas portugueses. Tomámos então o conjunto canónico de 1595-98, que extraíramos destas duas primeiras edições da lírica de Camões, e, cotejando-o por Petrarca, observámos que *a ordem pela qual os quatro esquemas petrarquianos são usados por Camões é a de Petrarca, e que os esquemas são apenas os quatro que Petrarca mais usa*. Todavia, notámos que Camões, *se pratica os esquemas segundo a ordenação preferencial de Petrarca, usa-os em proporções inteiramente diferentes*, pelo que, *se se aproxima de Petrarca, como nenhum dos outros, nas suas preferências, Camões fá-lo com inteira independência de proporções.* Isto vem ao encontro de pesquisas e observações nossas (em *Uma Canção de Camões*) que apontam Camões como atendo-se a poucos esquemas predilectos, que lhe bastam para a sua essencialista meditação lírica, que usa do petrarquismo *como de um modo de expressão* de realidades interiores que muito ultrapassam a literatura petrarquista e o próprio Petrarca. Para melhor se ver a situação de Camões, na evolução que a pesquisa concreta nos ia esboçando, analisámos os esquemas de Francisco de Aldana, Fernando de Herrera e de Gutierre de Cetina. E, para estabelecermos uma ponte italiana entre Petrarca e os petrarquistas peninsulares, observámos os esquemas de Ariosto e de Bembo. Propondo a noção de *obediência formal*, examinámos o comportamento de todos os poetas estudados (e mesmo lhes acrescentámos, com reservas, um Fr. Agostinho da Cruz e outros). Um quadro geral dos poetas estudados patenteou--nos claramente a evolução periodológica em termos concretos, e situou a posição excepcional de Camões nessa evolução, do mesmo modo que ajudou a confirmar a exclusão que havíamos feito de sonetos duvidosos de Camões, com esquemas anormais nele. Até este ponto tínhamos, portanto, estabelecido um cânone dos sonetos de Camões e havíamos concretizado aspectos de evolução do petrarquismo, peninsular, à luz dos quais a posição do nosso poeta se esclarecia melhor. Passámos então ao exame dos sonetos acrescentados na Segunda Parte, de 1616; e os números mostraram--nos que a edição de Domingos Fernandes, quanto a grau de apocrifia, está, ao contrário do que se supõe, em melhores condições que a de Estêvão Lopes (se assim designarmos a de 1598, em que Soropita não aparece). Estudámos depois o soneto aparecido em 1663. E, cotejando as aquisições de 1616 e 1663 pelas de 1595 e de 1598, observámos que as percentagens de esquemas rímicos estão mais próximas de 1595 que de 1595-98. Seguidamente, fizemos, e cotejámos pela nossa pesquisa, um cômputo geral e comparativo dos sonetos (até 1663) considerados, pelos editores modernos, como de Camões, e estabelecemos, para maior clareza, uma lista, por edições (e comparativa também), dos sonetos retirados a Camões pela pesquisa que efectuámos. Este o nosso estudo; e transcrevemos aqui muitas das observações em que nos parece que aquela pesquisa foi fecunda.

Em 1668 surgiu a Terceira Parte das *Rimas*, e veio depois, embora anterior fosse, a monumental e inacabada edição de Faria e Sousa, com as quais aparecem novas massas, e grandes, de atribuições, e que levantam peculiares problemas. Estes ampliam-se e complicam-se com Juromenha e com Teófilo Braga, no século XIX — e também com a revisão, que se impõe, dos cancioneiros manuscritos e inéditos. O cânone básico que estabelecemos a partir de 1595 e 1598, ampliado pelas aquisições de 1616 e 1663 e iluminado pelo comportamento de muitos outros petrarquistas italianos, espanhóis e portugueses do século XVI, cremos que será contributo útil para a resolução de alguns desses problemas, e também para a compreensão evolutiva da poesia quinhentista peninsular.

Em apêndice, e para confirmação concreta das suspeições que lançámos sobre Estêvão Lopes, aparece um estudo das redondilhas em 1595-98, e o cômputo geral das variantes introduzidas em 1598 nas composições já impressas na edição de 1595.

Sempre que necessário para o nosso objectivo, lançámos mão de análises prosseguidas noutros planos que não os da forma externa. Mas o nosso estudo, apesar disso, pecará — pode dizer-se — por uma excessiva austeridade aritmética, e por uma extrema contenção quanto às brilhantes digressões literatas com que é costume imitar-se a existência de crítica literária. Cremos, porém, em um quarto de século de ininterrupta actividade crítica, ter dado suficientes provas desse brilho, embora reduzido sempre ao mínimo de literatismo intuicionista e impressionista. E, por isso, ao tratarmos do decisivo problema da formação de um cânone firme para uma avaliação de autenticidade de uma parte muito importante e algo controvertida da produção camoniana (ou que passa por tal), limitamo-nos às observações que eram pertinentes para o fim em vista e às conclusões que eram tiráveis, concretamente, da pesquisa feita. Pode parecer que o esquema rímico de tercetos é coisa demasiado modesta. Será. Insignificante é que nos parece que o nosso estudo mostra que não é. De qualquer modo, para os problemas com que se defronta o estudioso de Camões, e para a magnitude genial do grande poeta e do escritor máximo da língua portuguesa, não haverá, por certo, o que seja inteiramente modesto e insignificativo. E, se tanto se tem estudado de Camões, menos exactamente a sua poesia, a sua originalidade e as razões que fazem dele um grande poeta universal e vivo, não será ilegítimo que tenhamos atentado um pouco e objectivamente em aspectos da sua forma externa, no fito de esclarecer algumas dificuldades de atribuição camoniana de sonetos duvidosos, e de situá-lo objectivamente no seu tempo. Camões, no nosso tempo, aguarda ainda o seu Faria e Sousa que possa, com modernos e seguros critérios que este extraordinário crítico não tinha, nem podia ter, tentar algo de semelhante à monumentalidade dos comentários dessa tão lídima e tão denegrida glória da crítica portuguesa — mas tentá-los sobre autorias e textos tão estabelecidos quanto humanamente é possível na confusão em que, parece, o destino se obstina em deixar as obras dos grandes poetas do Mundo. E, apesar de tanta investigação meritória e indispensável, essa oportunidade ainda não surgiu. Surgirá alguma vez? Cremos que, como que simbolicamente, surgirá para ser ultrapassada. Porque é como se o destino quisesse insinuar que não só pela grandeza, mas até pelos mais básicos problemas, a discussão de uma grande obra é interminável. No entanto, este caminho infinito não deve ser confundido com a contemplação dele, parados no ponto em que nos deixam os Estêvãos Lopes, os Domingos Fernandes e os Álvares da Cunha; nem satisfeitos com as investigações, já quase centenárias e inconclusas, de uma Carolina Michaëlis. Esse caminho há que percorrê-lo, através da massa de edições e manuscritos, em companhia daquilo que Camões nos deixou: uma obra genial e algo incerta, que encerra todavia uma das mais nobres afirmações humanas de dignidade, lucidez de pensamento e amargura transcendida pelas glórias da expressão poética. Simultaneamente dialéctico e existencial, Camões é um dos mais modernos e actuais dos poetas do passado. E o seu rigor expressivo, a sua firmeza de carácter, a profundeza do seu pensamento, a refinada beleza rítmico-semântica da sua linguagem, exigem de nós um respeito e uma atenção para a perfeita realização das quais nada haverá que não possa contribuir, desde que tentado com algum critério, e mais por amor da poesia que da crítica que, sem ela, não existe.

APÊNDICES

I
ALGUNS ASPECTOS COMPARATIVOS DAS EDIÇÕES DE 1595 E 1598, COM ESPECIAL REFERÊNCIA ÀS REDONDILHAS

No nosso estudo, ativemo-nos à questão dos sonetos, que era o seu tema. Mas algumas observações complementares sobre o cotejo das duas edições podem ser-nos úteis, na medida em que contribuam para reiterar ou desmentir as observações que fizemos e as conclusões a que chegámos.

Reportando-nos às espécies atribuídas a Camões pela edição de 1598, é sabido que, nesta, além dos sonetos estudados, aparecem cinco odes mais (que têm gozado da geral aceitação), os tercetos que haviam sido impressos na obra de Magalhães Gandavo (e que haviam escapado, como a ode do livro de Garcia de Orta, à edição de 1595), dezassete redondilhas (todas elas aceites pelos editores de Camões) e duas cartas (que têm permanecido canónicas) [1]. De todas estas novidades de 1598, são porém as redondilhas o que mais importa, para uma apreciação geral dessa edição, e para esclarecimento (e esclarecimento recíproco, aliás) do problema dos sonetos.

Porque, na verdade, em 1598, não foram *apenas* acrescentadas as dezassete redondilhas novas. Algumas coisas mais aconteceram, ou deixaram de acontecer.

Em 1595, havia 82 redondilhas, se contarmos as diversas glosas a um mesmo mote, e a parte da «carta a uma dama», que está separada das estrofes anteriores por um título — *Nota* — que a torna um apêndice complementar da composição (título que é suprimido em 1598). Entre esta massa de poemas, que vão da grandeza e do fôlego de «*Sobre os rios que vão*» (ortografia de 1595, pois que em 1598 é que aparece o «Sobolos» habitualmente citado), até pequeninas e mesmo insignificantes poesias, há *cinco* que não serão de Camões. Duas delas dificilmente o poderiam ser, pois que estavam impressas, como de Garcia de Resende, no *Cancioneiro Geral*, desde 1516, quando Camões ainda não nascera. As outras três (embora com reservas que adiante consignaremos) serão de Diogo Bernardes, em cujo volume *Flores do Lima* figuram. Vimos já como foi incerto o critério de 1598, quanto aos sonetos que poderiam ser de Diogo Bernardes. Em 1598, *nenhuma* destas composições em redondilha foi eliminada. Mas, em compensação, e isto não tem sido posto suficientemente em relevo, se é que modernamente o foi alguma vez, *três outras foram suprimidas* nessa nova edição, tal como o havia sido o soneto que, no prefácio de 1595, era denunciado, pelos próprios editores, e a título de exemplo, como não sendo de Camões. *No entanto, estas composições retornaram sem óbices ou comentários à maior parte das edições modernas.* Isto não é porém tudo. Em 1595, duas composições em redondilhas figuram no texto e não no índice. Em 1598, isso acontece com uma, enquanto uma outra vem indiculada duas vezes; e continuam no índice desta edição (o qual inclui as novas dezassete composições) duas das que, por misteriosos motivos ou muito claros, são suprimidas no texto. De modo que, até certo ponto, o problema das redondilhas, na passagem de 1595 para 1598, é talvez mais complexo e interessante que o dos sonetos [2].

As redondilhas de 1595 são, pela ordem de impressão no volume, as seguintes:

1 — *Sobre os rios que vão*
2 — *Querendo escrever um dia*
3 — *Escrevem vários autores*
4 — *Dama d'estranho primor*
5 — *Suspeitas que me quereis*
6 — *Se dirivais de verdade*
7 — *Peço-vos que me digais*
8 — *Se não quereis padecer*
9 — *Se vossa dama vos dá*
   Mas porém a que cuidados
10 — *Tanto maiores tormentos*
11 — *Que vindes em mim buscar*
12 — *Se as penas que amor me deu*
13 — *Muito sou meu inemigo*
14 — *Conde, cujo ilustre peito*
15 — *Campos bem-aventurados*
16 — *Trabalhos descansariam*
17 — *Triste vida se me ordena*

OS SONETOS DE CAMÕES

18 — *Já não posso ser contente* (a)
19 — *A morte pois que sou vosso*
20 — *Vejo-a n'alma pintada*
      Sem vós e com meu cuidado
21 — *Vendo amor que com vos ver* (b)
22 — *Amor cuja providência*
23 — *Sem ventura é por de mais*
24 — *Minh'alma lembrai-vos dela*
25 — *Tudo pode uma afeição*
26 — *Justa fué mi perdición*
27 — *Senhora se eu alcançasse*
28 — *Minina fermosa, e crua*
29 — *Da doença em que ardeis*
30 — *Deu senhora por sentença*
31 — *Olhai que dura sentença*
32 — *De atormentado e perdido*
33 — *Amor que todos ofende*
34 — *Não estejais agravada*
35 — *Quem no mundo quiser ser*
36 — *Senhora pois me chamais*
37 — *Caterina bem promete* (c)
38 — *Corre sem vela, e sem leme*
39 — *Qual terá culpa de nós*
40 — *Descalça vai pola neve*
41 — *A dor que a minha alma sente* (d)
42 — *D'alma, e de quanto tiver*
43 — *Amores de uma casada*
44 — *Enforquei minha esperança*
45 — *Pus o coração nos olhos*
46 — *Pus meus olhos n'uma funda*
47 — *Aquela cativa*
48 — *Quem ora soubesse*
49 — *Se me levam águas*
50 — *Minina dos olhos verdes*
51 — *Trocai o cuidado*
52 — *Ver, e mais guardar*
53 — *De piquena tomei amor*
54 — *Apartaram-se os meus olhos*
55 — *Falso cavaleiro ingrato*
56 — *Se de meu mal me contento*
57 — *Vós senhora tudo tendes*
58 — *Para que me dan tormento*
59 — *De vuestros ojos centellas*
60 — *De dentro tengo mi mal*

61 — *Amor loco, amor loco*
62 — *Irme quiero madre*
63 — *Saudade minha*
64 — *Vida da minh'alma*
65 — *Esses alfinetes vão* (*e*)
 Todo es poco lo posible
66 — *Ved que engaño señoreia*
67 — *Possible es a mi cudado*
68 — *Vede bem se nos meus dias*
69 — *Pois é mais vosso que meu* (*f*)
70 — *Senhora pois minha vida* (*g*)
71 — *Pois me faz dano olhar-vos*
72 — *Não sei se me engana Helena*
73 — *Minina não sei dizer*
74 — *Com vossos olhos Gonçalves*
75 — *De que me serve fugir*
76 — *Este mundo es el camino*
77 — *Quando me quer enganar*
78 — *Vos teneis mi coraçon*
79 — *Por cousa tão pouca (Coifa de beirame)*
80 — *Há um bem que chega e foge* (*h*)
81 — *Olhos não vos mereci* (*i*)
82 — *Vai o bem fugindo* (*j*)

Registemos as observações às dez composições problemáticas, para as comentarmos depois.

a) De Diogo Bernardes em Flores do Lima.
b) De Diogo Bernardes em Flores do Lima.
c) Suprimida do texto *e* do índice, em 1598.
d) De Diogo Bernardes em Flores do Lima.
e) Suprimida do texto, *mas não* do índice, em 1598.
f) De Garcia de Resende no Cancioneiro Geral.
g) De Garcia de Resende no Cancioneiro Geral.
h) Figura no texto, mas não no índice, em 1595; em 1598 persiste no texto e aparece no índice.
i) Caso idêntico ao anterior.
j) Suprimida do texto, *mas não* do índice, em 1598.

Classificando estes dados, aparecem-nos cinco grupos diferentes:

 1. Poemas presumivelmente de Diogo Bernardes — 18, 21, 41.

OS SONETOS DE CAMÕES

2. Poemas suprimidos do texto e do índice em 98 — 37.
3. Poemas suprimidos do texto, mas não do índice — 65, 82.
4. Poemas indubitavelmente de Garcia de Resende — 69, 70.
5. Poemas figurando no texto, mas não no índice, em 1595; e no texto e no índice em 1598—80, 81.

Antes, porém, de passarmos à discussão destes cinco grupos, é interessante e precioso elemento observarmos como foi que, em 1598, foram inseridas as novas composições em redondilha e que alterações terá havido na ordem das já publicadas em 1595. Para não sobrecarregarmos o texto, e também para que melhor ressalte o que se passou de uma edição para a outra, limitemo-nos aos números de ordem em 1595. As composições, portanto, surgirão com o número de ordem que tinham em 1595, mas pela ordem em que passaram a estar em 1598:

$$
\begin{array}{c}
1-5\\
38\\
8\\
14\\
13\\
27\\
6\\
7
\end{array}
$$

Duas novas

$$
\begin{array}{c}
76\\
9-12\\
15-26\\
28-36\\
39-46\\
53-61\\
66-75\\
77\\
78\\
80\\
81
\end{array}
$$

Dez novas

$$
\begin{array}{c}
47-52\\
62-64\\
79
\end{array}
$$

Cinco novas

Nesta lista não figuram, é claro, porque não existem no texto de 1598, os números 37, 65 e 82.

De olhar-se a lista, um aspecto imediatamente ressalta: as dezassete poesias novas não foram dispersas na massa das composições, mas inseridas nela em três grupos compactos.

Um outro aspecto da nova ordenação é imediatamente observável também: com excepção do n.º 76, que regride muito na ordem, o eixo das alterações é o grupo (39-46). Antes deste grupo, cinco composições são pospostas às suas posições primitivas. Nestas movimentações, as cinco composições que sabemos suspeitas (ou não de Camões indubitavelmente) ficaram quietas, dentro de grupos que não mudaram de lugar.

São antepostas as seguintes poesias: 38, 8, 14, 13, 27, ao grupo central sobre que as movimentações foram feitas, e 76.

São pospostos *três* grupos, num total de, como dissemos, dez poemas; estes grupos são:

(47-52), (62-64) e o n.º 79.

É de notar que estes três grupos foram para depois do grupo de dez novos poemas, que havia sido acrescentado ao texto sobrante (por via das supressões) de 1595, e que outro grupo de novos poemas, cinco deles, encerra agora a publicação.

A razão que deve ter presidido à transposição, para o fim, daqueles três grupos, e a fazê-los seguir pelas cinco novas poesias que concluem agora a série das redondilhas, parece-nos muito transparente. *A edição de 1595 não separara as composições em redondilha maior e as composições em redondilha menor. E foi isso o que houve a pretensão de fazer-se em 1598.*

Examinemos. Quais eram, em 1595, as composições em redondilha menor? Os números 47-52, 62-64, 79 e 82. Todas foram para o fim (de onde desaparecera o n.º 82), e pela exacta ordem por que estavam em grupos dispersos no texto. E os novos poemas, *em redondilha menor também*, foram acrescentados a seguir.

Que critério teria presidido à anteposição, de seus lugares, dos seis poemas que regridem na ordem?

Os cinco poemas em redondilha maior que, em ambas as edições, abrem a série das redondilhas (e em ambas, ao contrário do que tem sido critério moderno, ela é aberta pelo mais nobre poema já escrito em redondilhas portuguesas — «*Sobre os rios que vão*») são dos mais sisudos da colectânea. Não são glosas de motes, mais ou menos graciosas, mas meditações ou elegantes epístolas. Em 1598, foram buscar, do meio de motes glosados, onde estava inadequadamente colocado, o n.º 38 de 1595, que é o famoso «Labirinto», e colocaram-no logo após essas obras. Porque era também uma «carta», como algumas daquelas composições, o mesmo fizeram com o n.º 27. O n.º 8, que é o célebre e gracioso banquete de versos e não de iguarias, também avançou um pouco. A razão será porque a ele assistem personalidades cuja estirpe dava algum cartel a Camões; mas, mais provavelmente, porque os n.ºs 6 e 7, seguidas de duas composições novas, eram poesias ligeiras, sendo todavia todas quatro expressamente dirigidas (e de certo modo «epistolares») a damas, e foram por isso empurradas para o fim deste primeiro agrupamento das redondilhas. O n.º 76 é o desenvolto poema dos *Disparates da Índia*. E com ele encerraram o agrupamento, de modo que *todos os motes glosados, com algumas esparsas à mistura, ficaram juntos e seguidos daí em diante, abrindo com o n.º 9, que era de facto o primeiro deles em 1595.*

Como destas conclusões se depreende, a edição de 1598, ao alterar a ordem de 1595, e ao acrescentar novas redondilhas, não teve outro critério que não fosse dar alguma arrumação, por tonalidades, por escala de composição, por metro usado e por separação dos motes glosados, ao que já estava impresso e ao mais que ia sê-lo. E esta conclusão, quando se prefere a edição de 1598, supondo-a mais consentânea com novos manuscritos (pelos quais os poemas já publicados teriam sido cuidadamente revistos — e não o foram), *é da maior importância.*

Mas mesmo isto não foi feito, em 1598, com inteira coerência, dado que as composições em redondilha maior, motes glosados, se concluem por uma poesia que não é uma glosa. Por certo estaria junta com o grupo que aí foi inserido.

Estes grupos de novos poemas são formados por:

Se n'alma e no pensamento
Sem olhos vi o mal claro (que não figura no índice)

Venceu-me amor não o nego
Os bons vi sempre passar
Perguntais-me quem me mata
Esconjuro-te Domingas

Se alma ver-se não pode
Vosso bem querer senhora
Se me desta terra for
Pequenos contentamentos
Perdigão perdeu a pena
Pois a tantas perdições

Se Helena apartar
Verdes são os campos
Verdes são as hortas
Menina formosa
Tende-me mão nele

Estamos agora, depois de examinadas as circunstâncias de reorganização da colectânea das redondilhas em 1598, em melhores condições para apreciarmos os cinco grupos de poemas que essas circunstâncias e algumas outras tornam duvidosos. Quanto aos poemas acrescentados em 1598, aquele que não figura no índice poderá ter sumido por lapso do tipógrafo, porque, nesse índice, o n.º 23 de 1595 («*Sem ventura é por de mais*»), começando pela mesma preposição, está inscrito em dois lugares, repetido.

Daqueles cinco grupos, o quarto não oferece dúvidas. Os poemas (n.º 69 e 70) figuram quase *ipsis verbis* no *Cancioneiro Geral* de 1516, e com autoria de Garcia de Resende. Isto não abona quanto aos cuidados havidos na edição de 1598. Que eles tenham escapado em 1595, se andavam misturados com poemas de Camões, é compreensível: afinal, oitenta anos depois, a compilação de Resende era um livro bem velho. Que eles tenham permanecido, é o que já parece mais estranho, mas poderá ter a mesma desculpa.

O primeiro grupo, o dos poemas presumivelmente de Diogo Bernardes, é mais complexo. Nenhum deles foi suprimido em 1598, e as observações que, a propósito das autorias de Bernardes, fizemos no estudo dos sonetos aplicam-se inteiramente aqui. No entanto, com algumas reservas. O n.º 18 não foi incluído na edição de 1932, e, nas suas edições, também Pimpão e Cidade o recusam. A glosa n.º 21, como a n.º 22, é aceita por Hernâni Cidade, sem observações. São ambas ao mesmo mote alheio «*Sem vós e com meu cuidado*», de que há mais uma glosa na edição de 1668. Ora a edição de 1932 e Pimpão recusam a glosa n.º 21 e aceitam a n.º 22. E com razão, porque as diferenças

existentes entre o texto suposto de Camões e o suposto de
Bernardes são tão mínimas que a glosa tanto pode ser de
um como do outro. Quando muito, ela poderia figurar em
Camões, como em Bernardes, a título de duvidosa entre os
dois. Não é diverso deste o caso do n.º 18: as diferenças
também são mínimas (salvo que, no texto de Camões-95,
as primeiras metades das duas últimas décimas estão trocadas entre si, e assim continuaram nas edições modernas
e na ordem que nos parece correcta no livro de Bernardes).
E, por isso, não se entende a razão de Cidade o ter suprimido, quando, com motivos por certo análogos, aceitou o
n.º 21. O n.º 41 foi incluído na edição de 1932, recusado
por Costa Pimpão, e readmitido por Cidade. Na verdade,
as aparentes divergências são maiores entre Camões e Bernardes que nos casos anteriores. A glosa tem três estrofes
em Camões e duas em Bernardes (sendo primeira a terceira
de Camões e segunda a primeira), com variantes algo
extensas. Mas as voltas de Camões, na ordem em que
estão, são de uma notável coerência de sentido; e o mesmo
não poderá dizer-se das de Bernardes. Todavia, as variantes
não são *tão* extensas que o poema não possa estar estropiado na edição de Bernardes. Mas a coerência e uma estrofe
intermediária mais fazem pender a balança para Camões.

Vejamos agora o caso dos grupos segundo e terceiro,
ou sejam os poemas em redondilha, que foram suprimidos
do texto, em 1598, e também (ou não) do índice desta
edição.

O n.º 37 (*«Caterina bem promete»*) desapareceu por completo na edição de 1598. Reapareceu na edição de Álvares
da Cunha, de uma Terceira Parte das *Rimas*, em 1668.
Tanto Cidade como Pimpão a aceitam nas suas edições.
Esta Terceira Parte acrescentou ao cânone camoniano
algumas dezenas de apócrifos, como é sabido, nos diversos
géneros ou mais exactamente espécies ou formas líricas.
Álvares da Cunha pode apenas ter notado que esta composição figurava em 1595, e desaparecera da edição de 1598.
Mas o caso é que esta desaparição, da edição de 1598,
deveria dar-nos que pensar. O poema desapareceu do
texto *e também* do índice; pelo que é difícil atribuir o facto
a um lapso do compositor tipográfico. No prólogo de
Soropita, em 1595, denunciava-se que os editores não ignoravam que algumas composições inseridas no volume não
seriam de Camões; e isto era exemplificado com o caso do
soneto *«Espanta crescer tanto o crocodilo»*. Este soneto, em 1598,

e em face destas declarações, saiu do texto, mas ficou no índice. É o contrário do que aconteceu com o soneto «*Se quando vos perdi minha esperança*», das *Flores do Lima*, de Bernardes, que sumiu do índice, mas não do texto. Mas o soneto, também publicado naquele livro de Bernardes, «*Eu me aparto de vós Ninfas do Tejo*», esse desapareceu do texto e do índice de 1598, *tal como aconteceu com a redondilha que nos ocupa*. Ora, nos sonetos, de 1595 para 1598, foram estas as únicas desaparições. Por que não suspeitarmos de que as razões que presidiram a elas foram as mesmas? Por que não teremos em dúvida a redondilha n.º 37 de 1595? Só porque devemos acreditar em Álvares da Cunha?

O caso dos n.ᵒˢ 65 e 82 integra-se nestas considerações. Desapareceram do texto, mas não do índice, tal como o soneto do «crocodilo». A primeira é aceita por Cidade e por Pimpão. A segunda, que a edição de 1932 não incluíra, é incluída por Pimpão e omitida por Cidade, sem que se conheçam as razões destes factos. E o caso do n.º 82 merece consideração especial. Na verdade, a composição, em redondilha menor, é a última não só do conjunto das redondilhas, mas da edição; e tem o título de «Sentenças do autor por fim do livro». Em 1598, vindo as cartas a seguir às redondilhas, aquelas perdiam o sentido, a menos que transpostas da sua secção, para depois das cartas. Mas também pode acontecer que, em 1595, fossem apenas uma piedosa apócrifa ornamental que foi suprimida por desnecessária (e também por apócrifa). É de notar que nem uma nem outra das composições figura nos Cancioneiros Luís Franco e Juromenha (este, observado segundo o índice comentado por Carolina Michaëlis, e já citado). *Ora, se é a edição de 1598 a que muita crítica julga dever preferir à de 1595, estas composições não figuram nela; e se é a de 1595, sobre elas impende a suspeita genérica do prefácio, e que, em 1598, se realizou na supressão de poemas que não seriam, efectivamente, de Camões.*

Resta-nos examinar o caso das redondilhas n.ᵒˢ 80 e 81, que, em 1595, figuravam no texto, mas não no índice (no qual figura a n.º 82 que acabámos de tratar), e que continuam no texto de 1598, e estão inscritas no índice do volume. Provavelmente, em 1595, elas foram acrescentadas ao volume, no fim, antes das «sentenças» conclusivas da edição, quando o volume já estava preparado, estando já feito o índice. Os poemas não podiam (salvo por acordo com o revisor do Santo Ofício) ser acrescentados a um original censurado; e, antes de censurado, o volume não podia entrar em impressão. Mas podem ter sido apresentados à censura e intercalados no original já entregue. Isto explica que, sendo eles dois poemas que estão seguidos, e no fim, antes do último poema de 1595, não figurem no índice os primeiros versos de ambos, que começavam um por «*Há um bem*...» e outro por «*Olhos não*...», distantes, e muito, na ordem alfabética de primeiros versos do índice. Feita sobre um volume de 1595 revisto e acrescentado, a edição de 1598 já os incluiu, não só no texto, onde estavam, mas no índice, onde faltavam.

Tudo isto, no que às redondilhas podemos observar, reitera o que dissemos da edição de 1598. Ela não pode ser cegamente preferida à edição de 1595. O conjunto de ambas deve ser reexaminado, na reciprocidade crítica das duas. E isto, se não tivermos em conta o factor decisivo que é constituído pelo tipo de correcções que a edição de 1598 introduziu, e de que adiante nos ocupamos.

---

[1] E acrescentos de estrofes. É o caso da canção «*Vinde cá, meu tão certo secretário*» e dos *Disparates da Índia*.

[2] É muito interessante notar o que, com os sonetos e as redondilhas, se passa na edição de 1607 da lírica de Camões, já da responsabilidade de Domingos Fernandes, o da Segunda Parte de 1616. O soneto «*Espanta crescer tanto o crocodilo*», que, em 1598, saíra do texto, mas não do índice, desaparece também do índice. O soneto «*Se quando vos perdi minha esperança*», retirado do índice, mas não do texto, em 1598, é registado no índice. Os sonetos «*Depois de tantos dias mal gastados*» e «*Eu me aparto de vós ninfas do Tejo*», das *Flores do Lima*, de Bernardes, o primeiro dos quais Lopes mantivera, enquanto retirava o segundo, têm a mesma sorte com Domingos Fernandes. Quanto às redondilhas, Fernandes repete exactamente o que sucedera em 1598. É, pois, contraditório o comportamento de Domingos Fernandes: se, para os sonetos, corrigiu os lapsos de Estêvão Lopes, quanto às divergências entre texto e índice, repetiu-os para as redondilhas. É de notar que, entre as duas «edições» de 1607 — a que tem a esfera no frontispício e a que tem o escudo — as divergências não se limitam a isto: com idênticas manchas de composição tipográfica das páginas, há variantes de exemplar para exemplar, como noutro passo deste estudo chamamos a atenção para o que é um dos problemas das edições quinhentistas e seiscentistas.

II
AS EMENDAS DA EDIÇÃO DE 1598

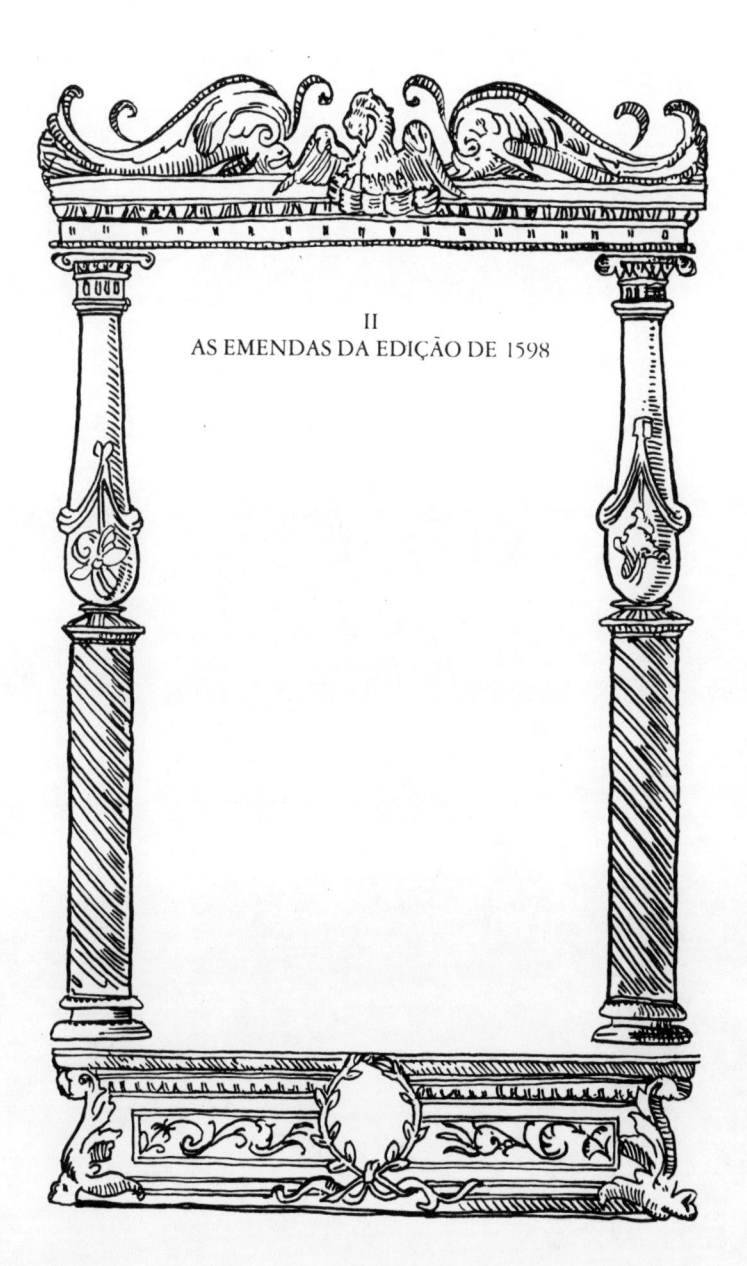

Foi ao minuciosamente compararmos os diversos textos da canção de Camões «*Manda-me amor...*» que notámos o peculiar carácter das emendas que, na edição de 1598 das *Rimas*, eram feitas aos poemas já impressos na edição de 1595. Tal carácter, nas edições modernas, que actualizam mais ou menos a ortografia (quando não introduzem alterações que tornam os textos muito mais quinhentistas do que no próprio século de Quinhentos...), e não mantêm a esmagadora maioria das indicações de leitura rítmica introduzidas em 1598, nem respeitam a pontuação de 1598 (que alterava a de 1595), não é tão evidente — e é mesmo impossível, sem observação directa das primeiras edições, fazer-se uma ideia global de *como foi* que os textos foram «beneficiados». Porque não basta observar, num texto actualizado, as variantes, uma vez que estas são aquilo que os editores acharam dever considerar como tal, em relação a um texto que, «fixado», já estava necessariamente «variado» também.

O levantamento e a classificação, cuidadosamente conferidos, das diferenças existentes, mesmo na pontuação, aos milhares de versos, é um trabalho imenso, necessariamente demorado pelas verificações e contraverificações que exige. Consideramo-lo realizado em princípio, e para *um* exemplar da edição de 1595, cotejado por *um* exemplar da edição de 1598; e os números dos diversos cômputos correspondem a uma primeira verificação que notou 4000 emendas. Para um trabalho definitivo, há que estender a observação ao mútuo cotejo de todos os exemplares conhecidos das duas edições e apresentar as listas gerais das emendas, com a discussão de cada um dos tipos e dos casos especiais que mereçam mais atenção. Neste apêndice limitamo-nos a apresentar, por formas líricas (soneto, canção, ode, elegia, poemas em oitavas, éclogas, sextinas e poemas em redondilha, que são as espécies que Camões cultiva), os valores correspondentes à classificação das emendas, que fizemos, na comparação de dois exemplares do acervo da Biblioteca Nacional do Rio de Janeiro. O da edição de 1595 tem o número de tombamento 973/1949 e o da edição de 1598 o n.º 12715/55. E fazemos acompanhar esses valores pelos comentários indispensáveis ao fim em vista, que é *conhecermos concretamente como foi revisto, na edição de 1598, o texto impresso na de 1595.*

Quanto às emendas, foram elas classificadas em *quatro* grupos principais: as elisões de vogal final, marcadas com sinal gráfico, e que consideramos «indicações de leitura» métrico-rítmica, e as supressões dessas indicações, quando existiam em 1595; as alterações de que *uma* palavra, num verso, é objecto (e que subclassificamos em: alterações ortográficas ou morfológicas; substituição de palavra por outra; acrescento de palavra ao verso; supressão de palavra no verso); as alterações de pontuação (sinal suprimido em dado lugar, sinal acrescentado, sinal alterado em seu valor sem mudança de posição), e *variantes*. Isto é: para uma microscópica análise das emendas, consideramos *variante* apenas os casos em que um verso é inteiramente substituído por outro.

Numa análise preliminar e global dos diversos tipos de emendas, segundo a classificação estabelecida, que se observa?

As «indicações de leitura», que abundam a uma escala que ultrapassa os limites do absurdo, revelam nitidamente a obsessão de eliminar todos os hiatos possíveis, havendo versos com três e quatro, coisa que, por certo, nenhum poeta se daria ao trabalho de fazer em transcrição de obras métricas suas. Em compensação, às vezes foram eliminados sinais e pospostas vogais, que, de toda a evidência, tinham funções sintagmáticas na expressão poética.

As alterações ortográficas, que parecem sistemáticas e atingem elevado nível, não obedecem todavia a critérios seguros; e, às vezes, nem se podem atribuir a orientações variáveis com o tipógrafo que compôs esta ou aquela folha. Com efeito, numa mesma página, «Nascer» é substituído por «Nacer», e reciprocamente. As alterações morfológicas (mudança de tempo verbal, singular por plural ou vice-versa, regências preposicionais alteradas, etc.), na maior parte dos casos, não correspondem a aperfeiçoamento do rigor expressivo, mas também a preocupações prosódicas, exactamente como sucede com os acrescentos ou supressões de palavras, em geral monossilábicas. A substituição de uma palavra por outra, como também o facto de certas palavras (céu, deuses, fado, fortuna, etc. — *precisamente as que declaradamente preocupam os censores*) virem escritas com minúscula, parece em geral revelar emenda dos «revedores», que teriam sido menos exigentes, a tal respeito, para a edição de 1595.

Quanto às alterações de pontuação (que, em 1595, é predominantemente *retórica*, como é costume dos bons poetas, mas mais abundante que nos correspondentes textos do Cancioneiro Luís Franco, pelo que já deve resultar de trabalho revisor), não pode dizer-se que, salvo num ou noutro caso em que corrigem um disparate evidente, sejam sempre favoráveis à clareza do sentido; e, por vezes, substituem uma leitura errada por outra mais errada ainda.

Tratemos agora, sucessivamente, de cada uma das várias espécies líricas.

Sonetos.

Como vimos, e contando «*Quem é este que na harpa lusitana*», há 63 sonetos em 1598, vindos de 1595. E aquele sai da continuidade dos sonetos para as páginas preliminares e dedicatórias. Pois sucede com ele um curioso fenómeno que não poderemos, por certo, considerar revelador de que, em 1598, houve especiais manuscritos por onde rever o que já andava impresso: *no lugar para onde foi transferido, tão longe do soneto de Camões que lhe responde, sofreu exactamente o mesmo tipo de emendas que todos os outros sonetos de 1595...* E o mesmo sucede, também, com os sonetos que podem ser atribuídos a Diogo Bernardes e a outros. Será que também estes apareciam «corrigidos», como os autênticos, nos tais manuscritos?... Mas, antes de discutirmos estes casos, consideremos os valores observados.

No quadro seguinte figuram, para todos os sonetos, os certos e os duvidosos (porque uns e outros receberam emendas semelhantes), os cômputos efectuados. Para o cálculo percentual, e para simplificação, agrupamos todavia algumas das subclasses.

Emendas		Quantidade	Percentagem
1	— variantes	3	1,5
2-a	— elisões marcadas	40	20,5
2-b	— elisões suprimidas	3	
3-a-I	— alterações ortográficas	97	46
3-a-II	— alterações morfológicas	5	2,5
3-b	— substituição de palavra	12	9
3-c	— acrescento de palavra	6	
3-d	— supressão de palavra	1	
4-a	— pontuação suprimida	5	20,5
4-b	— pontuação acrescentada	17	
4-c	— pontuação mudada	21	
	Totais	210	100

No conjunto dos 63 sonetos, há 210 emendas introduzidas na edição de 1598. Isto significa que, sem discriminarmos os tipos de emenda, se verificam, em média, 3,3 emendas por soneto. À primeira vista, haver mais de três emendas por soneto, e estando incluídas nelas as variantes totais (versos integralmente substituídos), indicaria um texto mais correcto. Notemos, porém, que, em todos os sonetos, só *três* versos são integralmente substituídos, o que corresponde apenas a 1,5 % das emendas; que quase metade destas (46 %) são meras e muitas vezes arbitrárias alterações ortográficas; e que mais 20,5 % das emendas são abusivas «indicações de leitura». Quer isto dizer que as emendas *correctivas* (por puro pretensiosismo prosódico ou simples mudança de critério ortográfico), *e que nada significam do ponto de vista de obter-se um texto mais seguramente do autor (ou a ele devido), são nos sonetos 75,5 % das emendas observadas*. Este valor é obtido com a soma das classes e subclasses: 2a-2b-3aI-3b-3c-3d. Mas, do ponto de vista da crítica textual oitocentista, cujos critérios ainda dominam as fixações de texto, é costume modernizar-se a pontuação, sem especial atenção à que exista nos originais... Isto significa que *só 4 % das emendas existentes nos sonetos (ou sejam oito em sessenta e três sonetos) terão servido de justificação do prestígio das lições de 1598...* Mas há mais. Nós não separámos os sonetos duvidosos, nem os alheios, como o manifesto soneto «ao autor». Este soneto, para a edição de *1598*, recebe 9 emendas, quatro das quais são alterações ortográficas (44 %), outras quatro são palavras acrescentadas, substituídas ou suprimidas, para acerto prosódico (44 %), e uma última é uma vírgula acrescentada. Aliás, de todos os sonetos alheios ou duvidosos, e colocado nas páginas preliminares da edição, fora do conjunto, ele é o mais emendado! Isto parece ser seguro indício, como as observações anteriores, de que *a edição de 1598 submeteu os textos a uma revisão que pouco ou nada terá que ver com lições melhores do autor ou de apógrafos seus.*

Canções.

A edição de 1598 voltava a publicar as dez canções impressas em 1595, e não lhes acrescentava mais nenhuma inédita. Mas ampliava o *commiato* da «*Manda-me amor...*» (modificando-lhe para isso o último verso do texto já impresso), e inseria duas novas estrofes na canção «*Vinde cá, meu tão certo secretário*». O facto de aquele *commiato* ampliado aparecer, ainda que com variantes, na versão muito diferente que foi revelada na Segunda Parte de 1616, no outro texto desta versão que o Cancioneiro Juromenha arquivava, e no texto (que é, com variantes, coincidente com o o de 1595-98) existente no Cancioneiro Luís Franco, não nos autoriza a duvidar da autenticidade dele, em termos que não importam aqui. E o facto de as duas estrofes da canção «*Vinde cá...*» estarem no texto do Cancioneiro Juromenha (ainda que com diversa inserção) de certo modo as garante também [1]. Para o nosso presente estudo não entraremos obviamente em linha de conta com esses acrescentos, mas, segundo o critério já usado, com o cômputo classificado das emendas introduzidas nos versos já impressos na edição de 1595.

No quadro seguinte inscreveremos apenas os valores correspondentes às classes e subclasses agrupadas como o foram no quadro dos sonetos.

As dez canções, como publicadas na edição de 1595, totalizam, salvo erro, 1026 versos. Há, pois, nelas, em média, uma emenda por cada 1,6 versos (este valor era 4,2 para os sonetos). Na aparência, portanto, as canções foram ainda melhor emendadas que os sonetos. Analisemos.

Em 654 versos só 15 (ou sejam 2 %, à mesma escala do que acontecia nos sonetos) são totalmente «variantes».

Emendas	Quantidade	Percentagem
1	15	2
2	268	41
3 aI	184	28
3 aII	14	2
3 b - c - d	57	9
4 a - b - c	116	18
Totais..........	654	100

A fúria de «indicações de leitura» duplica, em relação à que varrera nos sonetos as vogais finais das palavras. Em compensação, as alterações ortográficas diminuem (mas não esqueçamos nunca que elas obedecem a critérios muito flutuantes). E é de notar que as substituições, acrescentos e supressões de palavras, por um lado, como as alterações de pontuação, por outro, se conservam num nível igual ou sensivelmente igual ao que tinham nos sonetos. Há, portanto, coincidências de critério (ou de falta dele) — e, apesar da intensificação das «indicações de leitura», e da diminuição das alterações ortográficas, a soma das percentagens das classes e subclasses de emendas representativas de um correctivismo extrínseco é 78 % — *no mesmo nível que para os sonetos. E, como para estes, é 4 % a percentagem das emendas que poderiam ter significado autógrafo ou de apografia autêntica.* A situação das canções é pois idêntica à dos sonetos [2].

Odes.

Na edição de 1595 eram publicadas cinco odes (nenhuma das quais a que já andava impressa no livro de Garcia de Orta, desde 1563, e que é, certamente porque chamaram a atenção de Estêvão Lopes, uma das cinco que aparecem como inéditas em 1598). As cinco odes de 1595 totalizam 366 versos, nos quais computámos 182 emendas — uma por cada dois versos, *no mesmo nível médio que encontramos nas canções.*

Os versos totalmente «variados» aparecem-nos com uma percentagem, ainda que baixa, superior (e muito) ao nível que este tipo de emenda tinha nos sonetos e nas canções. Os restantes valores estão, porém, mais ou menos nos níveis que tinham para os sonetos. Se fizermos as somas representativas do correctivismo extrínseco e das alterações significativas, teremos respectivamente 74,5 % *(ao mesmo nível dos sonetos e das canções)* e 8 %. Salvo este último caso (que aliás afecta uns quinze versos em quase 400), o que se passa com as odes não é diverso do que se passava com as espécies anteriores.

Emendas	Quantidade	Percentagem
1	12	7
2	35	19
3a I	80	44
3a II	2	1
3b-c-d	21	11,5
4a-b-c	32	17,5
Totais.........	182	100

Elegias.

A edição de 1595 publicava, classificando-as de «elegias», três poemas em *terza rima;* e um quarto como «capítulo». Considerá-los-emos em conjunto. Estas quatro composições totalizam 403 versos, para os quais se verificam 226 emendas, ou seja uma emenda por cada 2,2 versos, *no mesmo nível médio das odes e mesmo das canções.* O quadro das emendas é o seguinte:

Emendas	Quantidade	Percentagem
1	—	—
2	96	42,5
3a I	88	39
3a II	2	2,5
3b-c-d	21	5
4b-c-d	32	11
Totais.........	226	100

Nenhum verso destes poemas é variante total. Mas, com esta reserva (aliás mínima, porque eles são sempre pouquíssimos nas espécies examinadas até agora), as percentagens não andam longe das correspondentes das canções. O correctivismo extrínseco é o mais pesado que temos encontrado: 86,5 % (excedendo, no entanto, em apenas 16 % o mais baixo dos anteriores, que era os 74,5 % das odes), enquanto as alterações significativas são apenas 2,5 %. Também as elegias ou, mais exactamente, os poemas em *terza rima* não destoam do quadro geral que vimos observando.

Oitavas.

Os poemas em oitavas são três na edição de 1595, num total de 464 versos, que recebem 312 emendas, o que corresponde a uma emenda por cada 1,5 versos, *no mesmo nível das canções.* Distribuem-se do seguinte modo pelos diversos grupos:

Emendas	Quantidade	Percentagem
1	4	1
2	100	32
3a I	122	39
3a II	3	1
3b-c-d	12	4
4a-b-c	71	23
Totais.........	312	100

São pouquíssimos os versos totalmente divergentes; e o total de emendas «correctivas» é 75 % das emendas todas, a um nível percentual *semelhante ao dos sonetos e das odes.*

Éclogas.

As oito éclogas aparecidas na edição de 1595 constituem a mais compacta massa de versos das diversas formas ou espécies líricas da colectânea: 2871 versos. Estes são atingidos por 1232 emendas, ou seja por cada 2,2 versos — *no mesmo nível das elegias.* As emendas «correctivas» totalizam 82 %, valor semelhante aos observados anteriormente. As alterações que podem ser tidas por significativas (e que realmente, na maior parte dos casos, o não são) totalizam 6,5 %, a nível intermédio entre o dos sonetos e das odes. O quadro correspondente é o seguinte:

Emendas	Quantidade	Percentagem
1	55	4,5
2	374	30
3a I	524	42,5
3a II	22	2
3b-c-d	116	9,5
4a-b-c	141	11,5
Totais.........	1232	100

Sextina.

A bela sextina publicada em 1595 recebe, em 1598, dez emendas nos seus 39 versos, ou seja, em média, uma emenda por cada 3,9 versos, valor semelhante ao dos sonetos. São as seguintes:

Emendas	Quantidade	Percentagem
1	—	—
2	4	40
3 aI	3	30
3 aII	—	—
3 b - c - d	1	10
4 a - b - c	2	20
Totais.........	10	100

Embora um só poema, e relativamente breve, não possa competir em amostragem com as massas de versos das outras espécies que temos estudado, é muito interessante notar que, todavia, *as emendas «correctivas» se situam ao mesmo nível: 80 %*.

Redondilhas.

Vimos já que as composições em redondilhas oferecem, de 1595 para 1598, particular interesse para as questões que nos preocupam. Por isso, a análise das emendas de que são objecto é, para nós, tão importante como a das que atingiram os sonetos da 1.ª edição. Como vimos, e nas condições referidas no apêndice anterior, há 82 composições em redondilha maior ou menor na 1.ª edição. Na de 1598, são eliminadas por Estêvão Lopes *três* delas. Tal como fizemos com os sonetos, consideraremos em conjunto as emendas que atingiram os textos — de Camões, duvidosos ou de outrem — que passaram à edição de 1598. E examinaremos, depois, o que sucedeu com poemas «alheios».

As 79 composições em causa totalizam 2567 versos; e as emendas de que estes são objecto ascendem a 1187. Temos, assim, uma emenda por cada 2,2 versos, *aparentemente no mesmo nível das elegias e das éclogas.*

Dizemos «aparentemente», porque as composições em redondilha são em verso de 7 e de 5 sílabas, enquanto as elegias são em decassílabos, que nas éclogas predominam largamente. E, sendo assim, a densidade das emendas nas redondilhas é muito superior ao que aparenta, e deve andar próxima da que corresponde às canções e às oitavas. Vejamos como se distribuem as emendas observadas, pelas classes e subclasses.

Emendas	Quantidade	Percentagem
1	8	0,5
2	132	11
3 aI	610	51,5
3 aII	22	2
3 b-c-d	40	3,5
4 a-b-c	375	31,5
Totais.........	1187	100

Os níveis de alguns destes valores não têm muita correspondência com os dos equivalentes de outras espécies.

As «indicações de leitura» diminuem muito, como se, para redondilhas, houvesse mais complacência com a prosódia visível ou invisível. Mas, em compensação, a exigência pontuante faz-se sentir a um nível muito superior ao do que se passava antes, o que não deixa de estar em contradição sintáctica com aquela complacência prosódica... De resto, a observação minuciosa das emendas que afectam as composições em redondilha revela, ao que supomos, um descuido notável e uma mais patente confusão de critérios ou a falta deles.

Se um ou outro verso que faltara é reposto (uns três, ao todo), e se os *Disparates da Índia* recebem estrofes, o caso é que as emendas atingem, sem discriminação, *todas as composições alheias ou duvidosas que permaneceram na edição de 1598, inclusivamente os dois poemas que eram (e são) de Garcia de Resende*. E que o descuido e a confusão de critérios «correctivos» foram muito maiores poderia parecer desmentido pelo facto de as percentagens correctivas somarem apenas 66 %, o mais baixo valor médio que encontramos, por espécies: apenas, neste valor, 51,1 % *corresponde a flutuações ortográficas*, o mais alto nível deste tipo de emendas, em todas as composições.

Cômputo global.

Foram, da edição de 1595 para a de 1598, observadas e classificadas 4013 emendas nos 12 569 versos que transitaram de uma para a outra. O que corresponde, em média geral, a uma dispersão ou disseminação de uma emenda por cada 3,1 versos. Estas emendas distribuem-se do seguinte modo:

Emendas	Quantidade	Percentagem
1	97	2,5
2	1052	26
3 aI	1708	42,5
3 aII	74	2
3 b - c - d	277	7
4 a - b - c	805	20
Totais.........	4013	100

Notemos, neste quadro geral, algumas circunstâncias. As alterações ou flutuações ortográficas constituem quase metade das emendas observadas. Depois delas, temos que uma quarta parte das emendas é o delírio persecutório das vogais finais das paiavras. A seguir vêm as alterações de pontuação, por vezes muito arbitrárias, que ocupam uma quinta parte. *Com um critério largo que inclua, como variantes, os versos totalmente mudados, as alterações morfológicas, as supressões, os acrescentos e as substituições de palavras, teremos que, das emendas todas, só 11,5 % serão «variantes»*, ou sejam cerca de 450 emendas, das 4000 que se computaram e classificaram em 12 500 versos. Teremos de concordar que é pouco (mesmo só numericamente) para que se considere que a edição de 1598 melhorou a de 1595, salvo naquilo mesmo em que tinha estrita obrigação de melhorá-la (estrofes ou versos em falta). *A edição de 1595 parece-nos, pela investigação concreta e não apenas por ser a 1.ª edição, que deve ser preferida, mesmo quando o seu texto seja defeituoso, e que as emendas de 1598 há que considerá-las com cautelosa reserva.* E isto, se se admitir que é lícito inserir num texto de 1595 um ou outro dos «correctivos» que, na edição de 1598, ele tenha recebido, sem criterioso cotejo com manuscritos apógrafos existentes, quando eles contenham o texto em causa. Porque, afinal, um autor do século XVI, de que haja edições quinhentistas impressas, e apógrafos do século XVI ou XVII, não é propriamente um palimpsesto...

[1] A discussão do problema do tão variado *commiato* da canção «*Manda-me amor que cante docemente*» ou «*Manda-me amor que cante o que alma sente*» (em 1616, e sem o artigo a definir «alma», que os editores modernos lá põem), fizemo-la longamente no nosso livro *Uma Canção de Camões*. E temos em preparação o estudo — através dos cômputos vocabulares, rítmicos, sintácticos, etc. — da autenticidade e da inserção correcta das estrofes acrescentadas à canção «*Vinde cá...*».

[2] Estas observações — que veremos mais amplamente confirmadas pela continuação da nossa análise das emendas da edição de 1598 — permitem-nos considerar, a propósito (e porque uma breve discussão dos casos contribui, reciprocamente, para iluminar a interpretação daquelas emendas), os acrescentos feitos às duas canções referidas no texto. As novas estrofes da «*Vinde cá...*» não teriam realmente sido suprimidas pela censura, na edição de 1595, até porque não é muito aceitável supor-se que, se a gravidade «teológica» das estrofes era de ordem a suprimirem-se duas estrofes inteiras, de vinte versos cada, essa mesma censura as consentisse tão pouco tempo depois, e numa edição que foi minuciosamente corrigida quanto a fados e fortunas. Ou elas não existiam realmente nos manuscritos que serviram à 1.ª edição (e, para uma delas, cremos de considerar-se a hipótese de ter sido subs-

OS SONETOS DE CAMÕES

tituída por outra muito diversa, o que estaria de acordo com o lugar incerto que essa estrofe tem ocupado na sequência), e foram comunicadas a Estêvão Lopes por alguém, ou, nos manuscritos, era duvidoso que fizessem parte de uma versão definitiva, razão pela qual Soropita as não incluiu, ao contrário do que veio a fazer Estêvão Lopes, imediatamente após, no seu afã comercial de ampliar a colectânea para a reedição. Se é que, pura e simplesmente, não haviam sumido por descuido, ou (hipótese também a considerar) não tinham sido suprimidas, na 1.ª edição, para aliviar a extensão e o peso (de que o próprio Camões se defende no *commiato*) de uma canção desmesuradamente longa e meditativa... Quanto ao *commiato* de «*Manda-me amor...*», é de notar que, resumindo a questão, a canção possui três: um é o da versão que consideramos incipiente e que Juromenha extraiu do Cancioneiro Luís Franco, onde figura; outro é o da edição de 1595; outro (que começa por ser o de 1595, transformado para receber os dois versos mais, em 1598) comum, com variantes, à edição de 1598, ao texto híbrido de 1595-98 que também figura no Cancioneiro Luís Franco, à versão de 1616, e ao texto desta versão, tal como figura no Cancioneiro Juromenha. O facto de os dois versos acrescentados na edição de 1598 serem comuns a todos estes textos é, de certo modo, garantia de autenticidade deles, e afasta a hipótese tentadora de que, em 1598, o texto tivesse sido corrigido, para que não afirmasse, sem restrições, que «os sentidos humanos bem podem dos divinos ser juízes»... Mas uma análise comparativa, cuidadosamente feita, do *commiato* de 1595 e do 1598 mostra que eles não dizem tão o contrário um do outro quanto possa parecer à primeira vista. E o cotejo dos textos do Cancioneiro Luís Franco com os impressos nas duas primeiras edições revela, ao que cremos, que, em 1598, se fizeram emendas arbitrárias, e também arbitrariamente se corrigiu o *commiato*, para que recebesse os dois versos a mais, que andavam noutro texto da mesma versão da canção. Pelo que, para a edição de 1598, no que a estas canções se refere, Estêvão Lopes não deve ter tido *novos* textos por onde conferir, e apenas terá recebido comunicação de faltas que se verificavam nos que publicara, na melhor das hipóteses. Os saltos de versos, ou troca deles, que são corrigidos nalgumas composições, em 1598, também não provam a existência de novos textos destas composições: podem ser, e por certo são, correcções de erros flagrantes cometidos pelos tipógrafos na 1.ª edição, e feitas sobre os manuscritos que haviam servido a essa 1.ª edição, ou por um exemplar desta, emendado para o efeito. E é muito importante anotar que, na edição de 1598, os novos «inéditos» oferecem o mesmo aspecto (por exemplo: a profusão de indicações de leitura) que os revistos de 1595, *pelo que devem ter sofrido o mesmo tratamento ao passarem dos novos apógrafos ao texto da edição.*

III
UM SONETO DE 1595, QUE SERIA DE AUTOR INCERTO E QUE SERÁ DE CAMÕES

No nosso livro sobre sonetos atribuídos a Camões de 1595 a 1663, dissemos que o n.º 8 de 1595, o tão estimado «*Todo animal da calma repousava*», que circulou em castelhano na Espanha do século XVII, é atribuído em português a Martim de Castro [1], no Cancioneiro da Academia de História de Madrid, enquanto o P.e Ribeiro inclui (ou melhor, o índice do seu cancioneiro inclui) o seu 1.º verso entre os sonetos que atribui a Camões e também entre os que aí são atribuídos a Diogo Bernardes (p. 25). Discutimos depois em particular o caso, servindo-nos do Cancioneiro de Luís Franco (pp. 30-32). E concluíamos (p. 34) que, em vista destes dados e das considerações feitas, e do prestígio e beleza do soneto, era com muito desgosto que o relegávamos ao limbo das peças *incertas*.

Ao examinarmos em microfilme aquele cancioneiro madrileno, fomos porém influenciados por um erro, ou descuido, ou gralha tipográfica de J. Garcia Soriano no seu artigo de 1925 sobre esse importante manuscrito, e pela repetição de tal erro ou gralha, feita por Chorão (Herculano) de Carvalho, no artigo em que, quase um quarto de século depois, chamava a atenção dos estudiosos para questões de autoria camoniana: «Sobre o texto da lírica camoniana», em *Revista da Faculdade de Letras de Lisboa*, XIV, 1948, pp. 224-38, e XV, 1949, pp. 53-91. Segundo esses dois autores, o soneto viria, naquele cancioneiro, atribuído a Martim de Castro, o que evidentemente reiterava de grave maneira a suspeita de incerteza, que resultava da duplicação do 1.º verso no índice do cancioneiro do P.e Pedro Ribeiro, aí registado na lista de Camões, e na lista de Bernardes. A única conclusão que se impunha era, pois, considerar de autor incerto o soneto, quando outros, com bem menos fortes razões, têm sido excluídos das obras de Camões.

Acontece, porém, que o Cancioneiro da Academia de História de Madrid não atribui, de modo algum, o soneto em questão a Martim de Castro, mas a *Camões* [2]. Mais uma vez se verifica o valor do salutar princípio de não só ir sempre directamente às fontes, mas de ir a elas *como se ninguém antes de nós as tivesse estudado.*
Com efeito, ao descrever a fl. 169 (os sonetos estão um em cada página pelo manuscrito adiante), Soriano escreveu:

> fol. 169 r — *Outro de Martim de Crasto* (portugués). Empieza:
>
> Perdi-me dentro em mi como em deserto
> Acaba: que em grande dor não há vida comprida.

e a seguir um breve comentário anota que Carolina Michaëlis o viu em nome de Fr. Agostinho da Cruz num manuscrito e anónimo noutro [3]. Ao descrever depois o verso desta mesma folha, Soriano escreveu, ou o que saiu impresso foi o seguinte:

> fol. 169 r — *Outro de Martim de Crasto* (portugués). Empieza:
>
> Todo animal da calma repousava...
> Acaba: somente em ser mudável tem firmeza.

e comenta rapidamente que o soneto figura na edição de 1598 de Camões, e na edição Juromenha (que são as que ele usa para as suas verificações camonianas). Mas o que efectivamente está, na p. 169-verso, é sucintamente *Cam* que facilmente pode não ser notado por quem tenha em mente, ou diante dos olhos, a descrição de Garcia Soriano. Logo, o soneto está aí, como dissemos, *atribuído a Camões*, o que por certo contribui para diminuir o efeito da duplicação supracitada no índice do cancioneiro do P.e Pedro Ribeiro.

Manda todavia o rigor que nos não contentemos com o que se passa numa página, sem atenção ao que se passa nas que a precedem e seguem. Depois de três églogas, um soneto e uma canção, tudo atribuído a Camões e que tudo é da edição de 1595 e insuspeito, a colaboração camoniana interrompe-se (fl. 168-verso) com, anónimo, um *soneto em ecos à morte da Rainha Dona Isabel* [4]. Vêm depois o soneto atribuído a Martim de Crasto, e o soneto em questão.

OS SONETOS DE CAMÕES

A 170-retro, está «de Camões, este soneto lidas as primeiras letras diz: vosso como cativo mui alta senhora», que é «*Vencido está d'amor meu pensamento*», primeiro atribuído a Camões na *Terceira Parte* de 1668 (e que figura também em Faria e Sousa), e que não consta de Luís Franco ou de Pedro Ribeiro. Está a seguir o soneto «*Conversação doméstica afeiçoa*», atribuído a Camões, e que como tal foi primeiro impresso na reedição ampliada de 1598, onde tem o n.º 87. O Cancioneiro Fernandes Tomás dá-o a Fernão Rodrigues Lobo Soropita, cremos que por lapso (vide nossa ob. cit., pp. 50-51), todavia uma mancha que lhe fica. Vem depois o n.º 66 de 1595 *(«Dai-me uma lei senhora de querer-vos»)*, o último dessa edição, na zona mais suspeita dela, e que não é registado por Luís Franco ou por Pedro Ribeiro. Seguem-se por esta ordem os n.ºs 38, 47, 39, 43 e 46, de 1595, todos de reconhecida autoria camoniana. De modo que devemos notar que o soneto em causa, depois de uma interrupção de série camoniana, *abre outra*, cuja «camonidade» vai crescendo até novamente se interromper o registo camoniano com uma écloga de Diogo Bernardes (inserida anonimamente), à qual se segue uma miscelânea de autores castelhanos ou portugueses escrevendo em castelhano (fls. 183-verso-194-retro) que, com dois poemas trocados na ordem, coincide exactamente com uma secção do cancioneiro eborense que Askins publicou sob o nome «de Corte e de Magnates»[5]. O soneto em questão, porém, se abre a nova série camoniana, abre-a seguido de três sonetos que desejaríamos fossem mais amplamente garantidos como de Camões, do que efectivamente o são. E não é uma desagradável coincidência que precisamente os quatro estejam juntos?

Examinemos o índice do P.e Pedro Ribeiro. No seu estudo sobre este índice, sobejamente conhecido, Carolina Michaëlis, ao transcrevê-lo, dá o soneto em causa em 49.º lugar na lista de Bernardes (que é de 116 sonetos), e em 1.º lugar na de Camões (que é de cerca de 60). Compararemos os três primeiros versos da lista de Camões, com os três de Bernardes que se iniciam com aquele.

Bernardes		Camões
Todo animal, etc.	8(1595)	Todo animal, etc.
Já a saudosa aurora, etc. . .	71(1598)	Já a saudosa aurora, etc.
Cantando estava um dia, etc.	1(1616)44(1595)	Rezão é já, etc.[6]

A repetição paralela dos dois sonetos repetidos, ambos por isso incertos entre Camões e Diogo Bernardes, seguidos na lista de Bernardes por um soneto da *Segunda Parte das Rimas* de Camões, e na lista de Camões por um soneto insuspeito, por certo que não favorece a situação deles dois, quanto a autenticidade camoniana (ver, no nosso livro, pp. 51-52, a discussão do n.º 71 de 1598, e a p. 151 a do 1.º de 1616). Mas, por outro lado, não deixa de ser estranho que a repetição nas duas listas se faça paralelamente. Não se terá tratado de um simples erro de cópia, na elaboração do índice?

O n.º 71 de 1598, demo-lo como incerto entre Camões e Diogo Bernardes, à falta de outros indícios decisivos. Cremos que a posição dele melhora, todavia, com a atribuição do n.º 8 de 1595 a Camões no Cancioneiro de Madrid. Este, manchado de suspeita, pode regressar a um cânone camoniano. E isto, adicionado das considerações anteriores, permitir-nos-á trazer o n.º 71 de 1598 para a classe dos sonetos duvidosos mas camonianos. Todavia, manda a cautela que não usemos um ou outro para considerações canónicas sobre o pensamento ou o estilo de Camões [7].

[1] Sobre Martim de Castro do Rio e a sua família, ver o 2.º volume dos nossos *Estudos de História e de Cultura*, em publicação na revista *Ocidente*, pp. 90, 91, 104, e o capítulo sobre o Cancioneiro Fernandes Tomás, como já foi dito.

[2] Foi o licenciado Gordon K. Jensen, cuja tese de doutoramento em Português, na Universidade de Wisconsin, versará um estudo global e comparativo dos cancioneiros manuscritos e das edições camonianas, e que está a ser desenvolvida sob a nossa supervisão (tudo indica que essa tese trará aos problemas de autoria e de texto aportações de alto interesse), quem chamou a nossa atenção para o lapso no artigo de Garcìa Soriano e no de Chorão de Carvalho, e para o nosso lapso na observação do microfilme. O seu a seu dono, pois não somos dos que tomam por trabalho seu o dos alunos.

[3] Veja-se, na nota respectiva da edição de Askins do Ms. eborense CXIV/2-2 (composição n.º 256), a indicação dos diversos manuscritos que confirmam a autoria de Martim de Castro. Naquele manuscrito, o soneto vem anónimo. Askins não menciona (e também não Garcia Soriano) que o soneto está atribuído a Fernão Correia de Lacerda, no Cancioneiro Fernandes Tomás, segundo Carolina Michaëlis, no seu conhecido estudo sobre essa colectânea. Soriano cita aquela autora, num artigo da *Revue Hispanique*, afirmando que o soneto estava atribuído a Fr. Agostinho da Cruz no códice conimbricense — e, como tal, Mendes dos Remédios o inseriu na sua edição das obras deste poeta. Mas, naquele estudo sobre o CFT, Coimbra, 1922, já ela dizia

(p. 67): «por ter sido dos sonetos predilectos de Fr. Agostinho da Cruz entrou nas obras dele». Note-se que, ao contrário desta viperina displicência, Mendes dos Remédios não ignorava (p. 437) aquela atribuição a Fernão Correia de Lacerda. Ela, tão vista e achada em manuscritos, é que ignorava a atribuição a Martim de Castro, e estava já esquecida do que dissera anos antes.

[4] Veja-se, no artigo de Garcia Soriano (pp. 528 e segs.), o comentário a este soneto, judiciosamente ampliado por Askins (ed. cit., pp. 568-69). A autoria deste soneto em castelhano está incerta entre Fr. Luís de Léon, Francisco de Figueroa, e André Falcão de Resende.

[5] Esta observação não escapou a Askins na sua edição do ms. eborense (p. 10 e notas aos poemas).

[6] O soneto começa «*Tempo é já...*» na edição de 1595.

[7] Nunca será demais acentuar-se (e a análise a que submetemos as edições de 1595, 1598 e 1616, no livro citado, claramente o prova) que, em face de outras atribuições, ou de situações suspeitas, as atribuições resultantes das primeiras impressões quinhentistas e seiscentistas (feitas postumamente, em condições precárias) não têm necessariamente mais peso do que aquelas: são uma atribuição tão válida, mas não mais, que a de um cancioneiro manuscrito que, pela época da sua organização, nos mereça confiança.

BIBLIOGRAFIA

Na bibliografia adiante apresentada separámos as obras e edições mencionadas neste estudo em quatro categorias: cancioneiros manuscritos; as da obra de Camões; as de Petrarca e dos outros autores quinhentistas ou seiscentistas; e os estudos camonianos ou outros directamente referidos no texto e nos apêndices. As edições de Camões *consultadas* estão inscritas por ordem cronológica, já que a cronologia delas é essencial à compreensão do papel bibliográfico que desempenharam ou desempenham. As edições que usámos dos outros autores clássicos vão pela ordem alfabética dos nomes deles ou das obras colectivas de que participam; e o mesmo sucede com os estudos adiante citados. Quanto a estes, dos que contribuíram para o nosso estudo, limitamo-nos, para facilidade de orientação e verificação do leitor, estritamente aos citados no texto, embora muitos outros tenham também contribuído para as nossas ideias críticas, para a nossa informação literária, ou para o conhecimento que procuramos ter de Camões e da sua obra.

I — *CANCIONEIROS MANUSCRITOS:*

Cancioneiro Luís Franco da Biblioteca Nacional de Lisboa — microfilme.
Cancioneiro de Évora — microfilme.
Cancioneiro do Escurial — microfilme.
Cancioneiro de Oxford — microfilme.
Cancioneiro da Academia de História de Madrid — microfilme.
Códice Riccardiano n.º 3358 — consulta directa.

II — *EDIÇÕES CONSULTADAS DA OBRA DE CAMÕES:*

Os Lusíadas, com privilégio real, impressos em Lisboa (...), em casa de António Gonçalves, impressor, 1572 (exemplares *E* e *Ee*).

Os Lusíadas (...), Manuel de Lyra, Lisboa, 1584.

Rhythmas (...), por Manuel de Lyra, à custa de Estêvão Lopes, Lisboa, 1595.

Os Lusíadas (...), por Manuel de Lyra, à custa de Estêvão Lopes, Lisboa, 1597.

Rimas (...), por Pedro Crasbeeck, à custa de Estêvão Lopes, Lisboa, 1598.

JORGE DE SENA

Rimas (...), por Pedro Crasbeeck, à custa de Domingos Fernandes, Lisboa 1607 (exemplares «esfera» e exemplares «escudo»).

Os Lusíadas (...) comentados pelo Lic. Manuel Correia (...), por Domingos Fernandes (...), Pedro Crasbeeck, Lisboa, 1613.

Comédia dos Enfatriões (...), por Vicente Álvares, Lisboa, 1615.

Comédia de Filodemo (...), por Vicente Álvares, Lisboa, 1615.

Rimas (...), *Segunda Parte* (...), por Pedro Crasbeeck, à custa de Domingos Fernandes, Lisboa, 1616.

Rimas (...), *Primeira Parte* (...), António Álvares, à custa de Domingos Fernandes, Lisboa, 1621.

Os Lusíadas, comentados por Manuel de Faria e Sousa (...), por Juan Sánchez, 2 vols., Madrid, 1639.

Rimas (...), *Primeira Parte* (...), por António Crasbeeck de Melo e à sua custa, Lisboa, 1663.

Rimas (...), *Primeira, Segunda e Terceira Parte* (...), emendadas e acrescentadas por João Franco Barreto, por A. C. de Melo, Lisboa, 1666 e 1669 (como é dito no texto, a *Terceira Parte* não é da responsabilidade de J. F. Barreto, e saiu em 1668).

Terceira Parte das Rimas (...), por D. António Álvares da Cunha (...), por António Crasbeeck de Melo, Lisboa, 1668.

Rimas Várias (...), comentadas por Manuel de Faria e Sousa (...), cinco tomos em dois volumes — Lisboa, Imprensa Crasbeeckiana, 1685-1688.

Obras (...), pelo visconde de Juromenha, 6 vols., Lisboa, 1860-69.

Obras Completas (...), por Teófilo Braga, 9 tomos, Biblioteca da Actualidade, Porto, 1873-74.

Parnaso de..., edição das poesias líricas (...), por Teófilo Braga, 3 vols., Porto, 1880.

Luís de Camoens Sammtliche Gedichte zum ersten Male deustsch von Wilhelm Storck, 6 vols., Paderborn, 1880-85.

Os Lusíadas, segundo o texto da 1.ª edição de 1572, com as variantes, etc., por A. J. Gonçalves Guimarães, Coimbra, 1919.

Lírica (ed. J. M. Rodrigues e A. Lopes Vieira), Coimbra, 1932.

Rimas, Autos e Cartas, edição artística (...), sob a direcção literária de A. J. da Costa Pimpão, Barcelos, 1944.

Líricas, selecção, prefácio e notas de M. Rodrigues Lapa, Textos Literários Seara Nova, 2.ª edição, corrigida e aumentada, Lisboa, 1945.

Obras Completas, com prefácio e notas de Hernâni Cidade, Clássicos Sá da Costa, 5 vols., Lisboa, 1946-47.

Rimas (...), por A. J. da Costa Pimpão, Coimbra, 1953.

Obra Completa (...), por António Salgado Júnior, Aguilar, Rio de Janeiro, 1963.

OS SONETOS DE CAMÕES

III — *EDIÇÕES CONSULTADAS DE PETRARCA E DOS OUTROS AUTORES (QUINHENTISTAS E SEISCENTISTAS), ESTUDADOS OU MENCIONADOS:*

Aldana, Francisco de — *Poesias*, prólogo, edición y notas de Elias L. Rivers, Clásicos Castellanos, Madrid, 1957.

Andrade, Miguel Leitão de — *Miscelânea*, nova edição correcta, Lisboa, 1867.

Ariosto, Ludovico — *Opera Minori*, a cura di Cesare Segre, Napoli, s/d (La Letteratura Italiana — Storia e Testi, dir. Mattioli, Pancrazi, Schiaffini, vol. 20).

Bembo, Pietro — *Prose e Rime*, a cura di Carlo Dionosotti (Classici Italiani UTET, col. diretta da Mario Fubini, vol. 26), Turim, 1960.

Bernardes, Diogo — *Obras Completas*, com prefácio e notas de Marques Braga, Clássicos Sá da Costa, 3 vols., Lisboa, 1945-46.

Brito, Fr. Bernardo de — *Sílvia de Lisardo*, Lisboa, 1784.

Caminha, Pedro de Andrade — *Poesias*, Lisboa, 1791.

Caminha, Pedro de Andrade — *Poesias Inéditas* (...), por J. Priebsch, Halle, 1898.

Cancioneiro chamado de D. Maria Henriques (...), introdução e notas de D. M. G. dos Santos, Lisboa, 1956.

Cancioneiro de Évora, ed. Hardung.

Cancioneiro Geral de Garcia de Resende, nova edição prep. por A. J. Gonçalves Guimarães, 5 tomos, Coimbra, 1910.

Castro, Estêvão Rodrigues de — *Obras poéticas em Português, etc.*, por Giacinto Manupella, Coimbra, 1967.

Corte Real, Jerónimo — *Segundo Cerco de Diu*, ed. de Lisboa, 1784.

Cruz, Fr. Agostinho da — *Várias Poesias* (...), por José Caetano de Mesquita, Lisboa, 1771.

Cruz, Fr. Agostinho da — *Obras*, conforme a edição impressa de 1771 e os códigos manuscritos das Bibliotecas de Coimbra, Porto e Évora, com prefácio e notas de Mendes dos Remédios, Coimbra, 1918.

(Falcão de Resende, André) — *Obra do Grande Luís de Camões* (...) — *Da criação e composição do homem* (...), por Pedro Crasbeeck, à custa de Domingos Fernandes, Lisboa, 1615.

Falcão de Resende, André — *Poesias*, Coimbra, 1881 (?).

Fénix Renascida, ou Obras Poéticas dos Melhores Engenhos Portugueses, 2.ª edição, Lisboa, 1746.

Ferreira, António — *Poemas Lusitanos*, com prefácio e notas de Marques Braga, Clássicos Sá da Costa, 2 vols., Lisboa, 1939-40.

Gama, Joana da — *Ditos da Freira*, ed. Tito de Noronha, Porto, 1872.

JORGE DE SENA

Garcilaso de la Vega — *Obras*, edición y notas de Navarro Tomás, Clásicos Castellanos, Madrid, 1953.

Garcilaso de la Vega y Juan Boscán — *Obras Completas*, Aguilar, Madrid, 1944.

Gracián, Baltasar — *Agudeza y Arte de Ingenio*, Col. Austral, 3.ª edição, Buenos Aires, 1945.

Montemor, Jorge de — *Los Siete Libros de la Diana*, prol., ed. y notas de F. López Estrada, «CC», Madrid, 1962.

Obras inéditas dos nossos insignes poetas Pedro da Costa Perestrelo (...) e Francisco Galvão, tomo i, por António Lourenço Caminha, Lisboa, 1791.

Oriente, Fernão Álvares do — *Lusitânia transformada*, 2.ª edição, Lisboa, 1781.

Petrarca, Francesco — *Le Rime*, di su gli originali, commentate da Giosuè Carducci e Severino Ferrari, ed. de 1949, Florença.

Poetas Líricos de los siglos XVI y XVII, coleción ordenada por Adolfo de Castro, Biblioteca de Autores Espanoles, 2 tomos, Madrid, 1950 (para as obras de Cetina, Herrera e Mendoza).

Relação do solene recebimento que se fez em Lisboa às santas relíquias que se levaram à Igreja de S. Roque da Companhia de Jesus, aos 25 de Janeiro de 1588, pelo Licenciado Manuel de Campos, por António Ribeiro, Lisboa, 1588.

Romancero General de A. Durán, BAE, 2 tomos, reed. de 1945, Madrid.

Sá de Miranda, Francisco de — *Poesias* (...), por Carolina Michaëlis, Halle, 1885.

Sá de Miranda, Francisco de — *Obras Completas*, texto fixado, notas e prefácio de M. Rodrigues Lapa, Clássicos Sá da Costa, 2 vols., 2.ª edição, Lisboa, 1942-43.

Silvestre, Gregorio — *Las obras del famoso...* recopiladas y corregidas, por diligencia de sus herederos y de Pedro de Caceres y Espinoza (...), Lisboa, por Manuel de Lyra, 1592.

Soropita, Fernão Rodrigues Lobo — *Poesias e Prosas inéditas*, prefácio e notas de Camilo Castelo Branco, Porto, 1868.

IV — *ESTUDOS CAMONIANOS OU OUTROS, REFERIDOS NO TEXTO E NOS APÊNDICES:*

Amador de los Rios, José — *Vida del Marqués de Santillana*, Col. Austral, Buenos Aires, 1947.

Anselmo, A. J. — *Bibliografia das Obras Impressas Portugal no Século XVI*, Lisboa, 1936.

Barbosa Machado, *Biblioteca Lusitana.*

Bell, Aubrey F. G. — *Luís de Camões*, tradução do inglês, de A. A. Dória, Porto, 1936.

Braga, Teófilo — *Camões e o Sentimento Nacional*, Porto, 1891.

OS SONETOS DE CAMÕES

Braga, Teófilo — *Camões, a Obra Lírica e Épica*, Porto, 1911.

Carvalho, Francisco Freire de — *Primeiro Ensaio sobre História Literária de Portugal*, etc., Lisboa, 1845.

Carvalho, J. G. Chorão de — «Sobre o texto da lírica camoniana», *Rev. da F. Letras de Lisboa*, xiv, 1948 (pp. 224-38), e xv, 1949 (pp. 53-91).

Castilho, Júlio de — *António Ferreira*, estudo biográfico-literário, Rio de Janeiro, 1875.

Cidade, Hernâni — *Luís de Camões — II — o Épico*, 2.ª edição melhorada, Lisboa, 1953.

Círculo Camoniano, revista dirigida por Joaquim de Araújo, Porto, 1889-92, 20 números.

Costa e Silva, José Maria da — *Ensaio Biográfico-Crítico sobre os Melhores Poetas Portugueses*, 10 tomos, Lisboa, 1850-55.

Costa Pimpão, A. J. da — «A lírica camoniana no século xvii», *Brotéria*, vol. xxv, fasc. 1, Lisboa, 1942.

Covarsí, E. Segura — *La cancion petrarquista en la lírica espanola del Siglo de Oro*, Madrid, 1949.

Dicionário Bibliográfico, etc., de Inocêncio F. da Silva e Brito Aranha.

Menéndez y Pelayo, Marcelino — *Antologia de Poetas Líricos Castelanos*, tomo x, «Juan Boscán, estudio crítico», Buenos Aires, 1952.

Menéndez y Pelayo, Marcelino — *Estudios de Crítica Histórica y Literaria*, tomo ii, Buenos Aires, 1944.

Menéndez y Pelayo, Marcelino — *Poetas de la Corte de Dom Juan II*, selleción y prólogo de Enrique Sanchez Reyes, Col. Austral, Buenos Aires, 1946.

Michaëlis de Vasconcelos, Carolina — «Investigações sobre sonetos e sonetistas», sep. da *Revue Hispanique*, tomo xxii, New York-Paris, 1910.

Michaëlis de Vasconcelos, Carolina — *Mitteilungen aus Portugiësischen Handschriften — I — Der Cancioneiro Juromenha*, Leippzig, 1884 (sep. de *ZRPh*, vol. viii, pp. 430-48, 598-632).

Michaëlis de Vasconcelos, Carolina — «Notas aos sonetos anónimos — I», separata da *Revue Hispanique*, tomo VII, Paris, 1900, pp. 328-407.

Michaëlis de Vasconcelos, Carolina — *Notas Vicentinas*, etc., Lisboa, 1945.

Michaëlis de Vasconcelos, Carolina — *O Cancioneiro do Padre Pedro Ribeiro*, Coimbra, 1924.

Michaëlis de Vasconcelos, Carolina — *O Cancioneiro Fernandes Tomás*, índices, nótulas e textos inéditos, Coimbra, 1922.

Michaëlis de Vasconcelos, Carolina — «O Texto das Rimas de Camões», *Revista da Sociedade de Instrução do Porto*, vol. ii, pp. 105-125.

Michaëlis de Vasconcelos, Carolina — resenha do 2.º volume, «Buch der Sonette», da edição de Wilhelm Storck, em *Zeitschriften für Romanische Philologie*, vol. v, 1881, pp. 101-138.

Montes, José Ares, *Góngora y la poesia portuguesa del siglo XVI*, Madrid, 1956.

Motta, J. dos Santos — «Métrica de Camões nos Lusíadas», em *Biblos*, Coimbra, 1928 e segs.

Noronha, Tito de — *A Primeira Edição de «Os Lusíadas»*, 1880.

Peixoto, Afrânio — *Dinamene, alma minha gentil*, Lisboa, 1936.

Pimenta, Alfredo — «Século XVII — A Poesia», em *História da Literatura Portuguesa Ilustrada*, publicação sob a direcção de Albino F. de Sampaio, vol. iii, Lisboa, 1932.

> Neste estudo, é citado o «Catálogo dos Manuscritos da Biblioteca Eborense» (tomo ii, p. 90), como confirmando, para os sonetos «*Horas breves, etc.*», e «*À rédea solta, etc.*», a autoria do infante D. Luís.

Pimenta, Alfredo — *Novos Estudos Filosóficos e Críticos*, 1935.

Rebelo Gonçalves — «Métrica de Os Lusíadas», em *Miscelânea de Estudos em Honra do Prof. Hernâni Cidade*, Lisboa, 1957.

Sousa, António Caetano de — *História Genealógica da Casa Real e Provas da*, etc., reedição organizada por M. Lopes de Almeida e César Pegado, 26 vols., Coimbra, 1946-55.

Sousa Viterbo — *Fr. Bartolomeu Ferreira — o primeiro censor dos «Lusíadas» — subsídios para a História Literária do séc. XVI em Portugal*, Lisboa, 1891.

Storck, Wilhelm — *Vida e Obras de Luís de Camões*, Primeira Parte, versão do original alemão, anotada por Carolina Michaëlis de Vasconcelos, Lisboa, 1898.

Varnhagen, Francisco Adolfo de — *História Geral do Brasil*, antes da sua separação e independência de Portugal, 7.ª edição, revisão e notas de J. Capistrano de Abreu e Rodolfo Garcia, acrescentada de «História da Independência do Brasil», revista por Hélio Vianna (5.ª edição), 6 vols., S. Paulo, 1962.

Nota final. — Além dos agradecimentos consignados na portada deste estudo, cumpre-nos, quanto à bibliografia, consignar os nossos agradecimentos especiais ao escritor português João Sarmento Pimentel, cuja biblioteca camoniana e cuja generosidade nos foram inestimáveis. E, por certo, sem o interesse do livreiro do Rio de Janeiro António Pedro Rodrigues não teríamos obtido de Portugal, quando no Brasil preparávamos este livro, os microfilmes e as fotocópias de escritos inacessíveis, como o não foi para nós o Cancioneiro de Évora, graças à gentileza do então director do Arquivo Distrital de Évora, o Dr. Armando Nobre de Gusmão.

Menção também especial devemos à nossa antiga aluna da Faculdade de Filosofia de Araraquara, S. Paulo, D. Sylvia Terzi, que pacientemente coleccionou connosco as emendas da edição de 1598.

ÍNDICE
DE NOMES

ÍNDICE
DE NOMES

A

ABRANTES, 1.º Conde de — v. Almeida, Lopo de.
ABREU, J. Capistrano de — 93, 284.
AFONSO, 1.º duque de Bragança 125.
D. AFONSO V — 92.
AIRES VITÓRIA, Henrique — v. Vitória, H. A.
ALARCÓN, Juan Ruiz de — 19.
ALBERTO DE ÁUSTRIA, Cardeal-Arquiduque — 188.
ALBUQUERQUE, Afonso de — 91.
ALDANA, Francisco de — 28, 147-53, 160, 167, 181, 186, 233, 281.
ALDROVANDI, Carlos — 13.
ALEMÁN, Mateo — 19.
ALENQUER, Marquês de — v. Silva, Diogo de.
ALMEIDA, Francisco de — 126.
ALMEIDA, Leonor de — 126.
ALMEIDA, Lopo de, 1.º conde de Abrantes — 126.
ALMEIDA, Manuel Lopes de — 91, 284.
ALONSO, Amado — 30.
ALONSO, Dámaso — 31.
ÁLVARES, Vicente — 280.
ÁLVARES DA CUNHA, António — v. Cunha, António Álvares da.
AMADOR DE LOS RIOS, José — 109, 282.
AMORA, António Soares — 13.
ANDRADE, Diogo de Paiva de — 125.

ANDRADE, Francisco de — 51, 53, 57, 58, 62, 78, 125, 216, 221.
ANDRADE, Isabel de Castro e — 84.
ANDRADE, Miguel Leitão de — 89, 216, 281.
ANDRADE CAMINHA, Pedro de — v. Caminha, Pedro de Andrade.
ANSELMO, A. J. — 42, 282.
D. ANTÓNIO I, Prior do Crato — 42, 77, 83, 124.
APULEIO — 75.
AQUINO, P.e Tomás J. de — 75.
ARAGÃO, Francisca de — 132, 188.
ARAÚJO, Joaquim de — 283.
ARIOSTO, Ludovico — 28, 73, 79, 108, 150, 151, 153. 155-64, 168, 169, 170, 178, 233, 281.
ARRAIS, Amador — 125.
ASKINS, Arthur Lee-Francis — 8, 63, 273, 274, 275.
ATAÍDE, Álvaro de, Senhor da Castanheira — 91.
ATAÍDE, Álvaro Gonçalves de, 1.º conde de Atouguia — 91.
ATAÍDE, António de, conde da Castanheira — 91, 92, 93, 188, 189.
ATAÍDE, Luís de — 49, 57, 62, 91, 92, 179, 180, 181, 222.
ATAÍDE, Martinho de, 2.º conde de Atouguia — 91.
AUGUSTO, César — 38.
AVEIRO, Duque de, João de Lencastre — 63, 71, 76, 78, 88, 91, 93, 119, 121, 124, 125, 181, 216.

B

BALLY, Charles — 31.
BARAHONA DE SOTO, Luís — 110.
BARATA, Manuel — 90.
BARBOSA MACHADO, Diogo — 109, 189, 191, 282.
BARRETO, João Franco — 41, 201, 280.
BARROS, João de — 124.
BELL. Aubrey — 282.
BEMBO, Pietro — 28, 61, 104, 127, 155-64, 161, 163, 168, 169, 178, 191, 233, 281.
BERNARDES, Diogo — 28, 39, 42, 50-63, 70-76, 78, 79, 80, 81, 82, 84, 86, 88, 94, 119, 120, 122, 123, 124, 125, 127, 131, 133, 134, 137--42, 145, 151, 158, 160, 161, 162, 164, 167, 168, 169, 178, 181, 182, 183, 185, 188, 191, 202, 216, 221, 222, 223, 232, 242, 244, 248, 249, 250, 251, 257, 271, 273, 274, 281.
BERNARDIM RIBEIRO — v. Ribeiro, Bernardim.
BORJA, S. Francisco de — 188.
BORJA, João de, conde de Ficalho — 188.
BOSCÁN — 28, 31, 73, 79, 98, 101-10, 113, 114, 115, 119, 133, 135, 145, 157-62, 168, 169, 170, 178, 232, 282, 283.
BRAGA, Teófilo — 29, 56, 81, 82, 84, 202, 215, 234, 280, 282, 283.
BRAGANÇA, Álvaro de — 92.
BRAGANÇA, Beatriz de — 92.
BRANDÃO, Luís Álvares Pereira — 62, 216.
BRITO, Fr. Bernardo de — 42, 192, 216, 281.
BRITO ARANHA — 90, 283.
BRUERTON, Courtney — 23.
BUCHANAN, George — 135.
BURGOS, André de — 109.

C

CAMILO CASTELO BRANCO — 39, 75, 282.
CAMINHA, António Lourenço — 177, 178, 188, 191, 192, 282.
CAMINHA, Pedro de Andrade — 28, 57, 58, 73, 79, 84, 120, 121, 125, 127, 129-35, 142, 145, 151, 153, 158, 159, 160, 161, 168, 169, 170, 183, 184, 189, 191, 232, 281.
CAMPOS, Agostinho de — 214.
CAMPOS, Manuel de — 177, 188, 189, 190, 191, 282.
CANCIONEIRO DA ACADEMIA DE HISTÓRIA DE MADRID — 51, 54, 55, 71, 75, 83, 89, 121, 177, 178, 183, 184, 190, 215, 271, 272, 274, 279.
CANCIONEIRO DE CRISTÓVÃO BORGES — 8.
CANCIONEIRO DE D. MARIA HENRIQUES — 77, 78, 83, 119, 121, 122, 126-28, 190, 272, 281.
CANCIONEIRO DE ÉVORA (de Corte e de Magnates). Ms CXII/2-2 — 63, 106, 192, 215, 273, 274, 275, 279, 281, 284.
CANCIONEIRO DE LUÍS FRANCO — 29, 32, 51, 54, 55, 56, 57, 58, 71, 72, 73, 74, 75, 76, 78, 79, 81, 82, 83, 84, 89, 124, 178, 181, 182, 183, 184, 185, 186, 190, 191, 196, 197, 202, 215, 250, 257, 259, 267, 271, 273, 279.
CANCIONEIRO DE OXFORD — 89, 215, 279.
CANCIONEIRO DO ESCURIAL 71, 89, 90, 215, 279.
CANCIONEIRO FERNANDES TOMÁS — 29, 32, 50, 51, 56, 57, 62, 63, 71, 74, 88, 91, 119, 123, 132, 177, 183, 202, 203, 273, 274, 283.
CANCIONEIRO GERAL DE GARCIA DE RESENDE — 37, 39, 92, 115, 125, 242, 243, 248, 281.
CANCIONEIRO JUROMENHA — 32,
CANCIONEIRO PEDRO RIBEIRO — 96, 236-51.
CÂNDIDO DE MELO E SOUZA, António — 13.
CARDUCCI, Giosuè — 99, 282.
CARLOS V — 115, 152.
CARRETER, Lázaro — 22.
CARVALHO, Francisco Freire de — 42, 283.
CARVALHO, J. G. (Chorão) Herculano de — 43, 58, 59, 61, 70,

77, 88, 89, 94, 142, 191, 203, 271, 274, 283.
CASTANHEDA, Fernão Lopes de — 124.
CASTANHEIRA, Conde da — v. Ataíde, António de.
CASTELBRANCO, Vasco Mouzinho de Quevedo — 51, 53, 61, 216, 221.
CASTIGLIONE, Baldassare — 115.
CASTILHO, Júlio de — 283.
CASTILLEJO, Cristobal de — 107.
CASTRO, Adolfo de — 110, 152, 153, 282.
CASTRO, Estêvão Rodrigues de — 51, 53, 56, 58, 62, 63, 74, 88, 127, 189, 202, 203, 216, 222, 281.
CASTRO, Fernando de — 48.
CASTRO, Inês de — 19, 72, 92.
CASTRO, D. João de — 185.
CASTRO DO RIO, Martim de — 51, 53, 55, 63, 202, 271, 272, 274, 275.
D. CATARINA DE ÁUSTRIA — 92.
CATULO — 62.
CETINA, Gutierre de — 28, 147-53, 160, 161, 162, 168, 169, 170, 233, 282.
CIDADE, Hernâni — 43, 55, 77, 82, 87, 185, 192, 195, 203, 223, 248, 249, 250, 280, 283, 284.
CÓDICE RICCARDIANO — 63, 124, 215, 279.
COELHO, Fr. Manuel — 35, 40, 42, 61, 279.
COIMBRA, Duque de, Jorge de Lencastre — 92, 93, 125.
COLONNA, Cecília — 125.
COLONNA, Vittoria — 93, 115.
COOPER, Anthony, 3.º conde de Shaftesbury — 31.
CORREIA, Gaspar — 124.
CORREIA, Luís Franco — v. Franco Correia, Luís.
CORREIA, Manuel — 280.
CORTE REAL, Jerónimo — 62, 79, 80, 93, 125, 184, 281.
COSTA, António da — 189.
COSTA, Duarte da — 126.
COSTA, Francisco da — 77, 78, 83, 84, 121, 126-28.
COSTA F. SILVA, José Maria da — 62, 123, 283.

COUTINHO, Gonçalo — 36.
COUTO, Diogo do — 80.
COVARSI, E. Segura — 108, 283.
CRASBEECK, Pedro — 36, 134, 279, 280, 281.
CRASBEECK DE MELO, António — 40, 201, 280.
CRASTINI, Mauricio — 189.
CRASTO, António de — 189.
CRASTO, Martim de — v. Castro do Rio, Martim de.
CRUZ, Fr. Agostinho da — 94, 127, 131, 139, 140, 141, 163, 164, 192, 233, 272, 274, 275, 281.
CRUZ, Fr. Paulo da — 216.
CUEVAS, Fr. Julian Zarco — 89.
CUNHA, António Álvares da — 3, 29, 30, 40, 41, 42, 61, 77, 78, 81, 87, 89, 122, 201, 202, 203, 208, 210, 221, 235, 249, 250, 280.
CUNHA, Rodrigo da — 173, 175.

D

DIONOSOTTI, Carlo — 163, 281.
DÓRIA, A. A. — 282.
D. DUARTE — 92.
DURÁN, Agustín — 110, 282.

E

ERASMO — 115.
ERMANTINGER — 30.
ESPINOZA, Pedro de Caceres y — 110, 122, 123, 282.
ESTAÇO, Baltasar — 123, 124, 216.
ESTRADA, F. López — 93, 282.

F

FARIA E SOUSA, Manuel de — 3, 29, 30, 32, 40, 41, 42, 50, 56, 57, 58, 61, 70, 71, 74, 75, 76, 77, 78, 80, 81, 82, 83, 84, 88, 89, 90, 91, 119, 120, 121, 122, 124, 126, 127, 177, 178, 179, 180, 181, 185, 187, 189, 196, 201, 202, 203, 210, 215, 221, 222, 234, 235, 273, 280.
FATIO, Morel — 62.
FERNANDES, Diogo — 63.
FERNANDES, Domingos — 36, 38, 39, 173-80, 185, 197, 209, 226, 233, 235, 251, 280, 281.
FERNANDES TOMÁS, Pedro — 75.

D. FERNANDO I — 92.
FERNANDO I DE BRAGANÇA — 126.
FERRARI, Severino — 99, 282.
FERREIRA, António — 19, 28, 32, 57, 73, 79, 84, 91, 92, 93, 98, 120, 125, 129-35, 139, 142, 145, 151, 153, 158, 160, 161, 168, 169, 170, 178, 186, 191, 196, 232, 281, 283.
FERREIRA, Fr. Bartolomeu — 40, 42, 110, 132, 284.
FERREIRA, 2.º Marquês de — v. Melo, Francisco de.
FERREIRA, Martim — 93.
FERREIRA, Miguel Leite — 134.
FERREIRA DE VASCONCELOS, Jorge — v. Vasconcelos, Jorge Ferreira de.
FIGUEROA, Francisco — 275.
FILIPE II de Espanha — 188.
FLORES, Pedro — 110.
FORJAZ DE SAMPAIO, Albino — 237.
FRANCISCO I de França — 115.
FRANCO CORREIA, Luís — 106, 188, 189, 191.
FREIRE, Fr. António — 41.
FREIRE, Gaspar — 189, 191.
FUBINI, Mario — 163, 281.

G

GALVÃO, Francisco — 177, 178, 183, 191, 192, 216, 282.
GAMA, Joana da — 109, 127, 281.
GAMA, Vasco da — 92, 109, 125.
GANDAVO, Pêro de Magalhães — 74, 90, 241.
GARCIA, Rodolfo — 93, 284.
GARCIA SORIANO, J. — 271, 272, 274, 275.
GARCILASO DE LA VEGA — 20, 28, 73, 79, 98, 101-10, 113, 114, 119, 120, 133, 135, 142, 145, 149, 151, 152, 158, 160, 161, 162, 168, 169, 170, 178, 215, 232, 282.
GEDEÃO, António — 19.
GOETHE — 31.
GÓIS, Damião de — 93, 124.
GÓIS, Manuel de — 124.
GONÇALVES, António — 279.
GONÇALVES GUIMARÃES, A. J. — 195, 280, 281.

GÓNGORA Y ARGOTE, Luis de — 196.
GRACIÁN, Baltasar — 56, 78, 89, 282.
GROTO, Luigi — 186, 196.
GROUCHY, Nicolas — 91.
GUSMÃO, Armando Nobre de — 284.

H

HARDUNG, Viktor E. — 106.
HATZFELD, Helmut — 18.
D. HENRIQUE, Cardeal-Rei — 92.
HENRIQUE II de Castela — 92.
HENRIQUES, Guiomar — 51.
HENRIQUES, Maria — v. Cancioioneiro de D. Maria Henriques.
HERDER — 31.
HERRERA, Fernando de — 28, 103, 110, 147-53, 160, 167, 178, 181, 233, 282.
HINMAN, Charlton — 20, 87.
HORÁCIO — 32, 115.
HURTADO DE MENDOZA, Diego — v. Mendoza, Diego Hurtado de.

I

INOCÊNCIO FRANCISCO DA SILVA — 90, 203, 283.
ISABEL, filha de Fernando I de Portugal — 92.

J

JENSEN, Gordon K. — 8, 274.
JESUS, Fr. Tomé de — 125.
D. JOÃO, Príncipe — 90, 131.
D. JOÃO I — 125.
D. JOÃO II — 92, 125, 163.
D. JOÃO III — 22, 48, 51, 55, 83, 91, 92, 93, 125, 178, 191.
JODELLE, Étienne — 135.
JUROMENHA, Visconde de — 29, 56, 70, 71, 72, 79, 81, 82, 83, 88, 89, 90, 97, 183, 201, 215, 250, 259, 267, 272, 280, 283.

K

KNAPP, William — 109, 110.

L

LACERDA, Fernão Correia de — 88, 274, 275.
LAPA, Manuel Rodrigues — 43, 115, 280, 282.
LARA, Joana de — 92.
LAVANHA, João Baptista — 42.
LEÃO, Duarte Nunes de — 42.
LEITÃO, João Lopes — 222.
LENCASTRE, João de — v. Aveiro, duque de.
LENCASTRE, Jorge de — v. Coimbra, duque de.
LENCASTRE, Pedro Dinis de — 93.
LEON, Fr. Luís de — 275.
LISARDO, Silvia — 281.
LISBOA, José Carlos — 13.
LOBEIRA, Vasco de — 71.
LOCKE — 31.
LOPE DE VEGA — 23.
LOPES, João — 174.
LOPES, Estêvão — 35, 36, 37, 38, 39, 43, 49, 50, 52, 53, 54, 58, 61, 67, 70, 71, 73, 74, 75, 76, 78, 79, 133, 134, 170, 173, 185, 187, 226, 233, 234, 235, 250, 251, 260, 264, 267, 279.
LOPES, João — 174.
LOPES VIEIRA, Afonso — 43, 82, 84, 202, 213, 214, 223, 280.
LUCRÉCIO — 115.
D. LUÍS, infante — 77, 78, 83, 84, 91, 92, 93, 119, 120, 121, 123, 124, 125, 126, 127, 131, 133, 159, 160, 161, 162, 167, 183, 216, 223, 232, 284.
LYRA, Manuel de — 35, 36, 50, 61, 110, 134, 279, 282.

M

MACHADO, Simão — 189.
MACHADO FILHO, Ayres da Matta — 13.
D. MANUEL I — 119.
MANUPELLA, Giacinto — 62, 63, 189, 203, 281.
MARCH, Ausias — 104, 109.
MARIA, D. Infanta — 51, 76, 77, 80.
MARQUES BRAGA — 59, 135, 142, 281.

MASCARENHAS, Fernão Martins — 191.
MATTIOLI — 163, 281.
MAURIAC, François — 19.
MAURÍCIO DOS SANTOS, P.ᵉ Domingos — 126, 281.
MÉDICIS, Cosme de — 150.
MELLO E SOUZA, António Cândido de — v. Cândido de Mello e Souza, António.
MELO, Francisco de, 2.º marquês de Ferreira — 126.
MELO, Rodrigo de, conde de Tentúgal e 1.º marquês de Ferreira — 126.
MENDES DOS REMÉDIOS — 94, 163, 274, 275, 281.
MENDONÇA, Francisco de — 126.
MENDONÇA ou da Silva, Maria de — 126.
MENDOZA, Diego Hurtado de — 28, 98, 101-10, 119, 127, 132, 135, 145, 151, 152, 158, 160, 161, 162, 168, 169, 170, 184, 215, 232, 282.
MENDOZA, Iñigo López de — v. Santillana, Marquês de.
MENÉNDEZ PIDAL, Ramón — 23.
MENÉNDEZ Y PELAYO, Marcelino — 31, 62, 109, 115, 163, 283.
MENESES, Beatriz de — 92.
MENESES, Duarte de — 92.
MENESES, Henrique de — 191.
MENESES, Leonor de — 91.
MENESES, Pedro de — v. Vila Real, Conde de.
MENESES, Pedro de — v. Vila Real, 1.º marquês de.
MESQUITA, José Caetano de — 281.
MICHAËLIS DE VASCONCELOS, Carolina — 29, 32, 51, 54, 55, 56, 57, 59, 60, 62, 63, 71, 72, 76, 82, 87, 88, 89, 90, 91, 115, 122, 123, 124, 177, 181, 182, 201, 202, 203, 215, 235, 250, 272, 273, 274, 282, 283, 284.
MONTEMOR, Jorge de — 84, 93, 125, 215, 282.
MONTES, José Ares — 196, 284.
MORAIS, Francisco de — 124.
MOREL FATIO — 38.

MORLEY, S. G. — 23.
MOSER, Gerald — 18.
MOTA, J. dos Santos — 195, 284.

N

NAVAGERO, Andrea — 115.
NORONHA, Fernando de — 92.
NORONHA, Tito de — 109, 281, 284.
NUNES, Pedro — 124.

O

OCANHA, João de — 90.
OGDEN, C. K. — 31.
ORIENTE, Fernão Álvares do — 88, 131, 192, 216, 282.
ORTA, Garcia de — 74, 124, 241, 260.
OSÓRIO, Jerónimo — 124.
OVÍDIO — 75, 115.

P

PAGÁN, Diego Ramirez — 93.
PANCRAZI — 163, 281.
D. PEDRO, infante — 71, 92.
PEDRO RODRIGUES, António — 284.
PEGADO, César — 91, 284.
PEIXOTO, Afrânio — 94, 284.
PEREIRA, Leonis — 73.
PEREIRA, Fr. Vicente — 173.
PERESTRELO, Pedro da Costa — 192, 282.
PETRARCA — 28, 32, 61, 73, 74, 79, 86, 87, 95, 97-9, 103-8, 119, 121, 127, 132, 133, 135, 142, 146, 150, 151, 152, 153, 157-64, 167, 168, 169, 170, 184, 232, 233, 279, 281, 282.
PETSCH — 31.
PIMENTA, Agostinho Bernardes — v. Cruz, Frei Agostinho da.
PIMENTA, Alfredo — 94, 284.
PIMPÃO, A. J. da Costa — 32, 43, 55, 58, 59, 77, 82, 90, 185, 186, 201, 203, 214, 217, 223, 248, 249, 250, 280, 283.
PINA, Rui de — 125.
PINTO, Heitor — 125.
POMBAL, Marquês de — 69.
PORTALEGRE, 3.° Conde de — v. Silva, Álvaro da.

PORTUGAL, Afonso de — 216.
PORTUGAL, Álvaro de — 126.
PORTUGAL, Manuel de — 72, 74, 78, 80, 81, 84, 125, 197, 216.
PRIEBSCH, J. — 132.
PRIOR DO CRATO — v. D. António I.

R

RAVASCO, Bernado Vieira — 124.
REBELO, Álvaro — 71.
REBELO GONÇALVES — 195, 284.
RESENDE, André de — 124, 125.
RESENDE, André Falcão de — 84, 131, 177, 178, 179, 183, 188, 190, 191, 216, 275, 281.
RESENDE, Garcia de — 37, 39, 115, 124, 125, 241, 244, 245, 248, 265.
REYES, Enrique Sánchez — 163.
RIBEIRO. António — 188, 282.
RIBEIRO, Bernardim — 9, 19, 114, 193.
RIBEIRO, P.° Pedro (Índice) -- 50, 51, 54, 55, 56, 62, 70, 71, 72, 73, 74, 75, 76, 77, 78, 79, 80, 81, 82, 84, 87, 88, 120, 122, 123, 124, 177, 178, 181, 182, 185, 186, 196, 202, 271, 272, 273, 283.
RICHARDS, I. A. — 31.
RIVERS, Elías L. — 153, 281.
RODRIGUES, António — 74.
RODRIGUES, José Maria — 43, 82, 84, 202, 213, 214, 223, 280.
RODRIGUES LOBO, Francisco — 66.
ROSETTI, Vergilio — 189.
RUIZ DE ALARCÓN (Juan) — v. Alarcón, Juan Ruiz de.

S

SÁ, João Rodrigues de — 125.
SÁ, Mem de — 92.
SÁ DE MENESES, Francisco, autor de *Malaca Conquistada* — 125.
SÁ DE MENESES, Francisco de — 72, 92, 93, 125.
SÁ DE MENESES, João Rodrigues de, o «Velho» — 92, 93, 113, 115, 124, 125.
SÁ DE MIRANDA, Francisco de — 28, 56, 71, 72, 73, 74, 79, 81,

84, 92, 103, 108, 109, 113-15, 119-22, 124, 125, 131, 133, 134, 139, 145, 151, 157, 158, 159, 160, 161, 162, 168, 169, 170, 183, 196, 215, 232, 282.
SALGADO J.^{or}, A. — 18, 43, 203, 223, 280.
SALINAS, Abade — 89.
SALINAS, Conde de — v. Silva, Diogo de.
SAMPAIO, Albino F. de — 284.
SÁNCHEZ, Francisco, *el Brocense* — 103, 109, 110.
SÁNCHEZ, Juan — 280.
SANCHEZ REYS, Enrique — 163, 283.
SANTILLANA, Marquês de, Iñigo López de Mendoza — 31, 62, 104, 106, 109, 157, 160, 163, 282.
SANTOS, P.^e Domingos Maurício dos — v. Maurício dos Santos, P.^e Domingos.
SARMENTO PIMENTEL, João — 284.
SCHIAFFINI — 163, 281.
D. SEBASTIÃO — 62, 83, 90, 91, 92, 125, 149.
SEGRE, Cesare — 163, 281.
SENA, Jorge de — 32, 43, 61, 75, 87, 88, 93, 98, 99, 101, 109, 114, 125, 135, 156, 159, 193, 226, 266, 274.
SHAFTESBURY, 3.º conde de, Anthony Cooper — v. Cooper, Anthony.
SHAKESPEARE — 21, 61, 87, 217.
SCHILLER — 31.
SILVA, Álvaro da, 3.º conde de Portalegre — 126.
SILVA, Diogo de, conde de Salinas e marquês de Alenquer — 89, 90, 216.
SILVA, Joana da — 92.
SILVA, Maria de Mendonça ou da — v. Mendonça, Maria de.
SILVEIRA, Pêro de Góis da — 93.
SILVEIRA, Simão da — 92.
SILVESTRE, Gregório — 107, 110, 282.
SIMÕES, Hélio — 13.
SÓFOCLES — 91.
SOROPITA, Fernão Rodrigues Lobo — 35, 38, 39, 47, 49, 61, 63, 70, 74, 75, 76, 88 91, 123, 124, 177, 189, 216, 223, 233, 249, 273, 282.
SORTELHA, 2.os Condes de — 91.
SOTOMAYOR, Fr. Luís de — 42.
SOUSA, António Caetano de — 91, 284.
SOUSA (Alvito), Francisco de — 126.
SOUSA, Martim Afonso de — 91.
SOUSA, Pêro Lopes de — 91.
SOUSA, Tomé de — 91.
SOUSA COUTINHO, Manuel de (Fr. Luís de Sousa) — 189.
SOUSA VITERBO — 42, 284.
STORCK, Wilhelm — 62, 71, 72, 77, 88, 181, 215, 280, 283, 284.
SURREY, H. Howard, conde de — 163.

T

TARRIQUE, Fr. António — 41, 42.
TÁVORA, Ana de — 91, 92.
TÁVORA, Joana de — 91.
TÁVORA, Lourenço Pires de — 91.
TÁVORA, Luís Álvares de — 91, 92.
TÁVORA, Luís Álvares de, Senhor de Mogadouro — 76, 91.
TÁVORA, Maria de — 76, 77, 91, 92, 93.
TÁVORA, Violante de — 91, 92.
TEODÓSIO I, duque de Bragança — 90.
TERÊNCIO — 115.
TERZI, Sylvia — 284.
TOMÁS, Navarro — 109, 282.
TORRE, Lucas de — 153.
TOURINHO, Pêro do Campo — 93.
TUCA — 38.
TÚLIO, Sílvio — 87.

V

VARIO — 38.
VARNHAGEN, F. A. de — 93, 284.
VASCONCELOS, Jorge de — 92, 125.

VASCONCELOS, Jorge Ferreira de — 92, 93, 125.
VEIGA, António Lopes de — 88.
VEIGA, Simão da — 51, 53, 57, 62, 79, 179, 181, 221.
VEIGA, Simão Rodrigues da — 62, 181.
VERGÍLIO — 38, 115, 186.
VIANNA, Hélio — 284.
VICENTE, Gil — 92, 109, 124.
VIDE, Paulo da — 189.
VIDIGUEIRA, 3.º Conde da — 92.
VIEIRA, P.e António — 124.
VILA REAL, Conde de, Pedro de Meneses — 92.

VILA REAL, 1.º Marquês de, Pedro de Meneses — 92.
VILHENA, Beatriz de — 92.
VILHENA, Filipa de — 126.
VILHENA (ou Sousa), Filipa de — 91.
VITÓRIA, Henrique Aires — 91.

W

WYATT, Sir Thomas — 163.

Z

ZURARA, Gomes Eanes de — 71.

ÍNDICE GERAL

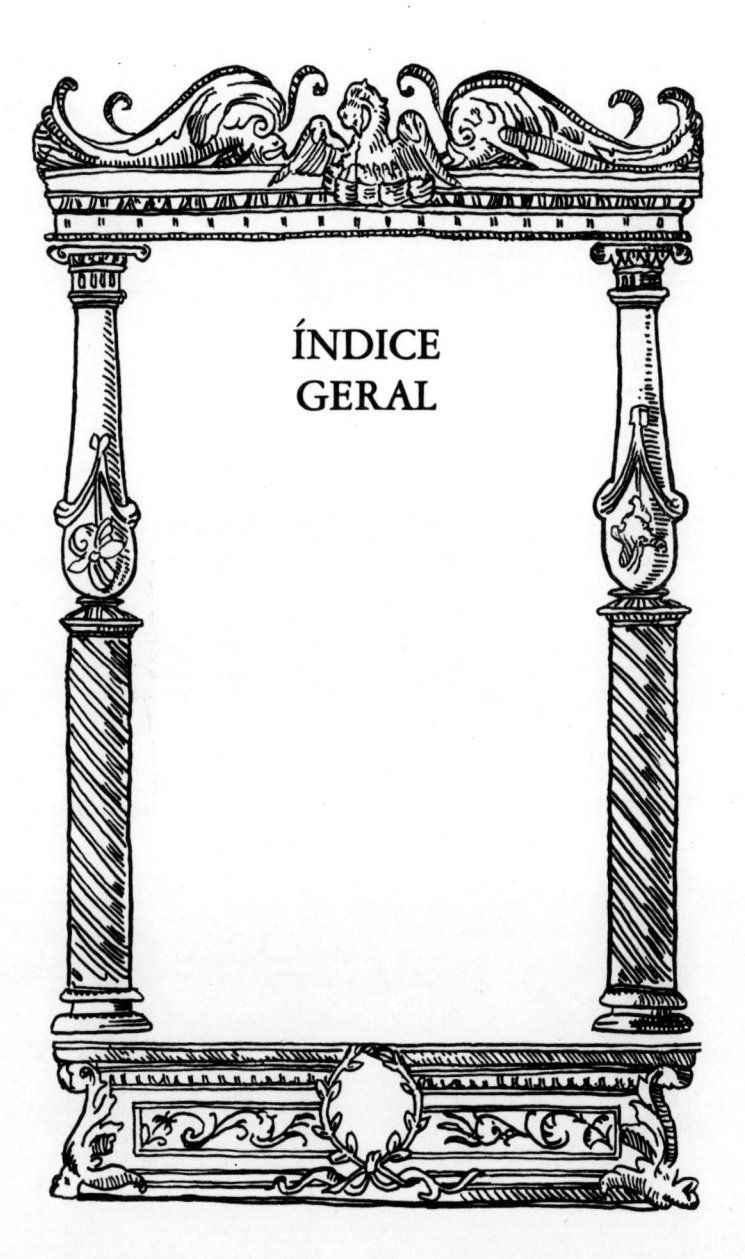

ÍNDICE
GERAL

Nota prévia à 2.ª edição, por Mécia de Sena 7
Dedicatória 11
Prefácio 15

    I — Introdução 25
    II — As edições da obra lírica de Camões até 1663 33
    III — A edição de 1595 45
    IV — A edição de 1598 65
    V — Os esquemas de Petrarca 95
    VI — Os esquemas de Boscán e de Garcilaso, e também
           de Mendoza 101
    VII — Os esquemas de Sá de Miranda 111
    VIII — A primeira geração de «mirandinos» 117
    IX — Os esquemas de Andrade Caminha e de António Ferreira ... 129
    X — Os esquemas de Diogo Bernardes 137
    XI — Os esquemas de Camões em 1595-98 143
    XII — Os esquemas de Aldana e de Herrera, e também de Cetina .. 147
    XIII — Quadro comparativo da obediência aos esquemas
           petrarquianos, e o exemplo de Ariosto e de Bembo 155
    XIV — Quadro geral dos esquemas e dos poetas 165
    XV — A «Segunda Parte» das *Rimas* de Camões 171
    XVI — O soneto de 1663 199
    XVII — As aquisições de 1616 e 1663 205
    XVIII — Cômputo geral e comparativo dos sonetos
           (até 1663) considerados de Camões 211
    XIX — Lista, por edições, dos sonetos retirados pela
           pesquisa efectuada 219
    XX — Considerações finais 227

Apêndices:
    I — Alguns aspectos comparativos das edições de 1595 e 1598,
        com especial referência às redondilhas 239
    II — As emendas da edição de 1598 253
    III — Um soneto de 1595, que seria de autor incerto e que
         será de Camões 269

Bibliografia 277
Índice de nomes 285

BIBLIOGRAFIA DE JORGE DE SENA

POESIA:

Perseguição — Lisboa, 1942.
Coroa da Terra — Porto, 1946.
Pedra Filosofal — Lisboa, 1950.
As Evidências — Lisboa, 1955.
Fidelidade — Lisboa, 1958.
Poesia-I (Perseguição, Coroa da Terra, Pedra Filosofal, As Evidências, e o volume inédito *Post-Scriptum) —* Lisboa, 1961, 2.ª ed., 1977.
Metamorfoses, seguidas de *Quatro Sonetos a Afrodite Anadiómena* — Lisboa, 1963.
Arte de Música — Lisboa, 1968.
Peregrinatio ad loca infecta — Lisboa, 1969.
90 e mais Quatro Poemas de Constantino Cavafy (tradução, prefácio, comentários e notas) — Porto, 1970.
Poesia de Vinte e Seis Séculos — I — De Arquíloco a Calderón; II — De Bashô a Nietzsche (tradução, prefácio e notas) — Porto, 1972.
Exorcismos — Lisboa, 1972.
Trinta Anos de Poesia (antologia) — Porto, 1972.
Camões Dirige-se aos Seus Contemporâneos (textos, e um poema inédito) — Porto, 1973.
Conheço o Sal... e Outros Poemas — Lisboa, 1974.
Sobre Esta Praia — Porto, 1977.
Poesia-II (Fidelidade, Metamorfoses, Arte de Música) — Lisboa, 1978.
Poesia-III (Peregrinatio ad loca infecta, Exorcismos, Camões Dirige-Se aos Seus Contemporâneos, Conheço o Sal... e Outros Poemas, Sobre Esta Praia) — Lisboa, 1978.
Poesia do Século XX — de Thomas Hardy a C. V. Cattaneo (prefácio, tradução e notas) — Porto, 1978.
Quarenta Anos de Servidão — Lisboa, 1979.
80 Poemas de Emily Dickinson (tradução e apresentação) — Lisboa, 1979.
Sequências — Lisboa, 1980.
Dedicácias — a publicar.
Visão Perpétua — a publicar.
Post-Scriptum II (2 vols.) — a publicar.

TEATRO:

O Indesejado (António, Rei), tragédia em quatro actos, em verso — Porto, 1951; 2.ª ed., Porto, 1974.
Amparo de Mãe, peça em 1 acto — «Unicórnio», 1951.
Ulisseia Adúltera, farsa em 1 acto — «Tricórnio», 1952.
Amparo de Mãe, e mais Cinco Peças em Um Acto — Lisboa, 1974.

FICÇÃO:

Andanças do Demónio, contos — Lisboa, 1960.
A Noite Que Fora de Natal, conto — Lisboa, 1961.
Novas Andanças do Demónio, contos — Lisboa, 1966.
Os Grão-Capitães, contos — Lisboa, 1976; 2.ª ed., 1979.
Sinais de Fogo, romance — Lisboa, 1979.
O Físico Prodigioso, novela — Lisboa, 1977; 2.ª ed., Lisboa, 1980.
Antigas e Novas Andanças do Demónio, 2.ª ed., revista, Lisboa, 1978.

OBRAS CRÍTICAS, DE HISTÓRIA GERAL, CULTURAL OU LITERARIA, EM VOLUME OU SEPARATA:

O Dogma da Trindade Poética — (Rimbaud) — Lisboa, 1942.
Fernando Pessoa — Páginas de Doutrina Estética (selecção, prefácio e notas) — Lisboa, 1946 — 2.ª edição.
Florbela Espanca — Porto, 1947.

Gomes Leal, em «Perspectivas da Literatura Portuguesa do Século XIX» — Lisboa, 1950.
A Poesia de Camões, ensaio de revelação da dialéctica camoniana — Lisboa, 1951.
Tentativa de Um Panorama Coordenado da Literatura Portuguesa de 1901 a 1950 — «Tetracórnio», Lisboa, 1955.
Dez ensaios sobre literatura portuguesa, *Estrada Larga*, 1.º vol. — Porto, 1958.
Líricas Portuguesas, 3.ª série da Portugália Editora — Selecção, prefácio e notas — Lisboa, 1958 — 2.ª edição revista e aumentada, 2 vols., 1.º vol., Lisboa, 1975.
Da Poesia Portuguesa — Lisboa, 1959.
Três artigos sobre arte e sobre teatro em Portugal, *Estrada Larga*, 2.º vol. — Porto, 1960.
Nove capítulos originais constituindo um panorama geral da cultura britânica e a história da literatura inglesa moderna (1900-1960), e prefácio e notas, na *História da Literatura Inglesa* de A. C. Ward — Lisboa, 1959-1960.
Ensaio de Uma Tipologia Literária — Assis, São Paulo, 1960.
O Poeta É Um Fingidor — Lisboa, 1961.
O Reino da Estupidez, I — Lisboa, 1961; 2.ª ed. 1979.
Três Resenhas (Fredson Bowers, Helen Gardner, T. S. Eliot) — Assis, São Paulo, 1961.
A Estrutura de «Os Lusíadas», I — Rio de Janeiro, 1961.
La Poésie de «presença» — Bruxelas, 1961.
Seis artigos sobre literatura portuguesa e espanhola, *Estrada Larga*, 3.º vol. — Porto, 1963.
Maravilhas da Novela Inglesa, selecção, prefácio e notas — São Paulo, 1963.
A Literatura Inglesa, história geral — São Paulo, 1963.
Os Painéis Ditos de Nuno Gonçalves — São Paulo, 1963.
«O Príncipe» de Maquiavel, e «O Capital» de Karl Marx, dois ensaios em *Livros Que Abalaram o Mundo* — São Paulo, 1963.
A Sextina e a Sextina de Bernardim Ribeiro — Assis, São Paulo, 1963.
A Estrutura de «Os Lusíadas» II — Rio de Janeiro, 1964.
Sobre o Realismo de Shakespeare — Lisboa, 1964.
Edith Sitwel e T. S. Eliot — Lisboa, 1965.
Teixeira de Pascoaes — Poesia (selecção, prefácio e notas) — Rio de Janeiro, 1965, 2.ª ed., 1970.
Maneirismo e Barroquismo na Poesia Portuguesa dos Séculos XVI e XVII — Madison, 1965.
«O Sangue de Átis», de François Mauriac — Lisboa, 1965.
Sistemas e Correntes Críticas — Lisboa, 1966.
Uma Canção de Camões (Análise estrutural de uma tripla canção camoniana, precedida de um estudo geral sobre a canção petrarquista e sobre as canções e as odes de Camões, envolvendo a questão das apócrifas) — Lisboa, 1966.
A Estrutura de «Os Lusíadas», III-IV — Rio de Janeiro, 1967.
Estudos de História e de Cultura, 1.ª série (1.º vol., 624 pp.; 2.º vol. a sair brevemente, com os índices e a adenda e corrigenda) — «Ocidente», Lisboa, 1967.
Os Sonetos de Camões e o Soneto Quinhentista Peninsular (As questões de autoria, nas edições da obra lírica até às de Álvares da Cunha e de Faria e Sousa, revistas à luz de um inquérito estrutural à forma externa e da evolução do soneto quinhentista ibérico, com apêndices sobre as redondilhas em 1595-1598, e sobre as emendas introduzidas pela edição de 1598) — Lisboa, 1969; 2.ª ed.
A Estrutura de «Os Lusíadas» e Outros Estudos Camonianos e de Poesia Peninsular do Século XVI — Lisboa, 1970; 2.ª ed., Lisboa, 1980.
Observações sobre «As Mãos e os Frutos», de Eugénio de Andrade — Porto, 1971.
Realism and Naturalism in Western Literatures, with some special references to Portugal and Brazil, Tulane Studies, 1971.
Camões: quelques vues nouvelles sur son épopée et sa pensée — Paris, 1972.
Camões: Novas Observações acerca da Sua Epopeia e do Seu Pensamento — Lisboa, 1972.
«Os Lusíadas» comentados por M. de Faria e Sousa, 2 vols. — Lisboa, 1973 (introdução crítica).
Aspectos do Pensamento de Camões através da Estrutura Linguística de «Os Lusíadas» — Lisboa, 1973.
Dialécticas da Literatura — Lisboa, 1973; 2.ª ed., ampliada, 1977, como *Dialécticas Teóricas da Literatura*.
Francisco de la Torre e D. João de Almeida — Paris, 1974.
Maquiavel e Outros Estudos — Porto, 1974.
Poemas Ingleses de Fernando Pessoa (edição, tradução, prefácio, notas e variantes) — Lisboa, 1974.
Sobre Régio, Casais, a «presença» e Outros Afins — Paris, 1977.

O Reino da Estupidez, II — Lisboa, 1978.
Dialécticas Aplicadas da Literatura — Lisboa, 1978.
Trinta Anos de Camões (2 vols.) — Lisboa, 1980.
Fernando Pessoa & C.ª Heterónima (2 vols.) — no prelo.
Estudos sobre o Vocabulário de «Os Lusíadas» — no prelo
Estudos de Literatura Portuguesa — I — no prelo.

PREFÁCIOS CRÍTICOS A:

A Abadia do Pesadelo, de T. L. Peacock.
As Revelações da Morte, de Chestov.
O Fim da Aventura, de Graham Greene.
Fiesta, de Hemingway.
Um Rapaz da Geórgia, de Erskine Caldwell.
O Ente Querido, de Evelyn Waugh.
Oriente-Expresso, de Graham Greene.
O Velho e o Mar, de Hemingway.
A Condição Humana, de Malraux.
Palmeiras Bravas, de Faulkner.
Poema do Mar, de António Navarro.
Poesias Escolhidas, de Adolfo Casais Monteiro.
Teclado Universal e Outros Poemas, de Fernando Lemos.
Memórias do Capitão, de Sarmento Pimentel.
Confissões, de Jean-Jacques Rousseau.
Poesias Completas, de António Gedeão.
Poesia (1957-1968), de Helder Macedo.
Manifestos do Surrealismo, de André Breton.
Cantos de Maldoror, de Lautréamont.
Rimas de Camões, comentadas por Faria e Sousa.
A Terra de Meu Pai, de Alexandre Pinheiro Torres
Camões — Some Poems, trad. Jonathan Griffin.
Qvybyrycas, de Frey Ioannes Garabatus.

Execução gráfica
da
TIPOGRAFIA LOUSANENSE
Lousã   Janeiro/81